# EL CORAZÓN DE
# UNA BRIDGERTON

# Julia Quinn

# El Corazón de una Bridgerton

**Titania Editores**
ARGENTINA - CHILE - COLOMBIA - ESPAÑA
ESTADOS UNIDOS - MÉXICO - URUGUAY - VENEZUELA

Título original: *When He Was Wicked*
Editor original: Avon Books, Nueva York
Traducción de Claudia Viñas Donoso

ISBN: 978-84-96711-13-6
Depósito legal: B-13.570-2007

Fotocomposición: Germán Algarra
Impreso por Romanyà Valls, S. A. - Verdaguer, 1 - 08786 Capellades
(Barcelona)

Impreso en España - *Printed in Spain*

Dedicada a B. B., que me hizo
compañía durante todo el
tiempo que tardé en escribirla.
Las mejores cosas les llegan
a aquellos que esperan.

Y también a Paul,
aunque él quería titularla
*El amor en los tiempos
de la malaria.*

# Agradecimientos

Deseo expresar mi gratitud a los doctores Paul Pottinger y Philip Yarnell, por ayudarme con sus conocimientos y pericia en los campos de las enfermedades infecciosas y neurología respectivamente.

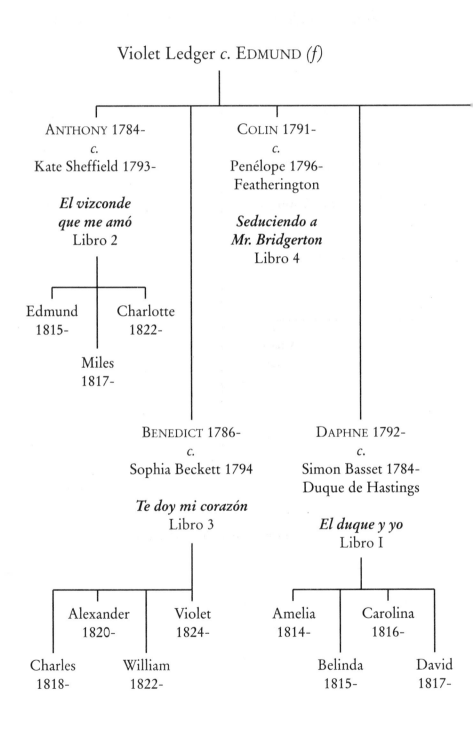

Violet Ledger *c.* EDMUND *(f)*

ANTHONY 1784-
*c.*
Kate Sheffield 1793-

*El vizconde
que me amó*
Libro 2

Edmund
1815-

Charlotte
1822-

Miles
1817-

COLIN 1791-
*c.*
Penélope 1796-
Featherington

*Seduciendo a
Mr. Bridgerton*
Libro 4

BENEDICT 1786-
*c.*
Sophia Beckett 1794

*Te doy mi corazón*
Libro 3

Alexander
1820-

Violet
1824-

Charles
1818-

William
1822-

DAPHNE 1792-
*c.*
Simon Basset 1784-
Duque de Hastings

*El duque y yo*
Libro I

Amelia
1814-

Carolina
1816-

Belinda
1815-

David
1817-

# Árbol genealógico de la familia Bridgerton

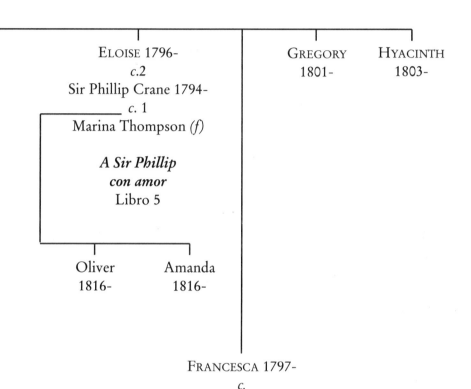

ELOISE 1796-
*c.*2
Sir Phillip Crane 1794-
*c.* 1
Marina Thompson *(f)*

*A Sir Phillip*
*con amor*
Libro 5

GREGORY
1801-

HYACINTH
1803-

Oliver
1816-

Amanda
1816-

FRANCESCA 1797-
*c.*
John Stirling *(f)*
Octavo conde de Kilmartin

*El corazón de una Bridgerton*
Libro 6

*Presentando a*
Michael Stirling
Noveno conde de Kilmartin

# Primera Parte

*Marzo de 1820, Londres*

# Capítulo 1

*... no diría que la vida es maravillosa, pero no es tan terrible.
Hay mujeres, al fin y al cabo, y donde hay mujeres, seguro
que lo paso bien...*

*De una carta de Michael Stirling,
Regimiento de Infantería 52,
a su primo John, conde de Kilmartin,
durante las guerras napoleónicas.*

*E*n la vida de toda persona hay un momento crucial, decisivo. Un momento tan fundamental, tan fuerte y nítido que uno se siente como si le hubieran golpeado en el pecho, dejándolo sin aliento, y sabe, con la más absoluta certeza, sin la menor sombra de duda, que su vida nunca volverá a ser igual.

En la vida de Michael Stirling, ese momento ocurrió la primera vez que vio a Francesca Bridgerton.

Después de toda una vida de irles detrás a las mujeres, de sonreír ladinamente cuando ellas le iban detrás a él, de dejarse atrapar y luego volver las tornas hasta ser el vencedor, de acariciarlas, besarlas y hacerles el amor, pero sin comprometer jamás su corazón, le bastó una sola mirada a Francesca Bridgerton para enamorarse tan total y perdidamente de ella que fue una maravilla que se las arreglara para mantenerse en pie.

Pero, por desgracia para él, el apellido de Francesca continuaría siendo Bridgerton sólo treinta y seis horas más, porque la ocasión en que la conoció fue, lamentablemente, una cena para celebrar sus inminentes nupcias con su primo.

La vida era así de irónica, solía pensar cuando se encontraba de humor amable.

Cuando se encontraba de humor menos amable empleaba un adjetivo totalmente distinto.

Y desde que se enamoró de la mujer de su primo no era frecuente que se encontrara de humor amable.

Ah, lo ocultaba muy bien, eso sí. No le convenía mostrarse triste ni abatido, porque entonces algún alma fastidiosamente perspicaz podría notarlo y, no lo permitiera Dios, hacerle preguntas acerca de cómo le iba la vida. Y si bien Michael Stirling se enorgullecía, y no sin fundamento, de su capacidad para disimular y engañar (después de todo había seducido a más mujeres de las que alguien podría contar, y se las había arreglado para hacerlo sin que ni una sola vez lo retaran a duelo), bueno, la amarga verdad era que nunca antes había estado enamorado, y si hay una ocasión en que un hombre puede perder su capacidad de mantener la fachada ante preguntas francas, probablemente era esa.

Así pues, se reía, se mostraba muy alegre y animado, y continuaba seduciendo a mujeres, procurando no fijarse en que tendía a cerrar los ojos cuando les hacía el amor. Y había dejado de asistir a los servicios religiosos en la iglesia, puesto que no le veía ningún sentido ni siquiera a pensar en una oración por su alma. Además, la iglesia parroquial cercana a Kilmartin era muy vieja, databa de 1432, y seguro que las piedras, a punto de desmoronarse, no resistirían el golpe directo de un rayo.

Y si Dios quería hacer sufrir a un pecador, no podría haber elegido a otro peor que él.

Michael Stirling. Pecador.

Veía su nombre acompañado por ese adjetivo en una tarjeta de visita. Incluso la habría hecho imprimir (ese era justamente su tipo de humor negro) si no hubiera estado convencido de que eso mataría a su madre en el acto.

Bien podía ser un libertino, pero no había ninguna necesidad de torturar a la mujer que lo dio a luz.

Era extraño que nunca hubiera considerado pecado la seducción de todas esas otras mujeres. Y seguía no considerándolo. Todas habían estado bien dispuestas, por supuesto; es imposible seducir a una mujer no dispuesta, por lo menos si se entiende la seducción en su verdadero sentido y se tiene buen cuidado de no confundirla con violación. Tenían que desearlo, y si no lo deseaban, si él percibía aunque sólo fuera un asomo de inquietud o duda, se daba media vuelta y se alejaba. Sus pasiones nunca se descontrolaban tanto que lo hicieran incapaz de apartarse rápido y decidido.

Además, nunca en su vida había seducido a una jovencita virgen, y nunca se había acostado con una mujer casada. Ah, bueno, tenía que seguir siendo sincero consigo mismo, aun cuando estuviera viviendo una mentira. Sí que se había acostado con mujeres casadas, con muchísimas, en realidad, pero solamente con aquellas cuyos maridos eran unos canallas, e incluso en esos casos, sólo si ya habían dado a sus maridos dos hijos varones, y tres si uno de los niños parecía un poco enfermizo.

Al fin y al cabo un hombre tiene que tener sus reglas de conducta.

Pero eso... eso sobrepasaba todos los límites, era total y absolutamente inaceptable. Ese era el único pecado (y tenía muchos) que finalmente le iba a ennegrecer el alma o, como mínimo, se la dejaría parecida al carbón, y eso suponiendo que mantuviera la fuerza para no actuar nunca según sus deseos. Porque eso... eso...

Deseaba a la mujer de su primo.

Deseaba a la mujer de John.

De John.

De John, que, maldita sea, era para él más de lo que habría sido un hermano si lo tuviera. John, cuya familia lo acogió en su seno cuando murió su padre. John, cuyo padre lo crió y le enseñó a ser un hombre. John, con quien...

Vamos, infierno y condenación, ¿es que necesitaba hacerse eso? Podía pasar una semana enumerando todos los motivos de por qué se iba a ir derecho al infierno por haber elegido a la mujer de John para enamorarse. Y ninguno de ellos cambiaría jamás una simple realidad.

No podía tenerla.

Nunca podría tener a Francesca Bridgerton Stirling.

Pero sí podría servirse otra copa, pensó, emitiendo un bufido para sus adentros. Acomodándose en el sofá, se cruzó de piernas, observándolos, los dos sentados enfrente de él, riendo y sonriendo, echándose esas nauseabundas miraditas amorosas. Sí, otra copa le sentaría bien.

—Creo que sí —declaró, apurándola de un solo trago.

—¿Qué has dicho, Michael? —preguntó John, su audición excelente, como siempre, maldita sea.

Michael esbozó una sonrisa excelentemente fingida y levantó su vaso de whisky.

—Simplemente que tenía sed —dijo, manteniendo la imagen perfecta del vividor.

Estaban en la casa Kilmartin de Londres, que no en Kilmartin a secas (ni casa ni castillo) de Escocia, donde él y su primo se criaron, ni en la otra casa Kilmartin de Edimburgo. Por lo visto, no había ningún alma creativa entre sus antepasados, pensaba muchas veces; también había una casita de campo Kilmartin (si se puede llamar casita de campo a una mansión de 22 habitaciones), la mansión llamada Abadía Kilmartin y, lógicamente, la casa solariega Kilmartin. No sabía por qué nunca se le ocurrió a nadie poner su apellido a alguna de las residencias; «casa Stirling» tenía un sonido bastante respetable, en su opinión. Sólo podía suponer que los ambiciosos, y poco imaginativos, Stirling de antaño estaban tan enamorados de su recién adquirido título de condes que no se les pasó por la mente ponerle otro nombre a nada.

Emitió otro bufido dentro del vaso de whisky. Era curioso que no bebiera Té Kilmartin ni estuviera sentado en un sillón estilo Kilmartin. En realidad, era probable que sí existieran esas cosas si su abuela hubiera encontrado la manera de hacerlas sin involucrar a la familia en el comercio. La formalista anciana era tan quisquillosa y orgullosa que cualquiera habría creído que era una Stirling por nacimiento y no simplemente por matrimonio. Por lo que a ella se refería, la condesa de Kilmartin (ella) era tan importante como cualquier personaje encumbrado, y más de una vez sorbió por la nariz disgustada cuando le tocó entrar en el comedor para una cena detrás de una marquesa o duquesa que también habían adquirido sus títulos por matrimonio.

La Reina, pensó Michael, objetivamente; seguro que su abuela se habría arrodillado ante la reina, pero de ninguna manera se la podía imaginar siendo deferente con ninguna otra mujer.

Habría aprobado a Francesca Bridgerton. Seguro que la abuela Stirling habría arrugado altivamente la nariz al enterarse de que el padre de Francesca era un simple vizconde, pero los Bridgerton eran una familia muy antigua e inmensamente popular y, cuando les daba la gana, poderosa. Además, Francesca llevaba la espalda muy erguida, se comportaba con orgullo y tenía un sentido del humor irónico y subversivo. Si tuviera cincuenta años más y no fuera tan atractiva, habría sido una muy buena acompañante para la abuela Stirling.

Y ahora Francesca era la condesa de Kilmartin, casada con su primo John, que era un año menor que él, aunque en la familia Stirling siempre se le había tratado con la deferencia debida al mayor, ya que era el heredero, después de todo. Sus padres eran hermanos gemelos, pero el de John entró en el mundo siete minutos antes que el suyo.

Los siete minutos más cruciales en su vida, aun cuando por esa época él aún no había nacido.

—¿Qué haremos para nuestro segundo aniversario? —preguntó Francesca, atravesando el salón para ir a sentarse ante el piano.

—Lo que tú quieras —contestó John.

Entonces Francesca se giró a mirar a Michael, el color azul de sus ojos vivo, vivo, incluso a la luz de las velas. O tal vez era que él sabía lo azules que eran sus ojos. Por entonces parecía soñar en azul; azul Francesca deberían llamar a ese color.

—¿Michael? —dijo ella, indicando con el tono que era una repetición.

—Lo siento, no estaba escuchando —contestó él, esbozando su sonrisa sesgada, lo que hacía con frecuencia.

Nadie lo tomaba en serio cuando sonreía así, y de eso justamente se trataba.

—¿Se te ocurre alguna idea? —preguntó ella.

—¿Para qué?

—Para nuestro aniversario.

Si ella le hubiera arrojado una flecha no podría habérsela enterrado en el corazón con más fuerza. Pero se limitó a encogerse de hombros, puesto que era tremendamente bueno para disimular.

—No es mi aniversario —dijo.

—Lo sé —dijo ella, y aunque él no la estaba mirando, tuvo la impresión de que había puesto los ojos en blanco.

Pero no los había puesto. Él sabía que no; esos dos años pasados había llegado a conocer dolorosamente bien a Francesca, y sabía que nunca ponía los ojos en blanco. Cuando quería ser sarcástica o irónica o guasona, sólo lo manifestaba en su voz y en un curioso gesto de la boca; no necesitaba poner los ojos en blanco. Simplemente miraba con esa mirada franca, sus labios ligeramente curvados y...

Tragó saliva, por un movimiento reflejo, y se apresuró a llevarse el vaso a los labios para disimularlo. No decía nada en su favor que se hubiera pasado tanto tiempo analizando la curva de los labios de la mujer de su primo.

—Te aseguro que sé muy bien con quién estoy casada —continuó Francesca, pasando las yemas de los dedos por el teclado sin presionar ninguna tecla.

—No me cabe duda —masculló él.

—Perdón, ¿qué has dicho?

—Continúa.

Ella frunció los labios, impaciente. Él le había visto muchísimas veces ese gesto, por lo general cuando hablaba con sus hermanos.

—Te he pedido consejo porque siempre estás muy alegre —dijo ella.

—¿Siempre estoy muy alegre? —repitió él, aunque sabía que así era como lo veía el mundo.

Al fin y al cabo lo llamaban el Alegre Libertino; pero detestaba oír esa palabra salida de la boca de ella. Lo hacía sentirse frívolo, hueco, insustancial.

Entonces se sintió peor aún, porque tal vez eso era cierto.

—¿No estás de acuerdo? —preguntó ella.

—No, no es eso —musitó él—; simplemente no estoy acostumbrado a que me pidan consejo sobre cómo celebrar un aniversario de bodas, puesto que está claro que no tengo talento para el matrimonio.

—Eso no está nada claro.

—Ya estáis riñendo —comentó John riendo, y reclinándose en su asiento con el *Times* de esa mañana.

—Nunca te has casado —continuó Francesca—. ¿Cómo puedes saber, entonces, que, de verdad, no tienes aptitudes para el matrimonio?

Michael consiguió esbozar una sonrisa satisfecha.

—Creo que está muy claro para todas las personas que me conocen. Además, ¿qué necesidad tengo? No tengo título, no tengo propiedad...

—Tienes propiedad —interrumpió John, demostrando que continuaba oyendo aunque tuviera la cara tapada por el diario.

—Sólo un trocito de propiedad —enmendó Michael—, y me hará muy feliz dejársela a vuestros hijos, puesto que me la regaló John.

Francesca miró a John, y Michael comprendió lo que estaba pensando: que John le había dado esa propiedad porque quería que él se considerara poseedor de algo, sintiera que tenía una finalidad en su vida, de verdad. Desde que se retiró del ejército hacía unos años había estado desocupado, sin nada que hacer. Y aunque John nunca lo había dicho, él sabía que se sentía culpable por no haber tenido que luchar por Inglaterra en el Continente, por haberse quedado en casa mientras él enfrentaba el peligro solo.

Pero John era el heredero de un condado; tenía el deber de casarse, de procrear y multiplicarse. Nadie había esperado que fuera a la guerra.

Muchas veces había pensado si al regalarle esa propiedad, una hermosa y cómoda casa solariega con ocho hectáreas de terreno, John no habría querido castigarse. Y sospechaba que Francesca pensaba lo mismo.

Pero ella nunca lo preguntaría. Francesca comprendía a los hombres con extraordinaria claridad, tal vez por haberse criado con todos esos hermanos. Sabía exactamente qué no preguntarle a un hombre.

Y eso siempre le causaba un poco de preocupación. Creía que ocultaba muy bien sus sentimientos, pero, ¿y si ella lo sabía? Lógicamente nunca hablaría de eso, ni siquiera haciendo una mínima alusión. Él tenía la idea de que, irónicamente, eran muy parecidos en eso; si Francesca sospechara que él estaba enamorado de ella, no cambiaría en nada su manera de tratarlo.

—Creo que deberíais ir a Kilmartin —dijo.

—¿A Escocia? —preguntó Francesca, pulsando suavemente un Si bemol en el piano—. ¿Estando tan próxima la temporada?

Michael se levantó, repentinamente impaciente por marcharse; no debería haber venido, por cierto.

—¿Por qué no? —preguntó, en un tono de la más absoluta despreocupación—. Os encanta estar allí. A John le gusta. Y no es un trayecto muy largo, si están en buen estado las ballestas.

—¿Vendrías tú? —preguntó John.

—Creo que no —contestó.

Como si a él le interesara ser testigo de la celebración de su aniversario de bodas. En realidad, lo único que le haría eso sería recordarle lo que no podría tener jamás; y eso le recordaría su sentimiento de culpa. O se lo intensificaría. No necesitaba ningún recordatorio; vivía con él cada día.

«No desearás a la mujer de tu primo.»

Moisés debió olvidarse de escribir ese mandamiento.

—Tengo mucho que hacer aquí —dijo.

—¿Sí? —exclamó Francesca, con los ojos iluminados por el interés—. ¿Qué?

—Ah, pues, lo sabes —dijo él, travieso—. Todas esas cosas que tengo que hacer para prepararme para una vida de disipación y ocio.

Francesca se levantó.

Santo Dios, se levantó, y venía caminando hacia él. Eso era lo peor de todo: cuando lo tocaba.

Ella le puso la mano en el brazo; él hizo un esfuerzo para no encogerse.

—Cómo me gustaría que no hablaras así —dijo ella.

Michael miró por encima del hombro de ella hacia John, que había levantado el diario lo bastante alto para simular que no estaba oyendo.

—¿Es que quieres convertirme en tu obra? —preguntó, con muy poca amabilidad.

Ella retiró la mano y retrocedió.

—Te tenemos cariño.

Te tenemos. Nosotros. No «yo», no John: nosotros. Un sutil recordatorio de que eran una unidad. John y Francesca; lord y lady Kilmartin. Ella no lo decía con esa intención, lógicamente, pero así era como lo oía él de todas formas.

—Y yo os tengo cariño —dijo, deseando que entrara una plaga de langostas en el salón.

—Lo sé —dijo ella, sin darse cuenta de su sufrimiento—. No podría pedir un primo mejor. Pero deseo que seas feliz.

Michael miró a John, haciéndole un gesto que significaba: «Sálvame».

Abandonando la simulación de estar leyendo, John dejó a un lado el diario.

—Francesca, cariño, Michael es un hombre adulto. Encontrará la felicidad a su manera. Cuando lo vea conveniente.

Francesca frunció los labios y Michael comprendió que estaba irritada. No le gustaba que le frustraran sus planes, ni le gustaba reconocer que podría ser incapaz de ordenar a su satisfacción su mundo, y a las personas que lo habitaban.

—Debería presentarte a mi hermana —dijo.

Buen Dios.

—Conozco a tu hermana —se apresuró a decir—. En realidad las conozco a todas, incluso a aquella que todavía llevan con rienda corta.

—No la llevan con... —Se interrumpió y apretó los dientes—. Te concedo que Hyacinth no te conviene, pero Eloise es...

—No me voy a casar con Eloise —dijo él secamente.

—No quiero decir que tengas que casarte con ella. Sólo que bailes con ella una o dos veces.

—He bailado con ella. Y eso es lo único que voy a hacer.

—Pero...

—Francesca —dijo John, en tono muy amable pero con un significado muy claro: «Basta».

Michael podría haberlo besado por su intervención. Claro que John sólo creía que lo salvaba de una innecesaria y molesta intromisión femenina. No podía de ninguna manera saber la verdad: que él estaba intentando calcular cuál sería la magnitud de su sentimiento de culpa si estuviera enamorado de la mujer de su primo «y» de la hermana de esa mujer.

Buen Dios, casado con Eloise Bridgerton. ¿Es que Francesca quería matarlo?

—Deberíamos salir a caminar —dijo Francesca, repentinamente.

Michael miró por la ventana. En el cielo ya no quedaban vestigios de luz del día.

—¿No es un poco tarde ya? —preguntó.

—No si voy acompañada por dos hombres fuertes. Además, las calles de Mayfair están bien iluminadas. Estaremos muy seguros. —Se giró a mirar a su marido—. ¿Qué te parece, cariño?

—Tengo una reunión esta noche —contestó John, sacando su reloj de bosillo para mirar la hora—. Deberías ir con Michael.

Más prueba aún de que John no tenía ni la menor idea de sus sentimientos, pensó Michael

—Los dos siempre lo pasáis muy bien juntos —añadió John.

Francesca se volvió hacia Michael y le sonrió, introduciéndose otro poco más en su corazón.

—¿Me harás ese favor? —le preguntó—. Estoy desesperada por salir a tomar aire fresco ahora que ha dejado de llover. Además, me he sentido un poco rara todo el día, debo decir.

—Sí, por supuesto —repuso Michael.

¿Qué otra cosa podía decir, si todos sabían que no tenía ninguna reunión ni cita? La suya era una vida de disipación esmeradamente cultivada.

Además, le era imposible resistirse a ella. Sabía muy bien que debía mantenerse alejado, que no debía permitirse nunca estar solo en su compañía. Nunca actuaría según sus deseos, pero ¿de veras necesitaba someterse a ese tipo de sufrimiento? Igual acabaría solo en su cama, atormentado por la culpa y el deseo a partes iguales.

Pero cuando ella le sonreía, no podía decir que no. Y, la verdad, no era tan fuerte como para negarse una hora en su presencia.

Porque su presencia era lo único que tendría en su vida. Nunca habría un beso, jamás una mirada significativa ni una caricia. No habría palabras de amor susurradas, ni gemidos de pasión.

Lo único que podía tener de ella era su sonrisa y su compañía, y, patético idiota que era, estaba dispuesto a conformarse con eso.

—Dame un momento —dijo ella, deteniéndose en la puerta—. Tengo que ir a buscar algo de abrigo.

—Date prisa —dijo John—. Ya son pasadas las siete.

—Estaré segura, protegida por Michael —contestó ella, sonriendo con toda confianza—, pero no te preocupes, seré rápida.— Entonces sonrió a su marido con expresión traviesa—. Siempre soy rápida.

Michael tuvo que desviar la vista al ver que su primo se ruborizaba. Dios de los cielos, no tenía el menor interés en saber qué quería decir ella con «siempre soy rápida». Por desgracia, eso podía significar muchísimas cosas, todas ellas deliciosamente sexuales. Y era probable que se pasara la próxima hora clasificándolas en su mente, imaginándose que se las hacía a él.

Se tironeó la corbata. Tal vez podría librarse de esa salida con Francesca. Tal vez podría irse a casa y darse un baño con agua fría. O, mejor aún, encontrar una mujer de pelo castaño y largo bien dispuesta. Y si tenía suerte, de ojos azules también.

—Lo lamento —dijo John después que Francesca saliera.

Michael se giró a mirarle la cara. No podía ser que se refiriera a la traviesa insinuación de Francesca.

—Su intromisión —añadió John—. Eres bastante joven. No tienes por qué casarte todavía.

—Tú eres más joven que yo —dijo Michael, simplemente por llevar la contraria.

—Sí, pero conocí a Francesca —dijo John, encogiéndose de hombros, en gesto de impotencia, como si eso lo explicara todo.

Y claro que lo explicaba.

—No me fastidia su intromisión —dijo Michael.

—Sí que te fastidia. Lo veo en tus ojos.

Y ese era el problema; John se lo veía en los ojos. No había nadie en el mundo que lo conociera mejor que él. Si algo le molestaba, John siempre lo notaba. El milagro era que no comprendiera la causa de su molestia.

—Le diré que te deje en paz —dijo John—, aunque tienes que saber que sólo te regaña porque te quiere.

Michael sólo consiguió esbozar una sonrisa, aunque le salió tensa. No logró encontrar palabras para contestar.

—Gracias por acompañarla en el paseo —continuó John, levantándose—. Ha estado irritable todo el día, por la lluvia. Me dijo que se sentía muy encerrada.

—¿A qué hora tienes tu reunión? —le preguntó Michael, mientras iban saliendo al vestíbulo.

—A las nueve. Mi reunión es con lord Liverpool.

—¿Asuntos parlamentarios?

John asintió. Se tomaba muy en serio su puesto en la Cámara de los Lores. Muchas veces Michael se preguntaba si él se habría tomado con tanta seriedad ese deber si hubiera nacido lord.

Probablemente no. Pero claro, eso no tenía ninguna importancia, ¿verdad?

Observó que John se friccionaba la sien izquierda.

—¿Te sientes mal? Te veo algo...

No terminó la frase porque en realidad no sabía bien qué le encontraba. No estaba bien, eso era lo único que sabía.

Y conocía a John. Por dentro y por fuera. Probablemente lo conocía mejor que Francesca.

—Un maldito dolor de cabeza —masculló John—. Lo he tenido todo el día.

—¿Quieres que llame para que te traigan un poco de láudano? John negó con la cabeza.

—Detesto esa porquería. Me embota la mente y necesito estar despabilado para la reunión con Liverpool.

Michael asintió.

—Estás pálido —dijo.

Vamos, ¿qué sabía él? No era probable que hiciera cambiar de opinión a John respecto al láudano.

—¿Sí? —preguntó John, haciendo un mal gesto al presionarse con más fuerza la sien—. Creo que me voy a acostar un rato, si no te importa. Tengo todavía toda una hora, antes de salir.

—Muy bien. ¿Quieres que le diga a alguien que te despierte? John negó con la cabeza.

—Yo mismo se lo pediré a mi ayuda de cámara.

Justo en ese momento Francesca bajó la escalera, envuelta en una capa larga color azul medianoche.

—Buenas noches, señores —dijo alegremente, encantada por tener la indivisa atención masculina. Pero al llegar al pie de la escalera, frunció el ceño.

—¿Te pasa algo, cariño? —le preguntó a John.

—Sólo dolor de cabeza. No es nada.

—Deberías echarte un rato.

John se las arregló para esbozar una sonrisa.

—Acababa de decirle a Michael que eso es lo que pienso hacer. Le diré a Simons que me despierte a tiempo para ir a la reunión.

—¿Con lord Liverpool?

—Sí, a las nueve.

—¿Es por los seis decretos de ley?

John asintió.

—Sí, y la vuelta del patrón oro. Te lo expliqué en el desayuno, si lo recuerdas.

—Procura... —sonriendo, Francesca se interrumpió y negó con la cabeza—. Bueno, ya sabes lo que pienso.

John sonrió y se inclinó a darle un beso en los labios.

—Siempre sé lo que piensas, cariño.

Michael simuló que miraba hacia otro lado.

—No siempre —dijo ella, en tono cálido y travieso.

—Siempre que es necesario —dijo John.

—Bueno, eso es cierto. Y en eso quedan mis intentos de ser una dama misteriosa.

Él volvió a besarla.

—Te prefiero así como eres.

Michael carraspeó para aclararse la garganta. Eso no debería resultarle tan difícil; después de todo, John y Francesca no estaban actuando de modo distinto a lo normal. Eran, como se comentaba en la alta sociedad, como dos guisantes en una vaina, maravillosamente acoplados y espléndidamente enamorados.

—Se hace tarde —dijo Francesca—. Debería salir ya, si quiero tomar un poco de aire fresco.

John asintió y cerró los ojos un momento.

—¿Seguro que estás bien?

—Estoy bien. Es sólo un dolor de cabeza.

Francesca cogió el brazo que le ofrecía Michael y cuando estaban a punto de llegar a la puerta, le dijo a John por encima del hombro:

—No olvides tomar láudano cuando vuelvas de la reunión. Sé que ahora no lo harás.

John asintió, con la expresión cansada y comenzó a subir la escalera.

—Pobre John —dijo Francesca cuando salieron al fresco aire nocturno. Hizo una inspiración profunda y exhaló un largo suspiro—. Detesto los dolores de cabeza. Siempre me dejan especialmente deprimida.

—Yo nunca tengo dolor de cabeza —comentó Michael, llevándola por la escalinata hasta la acera.

Ella levantó la cara hacia él, con una comisura de la boca levantada en esa sonrisa tan dolorosamente conocida.

—¿No? Qué suerte la tuya.

Michael casi se echó a reír. Ahí estaba, paseando por la noche con la mujer que amaba.

Qué suerte la suya.

# Capítulo 2

*... y si fuera tan terrible, sospecho que no me lo dirías. En cuanto a las mujeres, por lo menos cerciórate de que son limpias y no tienen ninguna enfermedad. Aparte de eso, haz todo lo que sea necesario para hacerte soportable este tiempo. Y, por favor, procura no hacerte matar. A riesgo de parecer sensiblero, no sé qué haría sin ti.*

*De una carta del conde de Kilmartin a su primo Michael Stirling, Regimiento de Infantería 52, durante las guerras napoleónicas.*

Con todos sus defectos, y Francesca estaba dispuesta a reconocer que Michael Stirling tenía muchos, era francamente un hombre simpatiquísimo.

Era un libertino terrible (lo había visto en acción, e incluso ella tenía que reconocer que mujeres por lo demás inteligentes, perdían todo vestigio de sensatez cuando él decidía ser encantador), y estaba claro que no abordaba su vida con la seriedad que les habría gustado a ella y a John, pero incluso a pesar de todo eso, ella no podía dejar de quererlo.

Era el mejor amigo que había tenido John en su vida, hasta que se casó con ella, por supuesto, y en esos dos años pasados se había convertido en su confidente íntimo también.

Y eso era extraño. ¿A quién se le habría ocurrido pensar que ella iba a contar con un hombre como una de sus amistades más íntimas? Normalmente no se sentía cómoda en presencia de hombres; cuatro hermanos solían eliminar la delicadeza de incluso la más femenina de las criaturas. Pero ella no era como sus hermanas. Daphne y Eloise, y tal vez también Hyacinth, aun cuando todavía era muy joven para saberlo con certeza, eran muy francas y alegres; eran el tipo de mujeres que sobresalen en cosas como la caza y el tiro al blanco, el tipo de actividades que tienden a ganarles las etiquetas de «alegres deportistas». Los hombres siempre se sentían cómodos con ellas y el sentimiento era mutuo, como había observado ella.

Ella era diferente. Siempre se había sentido diferente del resto de su familia. Los quería de todo corazón y daría su vida por cualquiera de ellos, pero aunque en su apariencia externa era una Bridgerton, en su interior siempre se sentía como si al nacer la hubieran cambiado por otra.

Mientras el resto de sus familiares eran extrovertidos, habladores, ella era..., no tímida exactamente, pero sí más reservada, más cuidadosa al elegir las palabras. Se había creado la fama de irónica e ingeniosa y, tenía que reconocerlo, rara vez lograba pasar por alto una oportunidad de pinchar a sus hermanos y hermanas con algún comentario sarcástico. Eso lo hacía con cariño, por supuesto, y tal vez con algo de la desesperación que viene de haber pasado demasiado tiempo con su familia, pero ellos también le gastaban bromas, así que era justo.

Esa era la manera de ser de su familia: reírse, hacer bromas, pinchar. Los aportes de ella al bullicio en la conversación eran simplemente algo más callados que los de los demás, un poquitín más irónicos y subversivos.

Muchas veces pensaba si una parte de su atracción por John no se debió simplemente al hecho de que la sacara del caos que solía haber con tanta frecuencia en la familia Bridgerton. Y no era que no lo amara; lo amaba; lo adoraba con todas las partículas de su ser, de su cuerpo. Él era su espíritu afín, muy parecido a ella en muchos sentidos. Pero en cierto modo, había sido un alivio dejar la casa de su madre para escapar a una existencia más serena con John, cuyo sentido del humor era exactamente igual al suyo.

Él la entendía, contaba con ella, se anticipaba a sus necesidades. La completaba.

Cuando lo conoció tuvo una extrañísima sensación, casi como si ella fuera una pieza mellada de un rompecabezas que por fin encontraba a su pareja. Su primer encuentro no se caracterizó por un amor o pasión avasalladores, sino que más bien estuvo impregnado de la muy extraña sensación de haber encontrado por fin a la única persona con la que podía ser ella misma.

Y eso ocurrió en un instante; fue totalmente repentino. No recordaba qué fue lo que le dijo él, pero desde el instante en que salieron las primeras palabras de su boca, ella se sintió a gusto, cómoda con él.

Y con él vino Michael, su primo, aunque, dicha sea la verdad, eran más como hermanos. Se habían criado juntos y eran tan cercanos en edad que lo compartían todo.

Bueno, casi todo. John era el heredero de un condado y Michael, simplemente su primo, por lo que era natural que no trataran igual a los dos niños. Pero por lo que había oído ella, y por lo que ya sabía de la familia Stirling, los habían amado igual a los dos, y ella tenía la idea de que esa era la clave del buen humor de Michael.

Porque aun cuando John heredó el título, la riqueza y, bueno, todo, no daba la impresión de que Michael le tuviera envidia.

No lo envidiaba. Eso a ella le sorprendía. Se había criado como si fuera el hermano de John, siendo él mayor, y sin embargo nunca le había envidiado ninguna de sus ventajas o privilegios.

Y ese era el motivo de que ella lo quisiera tanto. Seguro que Michael se mofaría si ella intentara elogiarlo por eso, y estaba totalmente segura de que él se apresuraría a señalar sus fechorías (ninguna de las cuales, temía, sería exagerada) para demostrar que tenía el alma negra y que era un consumado sinvergüenza. Pero la verdad es que Michael Stirling poseía una generosidad de espíritu y una capacidad de amar no igualada entre los hombres.

Y se volvería loca si no le encontraba una esposa pronto.

—¿Qué tiene de malo mi hermana? —le preguntó, muy consciente de que su voz perforaba repentinamente el silencio de la noche.

—Francesca —dijo él, y ella detectó irritación, aunque también algo de diversión en su voz—, no me voy a casar con tu hermana.

—No he dicho que tengas que casarte con ella.

—No tenías por qué. Tu cara es un libro abierto.

Ella lo miró, sonriendo.

—Ni siquiera me estabas mirando.

—Pues sí que te estaba mirando, y aunque no lo hubiera estado, no habría importado. Sé qué te propones.

Tenía razón, y eso la asustó. A veces temía que él la entendiera tan bien como John.

—Necesitas una esposa.

—¿No acabas de prometerle a tu marido que vas a dejar de acosarme con eso?

—En realidad no se lo prometí —repuso ella, mirándolo con cierto aire de superioridad—. Él me lo pidió, claro...

—Claro —repitió él.

Ella se rió. Él siempre lograba hacerla reír.

—Creía que las esposas debían acatar los deseos de sus maridos —dijo él, arqueando la ceja derecha—. En realidad, estoy bastante seguro de que eso está contenido en las promesas del matrimonio.

—Te haría muy mal servicio si te encontrara una esposa así —dijo ella, subrayando las palabras con un muy desdeñoso bufido para dar énfasis al sentimiento.

Él giró la cara y la miró con una expresión vagamente paternalista. Debería haber sido un noble, pensó ella. Aunque era tan irresponsable que no cumpliría con los deberes anejos a un título, cuando miraba así a una persona, con esa expresión de suficiencia y certeza, bien podría haber sido un duque de sangre real.

—Tus responsabilidades como condesa de Kilmartin no incluyen encontrarme esposa —dijo.

—Pues deberían.

Él se echó a reír, lo que la encantó. Siempre lograba hacerlo reír.

—Muy bien —dijo, renunciando por el momento—. Cuéntame algo inicuo, entonces. Algo que John no aprobaría.

Ese era el juego al que jugaban, incluso delante de John, aunque este por lo menos siempre simulaba intentar desviarlos del tema. Aún así, sospechaba que John disfrutaba tanto como ella de las historias de Michael, ya que una vez que terminaba de soltarles el sermón, era todo oídos.

Aunque en realidad Michael nunca les contaba mucho; era muy discreto. Pero dejaba caer insinuaciones aquí y allá y tanto ella como John siempre se entretenían muchísimo. No cambiarían por nada su dicha conyugal, pero, ¿a quién no le gusta que le regalen los oídos con picantes historias de seducción y libertinaje?

—Creo que esta semana no he hecho nada inicuo —dijo Michael, guiándola para girar por la esquina de King Street.

—¿Tú? Imposible.

—Sólo es martes.

—Sí, pero descontando el domingo, en el que seguro no pecarías —lo miró con una expresión que decía que estaba muy segura de que ya había pecado de todas las maneras posibles, aunque fuera en domingo—, eso te deja el lunes, y un hombre puede hacer bastantes cosas un lunes.

—No este hombre. Y no este lunes.

—¿Qué has hecho, entonces?

Él lo pensó un momento y contestó:

—Nada, en realidad.

—Eso es imposible —bromeó ella—. Estoy segura de que te vi despierto por lo menos una hora.

Él no contestó y luego se encogió de hombros de una manera que ella encontró extrañamente perturbadora, y al final dijo:

—No hice nada. Caminé, hablé y comí, pero al final del día, no había nada.

Francesca le apretó el brazo impulsivamente.

—Tendremos que encontrarte algo —dijo, dulcemente.

Él se giró a mirarla a los ojos, con una extraña intensidad en sus ojos plateados, una intensidad que ella sabía que él no dejaba aflorar a la superficie con frecuencia.

Y al instante desapareció esa intensidad y él volvió a ser el mismo de siempre, aunque ella sospechó que Michael Stirling no era en absoluto el hombre que deseaba hacer creer que era.

Incluso que lo creyera ella, a veces.

—Tendríamos que volver a casa —dijo él—. Se ha hecho tarde, y John pedirá mi cabeza si permito que cojas un catarro por enfriamiento.

—John le echaría la culpa a mi estupidez, y bien que lo sabes. Eso es sólo tu manera de decirme que hay una mujer esperándote, probablemente cubierta sólo por la sábana de su cama.

Él la miró y sonrió, con esa sonrisa pícara, diabólica, y ella comprendió por qué la mitad de la aristocracia, es decir, la mitad femenina, se creía enamorada de él, aunque no tuviera título ni fortuna a su nombre.

—Dijiste que querías oír algo inicuo, ¿no? —dijo él, entonces—. ¿Querrías más detalles? ¿El color de las sábanas, tal vez?

Ella sintió subir el rubor a las mejillas, porras. Detestaba ruborizarse, pero al menos esa reacción la ocultaba la oscuridad de la noche.

—No amarillas, espero —dijo, porque no soportaba que la conversación acabara debido a su azoramiento—. Ese color te apaga la tez.

—No soy yo el que me voy a poner las sábanas —dijo él arrastrando la voz.

—De todas maneras.

Él se rió, y ella comprendió que había dicho eso sólo para decir la última palabra. Y entonces, justo cuando pensó que él la dejaría con esa pequeña victoria, cuando comenzaba a encontrar alivio en el silencio, dijo:

—Rojas.

—Perdón, ¿qué has dicho? —preguntó, pero claro, sabía lo que él quería decir.

—Sábanas rojas, creo.

—No puedo creer que me hayas dicho eso.

—Tú preguntaste, Francesca Stirling. —La miró, y un mechón negro como la noche le cayó sobre la frente—. Tienes suerte de que no me chive a tu marido.

—John jamás cuidaría de mí.

Por un momento ella pensó que él no iba a contestar, pero entonces dijo:

—Lo sé. —Su voz sonó curiosamente seria, grave—. Ese es el único motivo de que te haga bromas.

Ella iba mirando la acera, por si había grietas o baches, pero encontró tan seria su voz que tuvo que levantar la cabeza para mirarlo.

—Eres la única mujer que conozco que nunca se desviaría en su comportamiento —dijo él entonces, tocándole el mentón—. No tienes idea de cuánto te admiro por eso.

—Amo a tu primo —musitó ella—. Jamás lo traicionaría.

Él bajó la mano hasta el costado.

—Lo sé.

Estaba tan guapo, tan hermoso, a la luz de la luna, y se veía tan insoportablemente necesitado de amor, que a ella casi se le rompió el corazón. Seguro que ninguna mujer sería capaz de resistírsele, con esa cara perfecta y ese cuerpo alto y musculoso. Y cualquiera que se tomara el tiempo para mirar lo que había debajo de esa belleza llegaría a conocerlo tan bien como ella: como un hombre bueno, amable, leal.

Todo eso mezclado con un poquito de picardía del demonio, claro, pero tal vez eso era justamente lo que atraía a las damas.

—¿Nos volvemos? —dijo él de repente, todo encanto, haciendo un gesto hacia la casa.

Suspirando, ella se dio media vuelta.

—Gracias por acompañarme —dijo, pasados unos cuantos minutos de agradable y amistoso silencio—. No exageré cuando dije que me iba a volver loca si llovía.

—No dijiste eso —dijo él.

Al instante se dio una patada mentalmente. Lo que ella dijo fue que se había sentido algo rara, no que se iba a volver loca, pero sólo un intelectual idiota o un tonto enamorado habría notado la diferencia.

Ella frunció el ceño.

—¿No lo dije? Bueno, lo estaba pensando. Me sentía algo floja, decaída, si has de saberlo. El aire fresco me ha hecho muchísimo bien.

—Me alegra haber contribuido a eso —dijo él, galantemente.

Ella sonrió. Ya iban subiendo la escalinata de la casa y, cuando pusieron los pies en el último peldaño, se abrió la puerta; el mayordomo debía haber estado observándolos. Michael esperó en el vestíbulo mientras el mayordomo la ayudaba a quitarse la capa.

—¿Te vas a quedar a tomar otra copa, o tienes que marcharte inmediatamente para tu cita? —le preguntó ella, con los ojos brillantes y traviesos.

Él miró el reloj del final del vestíbulo. Eran las ocho y media, y si bien no tenía que ir a ninguna parte, pues no había ninguna mujer esperándolo, aunque sin duda podría encontrar alguna en un abrir y cerrar de ojos, y quizá lo haría, no le apetecía mucho continuar en la casa Kilmartin.

—Tengo que irme —dijo—. Tengo mucho que hacer.

—No tienes nada que hacer, y bien que lo sabes. Sólo deseas portarte mal.

—Es un pasatiempo admirable —masculló él.

Ella abrió la boca para replicar, pero justo en ese momento bajó la escalera Simons, el ayuda de cámara de John, contratado hacía poco.

—¿Milady?

Francesca se giró hacia él y le hizo un gesto de asentimiento, indicándole que podía continuar.

—He golpeado la puerta de su señoría y le he llamado, dos veces, pero parece que está durmiendo muy profundamente. ¿Quiere que le despierte de todos modos?

Francesca asintió.

—Sí. Me encantaría dejarlo dormir. Ha trabajado muchísimo estos últimos días —esa información iba dirigida a Michael—, pero sé

que esa reunión con lord Liverpool es muy importante. Deberías...
No, espera, yo iré a despertarlo. Será mejor así. ¿Te veré mañana?
—le preguntó a Michael.

—En realidad, si John no se ha marchado todavía, esperaré. Vine
a pie, así que me iría muy bien servirme de su coche una vez que lo
desocupe.

Asintiendo, ella empezó a subir a toda prisa la escalera.

No teniendo nada que hacer, aparte de canturrear en voz baja,
Michael comenzó a pasearse por el vestíbulo, mirando los cua-
dros.

Y entonces oyó el grito de ella.


Michael no tenía el menor recuerdo de haber subido corriendo la escalera, pero se encontraba allí, en el dormitorio de John y Francesca, la única habitación de la casa en la que no había entrado jamás.

—¿Francesca? —exclamó—. Frannie, Frannie, ¿qué...?

Ella estaba sentada junto a la cama, con una mano aferrada al antebrazo de John, que colgaba por el lado.

—Despiértalo, Michael —exclamó—. Despiértalo, por favor.
¡Despiértalo!

Michael sintió que su mundo se desvanecía. La cama estaba al
otro lado de la habitación, a unas cuatro yardas, pero lo supo.

Nadie conocía a John tan bien como él. Nadie.

Y John no estaba en la habitación. No estaba. Lo que estaba en
la cama...

No era John.

—Francesca —musitó, avanzando lentamente hacia ella. Sentía
el cuerpo raro, las piernas pesadas, muy pesadas—. Francesca.

Ella lo miró, con los ojos muy abiertos, afligidos.

—Despiértalo, Michael.

—Francesca, yo no...

—¡Ahora! —gritó ella, abalanzándose sobre él—. ¡Despiértalo!
Tú puedes. ¡Despiértalo! ¡Despiértalo!

Lo único que pudo hacer él fue quedarse inmóvil donde estaba, mientras ella le golpeaba el pecho con los puños, y continuar ahí cuando ella le cogió la corbata y comenzó a tironeársela y tironeársela hasta que él comenzó a ahogarse, sin poder respirar. Ni siquiera podía abrazarla, no podía darle ningún consuelo, porque él se sentía tan destrozado, tan confundido como ella.

De pronto a ella la abandonó la energía y se desplomó en sus brazos, mojándole la camisa con sus lágrimas.

—Tenía un dolor de cabeza —gimió—. Sólo eso. Sólo un dolor de cabeza. —Lo miró suplicante, escrutándole la cara, buscando respuestas que él no podría darle jamás—. Sólo un dolor de cabeza —repitió.

Y se veía destrozada.

—Lo sé —dijo él, sabiendo que eso no era suficiente.

—Oh, Michael —sollozó ella—. ¿Qué voy a hacer?

—No lo sé —contestó él, porque no lo sabía.

Entre Eton, Cambridge y el ejército, lo habían preparado para todo lo que debe saber de la vida un caballero inglés, pero no para «eso».

—No lo entiendo —estaba diciendo ella.

Él pensó que estaba diciendo muchas cosas, pero ninguna de ellas tenía ningún sentido a sus oídos. Ni siquiera tenía la fuerza para continuar de pie, así que juntos se desmoronaron y quedaron sentados sobre la alfombra, apoyados en el lado de la cama.

Él se quedó mirando sin ver la pared de enfrente, pensando por qué no lloraba. Estaba atontado, adormecido, sentía todo el cuerpo pesado, y no lograba quitarse la sensación de que le habían arrancado el alma del cuerpo.

John no.

¿Por qué?

¿Por qué?

Y mientras estaba sentado ahí, vagamente consciente de que los criados se habían agrupado justo fuera de la puerta, le pareció que Francesca estaba gimiendo esas mismas palabras:

—John no.

—¿Por qué?

—¿Por qué?

—¿Cree que podría estar embarazada?

Michael miró fijamente a lord Winston, el vehemente hombre-cillo, miembro, al parecer recién nombrado, del Comité de Privile-gios de la Cámara de los Lores, tratando de encontrarle sentido a sus palabras. Sólo hacía un día que había muerto John; todavía le resul-taba difícil encontrarle sentido a algo. Y venía ese hombrecillo hin-chado exigiéndole una audiencia para perorar acerca de unos debe-res sacrosantos hacia la Corona.

—Su señoría —explicó lord Winston—. Si está embarazada, eso lo complicará todo.

—No lo sé. No se lo he preguntado.

—Debe preguntárselo. No me cabe duda de que usted está im-paciente por asumir el título y el control de sus nuevas propieda-des, pero debemos determinar si ella está embarazada. Además, si lo está, un miembro de nuestro comité deberá estar presente en el parto.

Michael sintió que se le aflojaban todos los músculos de la cara.

—Perdón, ¿qué ha dicho? —logró decir.

—Cambio de bebé —dijo lord Winston, lúgubremente—. Ha habido casos...

—Vamos, por el amor de Dios...

—Esto es tanto para protegerle a usted como a cualquier otro —interrumpió lord Winston—. Si su señoría da a luz a una niña y no hay nadie presente para servir de testigo, ¿qué le impediría cam-biar a la niña por un niño?

Michael ni siquiera tuvo la fuerza para decir que sería indigno contestar a esa pregunta.

—Tiene que enterarse de si está embarazada —insistió lord Winston—. Será necesario tomar medidas, establecer disposiciones.

—Se quedó viuda ayer —contestó Michael secamente—. No le voy a aumentar la pena molestándola con preguntas tan indis-cretas.

—Hay más en juego que los sentimientos de su señoría —repli-có lord Winston—. No podemos transferir adecuadamente el con-dado mientras haya dudas respecto a la línea de sucesión.

—¡Qué el diablo se lleve el condado! —aulló Michael.

Lord Winston ahogó una exclamación y retrocedió unos pasos, horrorizado.

—Olvida sus modales, milord.

—No soy su lord. No soy el lord de nadie...

Interrumpió el torrente de palabras que lo ahogaban y se sentó en una silla, esforzándose por contener las lágrimas que amenazaban con brotarle de los ojos. Sentía deseos de echarse a llorar, ahí mismo, en el despacho de John, delante de ese maldito hombrecillo que al parecer no entendía que había muerto un hombre, no sólo un conde, sino un hombre.

Y lloraría, seguro. Tan pronto como se marchara lord Winston y él pudiera cerrar la puerta con llave y asegurarse de que no lo vería nadie, se cubriría la cara con las manos y lloraría.

—Alguien tiene que preguntárselo —dijo lord Winston.

—No seré yo —repuso Michael en voz baja.

—Entonces se lo preguntaré yo.

Michael se levantó de un salto, cogió al hombre por el cuello de la camisa y lo aplastó contra la pared.

—No se va a acercar a lady Kilmartin —gruñó—. Ni siquiera va a respirar el mismo aire que respira ella. ¿He hablado claro?

—Muy claro —logró decir el hombrecillo, en un gorgoteo.

Michael lo soltó, vagamente consciente de que la cara se le estaba poniendo morada.

—Márchese.

—Va a tener que...

—¡Fuera! —rugió.

—Volveré mañana —dijo lord Winston, saliendo a toda prisa por la puerta—. Hablaremos cuando esté más calmado.

Michael se apoyó en la pared, mirando la puerta abierta. Buen Dios. ¿Cómo había ocurrido todo eso? John aún no había cumplido los treinta años. Era la imagen misma de la salud. Él podría haber sido el segundo en la línea de sucesión mientras John y Francesca no tuvieran ningún hijo, pero a nadie se le habría ocurrido pensar jamás nunca que él le heredaría.

Ya había oído decir que en los clubes los hombres lo consideraban el hombre más afortunado de Gran Bretaña. De la noche a la mañana había pasado de la periferia de la aristocracia a su epicentro mismo. Por lo visto nadie comprendía que él jamás había deseado eso. Jamás.

No deseaba un condado. Deseaba tener de vuelta a su primo. Y al parecer nadie lo entendía.

A excepción, tal vez, de Francesca. Pero ella estaba tan inmersa en su propia aflicción que no podía comprender del todo el sufrimiento de él.

Y no le pediría que lo comprendiera, lógicamente, estando ella tan sumergida en el suyo.

Se cruzó de brazos, pensando en ella. Nunca, en lo que le quedaba de vida, olvidaría la expresión en la cara de Francesca cuando finalmente comprendió la verdad: que John no estaba durmiendo; que no despertaría.

Y Francesca Bridgerton era, a la tierna edad de veintidós años, la criatura más triste de la Tierra.

Sola.

Él entendía su sufrimiento mejor de lo que nadie podría imaginarse.

La habían llevado a la cama entre él y la madre de ella, que llegó corriendo gracias al mensaje urgente que le envió. Y había dormido como un bebé, sin siquiera emitir un gemido, con su cuerpo agotado por toda la conmoción.

Pero esa mañana al despertar, ya había adquirido la proverbial cara impasible, resuelta a mantenerse fuerte y firme, para atender a todos los detalles de las actividades que habían caído como un torrente sobre la casa tras la muerte de John.

El problema era que ninguno de los dos sabía cuáles eran esos detalles. Eran jóvenes; habían vivido libres de preocupaciones. Y nunca se les había pasado por la mente que tendrían que enfrentarse a la muerte.

¿Quién sabía, por ejemplo, que intervendría ese dichoso Comité de Privilegios? ¿O que exigirían un asiento de palco en un momento y lugar que debía ser totalmente privado para Francesca?

Si es que estaba embarazada.

Pero, infierno y condenación, él no se lo preguntaría.

«Tenemos que comunicárselo a su madre», le había dicho Francesca esa mañana a primera hora. Y eso fue lo primero que dijo, en realidad. Sin ningún preámbulo, sin saludarlo, simplemente «Tenemos que comunicárselo a su madre».

Él asintió, porque, claro, ella tenía razón.

«Tenemos que comunicárselo a tu madre también —añadió ella—. Las dos están en Escocia. Todavía no lo saben.»

Y él volvió a asentir; fue lo único que consiguió hacer.

«Yo escribiré las notas.»

Y asintió por tercera vez, pensando qué debía hacer él.

Y la respuesta a eso la obtuvo con la visita de lord Winston, aunque no soportaba pensar en eso en ese momento. Lo encontraba absolutamente horrible, de mal gusto. No quería pensar en todo lo que ganaba con la muerte de John. ¿Cómo alguien podía hablar como si de todo eso hubiera resultado algo «bueno»?

Se le fue deslizando el cuerpo por la pared hasta que se quedó sentado en el suelo, con las piernas dobladas y la cabeza apoyada en las rodillas. Él no lo había deseado, ¿verdad?

Había deseado a Francesca. Sólo eso. Pero no de esa manera. No a ese precio.

Jamás le había envidiado a John su buena suerte. Jamás había deseado su título, ni su dinero ni su poder.

Solamente había deseado a su mujer.

Y ahora estaba destinado a tener su título, a meterse en su piel. Y el sentimiento de culpa le atenazaba sin piedad el corazón como un puño de hierro.

¿Lo habría deseado de alguna manera? No, no habría podido. No lo había deseado.

¿Lo habría deseado?

—¿Michael?

Levantó la cabeza. Era Francesca, todavía con esa mirada vacía, su cara una máscara sin expresión que le rompía el corazón más que si estuviera llorando desconsolada.

—Le pedí a Janet que viniera.

Él asintió. La madre de John; se sentiría destrozada.

—Y a tu madre también.

También se sentiría destrozada.

—¿Se te ocurre alguna otra persona...?

Él negó con la cabeza, consciente de que debía levantarse, consciente de que la educación dictaminaba que se levantara; pero no lograba encontrar la fuerza. No quería que Francesca lo viera tan débil, pero no podía evitarlo.

—Deberías sentarte —dijo al fin—. Necesitas descansar.

—No puedo. Necesito... Si paro, aunque sea un momento, me...

No terminó la frase porque se le cortó la voz, pero no tenía importancia. Él lo comprendía.

La miró un momento. Llevaba el pelo castaño recogido en una sencilla coleta, y tenía la cara muy pálida. Se veía muy joven, como una niña recién salida del aula, demasiado joven para ese tipo de sufrimiento.

—Francesca —dijo, no en tono de pregunta, sino más como un suspiro.

Y entonces ella se lo dijo. Lo dijo sin que él tuviera que preguntárselo:

—Estoy embarazada.

# Capítulo 3

*... lo amo con locura, ¡con locura! De verdad, me moriría
sin él.*

*De una carta de Francesca, condesa de Kilmartin,
a su hermana Eloise Bridgerton,
una semana después de su boda.*

—Tengo que decir, Francesca, que eres la futura madre más sana
que han visto mis ojos en toda mi vida.

Francesca sonrió a su suegra, que acababa de entrar en el jardín
de la mansión en Saint James que ahora compartían. Daba la impresión de que de la noche a la mañana la casa Kilmartin se había convertido en residencia de mujeres. La primera en llegar a vivir ahí había sido Janet, y después Helen, la madre de Michael. Era una casa
llena de mujeres Stirling, o por lo menos de aquellas que habían adquirido el apellido por matrimonio.

Y todo lo sentía ella muy diferente.

Era extraño. Se habría imaginado que percibiría la presencia de
John, que lo sentiría en el aire, que lo vería en el entorno que habían
compartido durante dos años. Pero no, él simplemente se había marchado, y la llegada de mujeres a la casa había cambiado totalmente
su ambiente. Eso era bueno, suponía; necesitaba el apoyo de las mujeres en esos momentos.

Pero se sentía rara; le resultaba extraño vivir entre mujeres. Había más flores en la casa, floreros por todas partes. Y ya no quedaba en el aire el olor del cigarro de John, ni el de jabón de sándalo que prefería.

Ahora la casa Kilmartin olía a lavanda y agua de rosas, y cada vez que aspiraba esos olores se le rompía otro poco el corazón.

Incluso Michael había estado extrañamente distante. Ah, sí que venía de visita, varias veces a la semana, si alguien se ocupaba de contarlas, y ella tenía que reconocer que las contaba. Pero no estaba ahí, de la manera como había estado antes que muriera John. No era él mismo, y sabía que no debía castigarlo por eso, ni siquiera para sus adentros.

Él también estaba sufriendo.

Eso lo sabía. Recordaba cuando lo miraba y veía sus ojos distantes; recordaba cuando no sabía qué decirle, y cuando él no le hacía bromas.

Y lo recordaba cuando estaban sentados juntos en el salón y no tenían nada que decir.

Había perdido a John, y ahora tenía la impresión de que había perdido a Michael también. E incluso teniendo con ella a dos madres que la mimaban como gallinas a sus polluelos, tres madres, en realidad, si contaba a la suya, que venía a verla cada día, se sentía muy sola.

Y muy triste.

Nadie le había dicho jamás cuánta tristeza sentiría. ¿A quién se le habría ocurrido hablarle de eso? E incluso si a alguien se le hubiera ocurrido decírselo, aun en el caso de que su madre, que también quedó viuda joven, le hubiera explicado el dolor que sentiría, ella no lo habría entendido. ¿Cómo podría haberlo entendido?

Esa era una de aquellas cosas que hay que experimentarlas para entenderlas. Y, ay, cómo deseaba no pertenecer a ese triste club.

Y ¿dónde estaba Michael? ¿Por qué no la consolaba? ¿Por qué no se daba cuenta de lo mucho que ella lo necesitaba? A él, no a su madre, ni a la madre de nadie.

Necesitaba a Michael, la única persona que conoció a John tanto como ella, la única persona que lo había amado totalmente. Michael era su único vínculo con el marido que había perdido, y lo odiaba por mantenerse alejado.

Incluso cuando él se encontraba en la casa Kilmartin, cuando estaba en la misma maldita sala que ella, nada era igual. Ya no se hacían bromas, no reñían. Simplemente estaban sentados ahí, los dos tristes, con las caras afligidas, y cuando hablaban, se notaba una incomodidad, una violencia que no existía antes.

¿Es que era imposible que «algo» continuara tal como era antes que muriera John? Jamás se le habría ocurrido pensar que su amistad con Michael podría morir también.

—¿Cómo te sientes, cariño?

Francesca miró a su suegra, cayendo tardíamente en la cuenta de que esta le había hecho una pregunta, o tal vez varias, y ella no se las había contestado, sumida como estaba en sus pensamientos. Eso lo hacía muchísimo últimamente.

—Muy bien —contestó—. No me siento en absoluto diferente a como me he sentido siempre.

—Es extraordinario —comentó Janet, moviendo la cabeza, maravillada—. Jamás había oído cosa semejante.

Francesca se encogió de hombros.

—Si no fuera por las faltas de mis reglas, no sabría que hay algo diferente.

Y era cierto. No sentía náuseas, no tenía hambre a cada momento, no sentía nada distinto. Tal vez se sentía un poco más cansada de lo habitual, pero eso podía deberse a la aflicción también. Su madre decía que se había sentido cansada durante un año después de la muerte de su padre.

Claro que, cuando quedó viuda, su madre tenía ocho hijos que cuidar y atender. Ella sólo se tenía a sí misma, y contaba con un pequeño ejército de criados que la trataban como a una reina inválida.

—Tienes mucha suerte —dijo Janet, sentándose en el sillón de enfrente—. Cuando yo estaba embarazada de John tenía náuseas todas, todas las mañanas, y muchas veces por la tarde también.

Francesca asintió y sonrió. Janet ya le había dicho eso antes, y varias veces. La muerte de John había convertido a su madre en una cotorra; no paraba de hablar, tratando de llenar el silencio que le producía la aflicción de ella. La adoraba por eso, por intentarlo, pero tenía la idea de que lo único que le mitigaría la pena sería el tiempo.

—Me alegra muchísimo que estés embarazada —dijo Janet, inclinándose y apretándole impulsivamente la mano—. Eso lo hace todo un poco más soportable. O tal vez algo menos insoportable —añadió, no sonriendo, pero con el aspecto de intentarlo.

Francesca se limitó a asentir, por miedo a que si hablaba se le soltaran las lágrimas que tenía contenidas en los ojos.

—Siempre deseé tener más hijos —continuó Janet—. Pero eso no estaba destinado a ser. Y cuando murió John..., bueno, limitémonos a decir simplemente que ningún nieto será nunca tan amado como el que ahora llevas en el vientre. —Guardó silencio, simulando que se llevaba el pañuelo a la nariz, cuando en realidad era para los ojos—. No se lo digas a nadie, pero no me importa si es niño o niña. Es una parte de él. Eso es lo único que importa.

—Lo sé —dijo Francesca en voz baja, colocándose la mano en el vientre.

Cómo deseaba sentir algo, cualquier cosa, que le indicara que llevaba un bebé dentro. Pero era demasiado pronto para notar movimientos; aún no llevaba tres meses embarazada, según los cuidadosos cálculos que había hecho, y todos los vestidos le entraban perfectamente, la comida le sabía igual que antes, y sencillamente no experimentaba ninguno de los malestares y achaques de que hablaban las demás mujeres.

Se sentiría feliz si cada mañana le vinieran náuseas y vomitara toda la comida, si sintiera algo con lo que al menos pudiera imaginarse que el bebé estaba moviendo la mano como si quisiera decirle alegremente: «¡Estoy aquí!».

—¿Has visto a Michael estos últimos días? —preguntó Janet.

—Desde el lunes no. Ya no viene de visita con mucha frecuencia.

—Echa de menos a John.

—Yo también —replicó Francesca, y la horrorizó lo chillona que le salió la voz.

—Debe de ser muy difícil para él —musitó Janet.

Francesca se limitó a mirarla, con los labios entreabiertos por la sorpresa.

—No quiero decir que no sea difícil para ti —se apresuró a decir Janet—, pero piensa en lo delicado de su posición. No sabrá si va a ser el conde hasta dentro de seis meses.

—Yo no puedo hacer nada respecto a eso.

—Noo, claro que no, pero eso lo pone en una situación difícil. He oído decir a más de una señora que sencillamente no puede considerarlo un pretendiente posible para su hija hasta que, y a menos que, tú des a luz una niña. Casarse con el conde de Kilmartin es una cosa; otra muy distinta es casarse con su primo pobre. Y nadie sabe cual de las dos cosas va a ser.

—Michael no es pobre —dijo Francesca, malhumorada—. Además, no se casará mientras esté de luto por John.

—No, me imagino que no, pero espero que comience pronto a buscar esposa. Deseo muchísimo que sea feliz. Y, claro, si va a ser el conde, tendrá que engendrar un heredero. Si no, el título irá a parar a ese odioso lado Debenham de la familia —concluyó Janet, estremeciéndose ante la idea.

—Michael hará lo que debe —dijo Francesca, aunque no estaba muy segura.

Le resultaba difícil imaginárselo casado. Siempre había sido difícil imaginárselo; Michael no era el tipo de hombre capaz de serle fiel a una mujer durante mucho tiempo; pero en esos momentos simplemente le parecía extraño. Durante esos dos años ella había tenido a John, y Michael había sido el acompañante de ambos. ¿Sería capaz de soportar que Michael se casara y ella pasara a ser la tercera en el grupo? ¿Era lo suficientemente generosa para sentirse feliz por él mientras ella se quedaba sola?

Se frotó los ojos. Se sentía muy cansada, y un poco débil también. Eso era buena señal, suponía; había oído decir que las embarazadas se sentían mucho más cansadas de lo que se sentía ella.

—Creo que voy a subir a echar una siesta —dijo, mirando a Janet.

—Excelente idea —repuso Janet, aprobadora—. Necesitas descansar.

Asintiendo, Francesca se levantó, y tuvo que cogerse del brazo del sillón para no caerse, porque se le fue el cuerpo.

—No sé qué me pasa —dijo, intentando esbozar una sonrisa, que le salió trémula—. Me siento algo mareada, inestable. No...

—La interrumpió la exclamación de Janet—. ¿Janet? —preguntó, mirando a su suegra preocupada; estaba muy pálida y se había llevado una mano temblorosa a la boca—. ¿Qué te pasa?

Entonces se dio cuenta de que Janet no la estaba mirando a ella; estaba mirando el sillón del que ella acababa de levantarse. Con creciente temor, bajó la vista y se obligó a mirar el asiento que acababa de desocupar.

En el medio del cojín había una pequeña mancha roja.

Sangre.


La vida se le haría mucho más fácil si fuera dado a la bebida, estaba pensando Michael, sarcástico. Si había una ocasión para emborracharse, para ahogar las penas en el alcohol, era esa.

Pero no, había sido maldecido con una constitución robusta y una maravillosa capacidad para aguantar el licor con dignidad y elegancia. Y eso significaba que si quería emborracharse para obnubilar la mente y olvidar, tendría que beberse toda una botella de whisky ahí sentado ante su escritorio, y tal vez un poco más.

Miró por la ventana. Todavía no oscurecía. Y ni siquiera él, el libertino disoluto que intentaba ser, sería capaz de beberse toda una botella de whisky antes que se pusiera el sol.

Golpeteó el escritorio con los dedos, deseando saber qué hacer consigo mismo. Habían transcurrido seis semanas desde la muerte de John, y continuaba viviendo en su modesto apartamento en el Albany. No lograba decidirse a tomar residencia en la casa Kilmartin. Esa era la residencia del conde, y él no lo sería hasta por lo menos dentro de seis meses.

O tal vez nunca.

Según lord Winston, cuyos sermones finalmente se había visto obligado a tolerar, el título estaría en suspenso hasta que Francesca diera a luz. Y si daba a luz a un varón, él continuaría en la posición en que había estado siempre: primo del conde.

Pero no era esa situación en particular lo que lo mantenía alejado. Aun en el caso de que Francesca no estuviera embarazada él se habría resistido a mudarse a la casa Kilmartin. Ella seguía viviendo allí.

Seguía viviendo allí y seguía siendo la condesa de Kilmartin, y aun en el caso de que él fuera el conde, sin ninguna duda respecto a su derecho al título, ella no sería «su» condesa, y no sabía si sería capaz de soportar esa ironía.

Había creído que su aflicción por la muerte de John superaría su deseo de ella, que tal vez finalmente podría estar con Francesca sin desearla, pero no, seguía quedándose sin aliento cada vez que ella entraba en la sala, y se endurecía de deseo cada vez que lo rozaba al pasar por su lado, y seguía doliéndole el corazón de amor por ella.

Lo único diferente era que ahora todo eso estaba envuelto en otra capa más de culpabilidad, como si esta no hubiera sido lo bastante intensa mientras John aún estaba vivo. Ella sufría, estaba de duelo, y él debería consolarla, no desearla. Buen Dios, ¿qué tipo de monstruo podía desear a la mujer de su primo, que aún no se había enfriado en su tumba?

A su mujer embarazada.

Ya había ocupado el lugar de John en muchas cosas; no podía completar la traición ocupando su lugar con Francesca también.

Por lo tanto, se mantenía alejado de la casa. No del todo, pues eso sería demasiado evidente. Además, no podía hacer eso, estando su madre y la madre de John viviendo allí. Y todo el mundo esperaba que él se ocupara de los asuntos del conde, aun cuando la posibilidad de que el título fuera suyo sólo se vería dentro de seis meses.

Pero lo hacía. No le importaba ocuparse de los detalles, no le importaba dedicar varias horas al día a la administración de una fortuna que podría ir a otro. Era lo mínimo que podía hacer por John.

Y por Francesca. Le resultaba imposible ser amigo de ella de la manera que debía, pero sí podía encargarse de que sus asuntos financieros estuvieran en regla.

Pero era consciente de que ella no lo entendía. Muchas veces iba a visitarlo cuando estaba en el despacho de John, en la casa Kilmartin, leyendo los informes de los administradores y abogados de las diversas propiedades, y se daba cuenta de que lo que buscaba era la antigua camaradería entre ellos, aunque él no era capaz de ceder en eso.

Ya fuera debilidad o falta de carácter, simplemente no podía ser su amigo. No todavía, en todo caso.

—¿Señor Stirling?

Levantó la vista. En la puerta estaba su ayuda de cámara acompañado por un lacayo que llevaba la inconfundible librea verde y oro de la casa Kilmartin.

—Un mensaje para usted —dijo el lacayo—, de su madre.

Cuando a un gesto suyo el lacayo entró a entregarle el mensaje, alargó la mano pensando qué sería esta vez. Su madre lo hacía ir a la casa Kilmartin más o menos cada día.

—Dijo que es urgente —añadió el lacayo cuando le puso el sobre en la mano.

Urgente, ¿eh? Eso era una novedad. Miró fijamente al lacayo y a su ayuda de cámara, despachándolos con la mirada. Cuando los dos salieron y se quedó solo, rompió el sello con el abrecartas. El mensaje era breve, decía simplemente: «Ven enseguida. Francesca ha perdido al bebé».

Michael casi se mató cabalgando a la mayor velocidad posible en dirección a la casa Kilmartin, desentendiéndose de los gritos de indignación de los transeúntes a los que estuvo a punto de atropellar con su prisa.

Pero una vez que llegó allí y se encontró en el vestíbulo, no supo qué hacer.

¿Un aborto espontáneo? Eso era con mucho un asunto de mujeres. ¿Qué tenía que hacer él? Era una tragedia, y sentía una pena tremenda por Francesca, pero, ¿qué esperaban que dijera o hiciera él? ¿Por qué lo necesitaban ahí?

Entonces la comprensión lo golpeó como un rayo. Él era el conde ahora; eso ya era un hecho. Lento pero seguro, se había ido apropiando de la vida de John, llenando todos los rincones del mundo que antes perteneciera a su primo.

—Ah, Michael —dijo su madre, entrando a toda prisa en el vestíbulo—. Cuanto me alegra que hayas venido.

Él la abrazó, sintiendo los brazos torpes alrededor de ella. Y tal vez murmuró algo estúpido, sin sentido, algo así como «Qué tragedia», pero principalmente se quedó ahí inmóvil, sintiéndose tonto y fuera de lugar.

—¿Cómo está? —preguntó al fin, cuando su madre se apartó.

—Conmocionada. Ha estado llorando.

Él tragó saliva, desesperado por soltarse la corbata.

—Bueno, eso es comprensible —dijo—. Esto... eh...

—Parece que no puede parar —interrumpió Helen.

—¿De llorar?

Helen asintió.

—No sé qué hacer.

Michael hizo unas cuantas respiraciones para serenarse. Parejas, lentas. Inspira, espira.

—¿Michael?

Su madre lo estaba mirando, esperando una respuesta. Tal vez esperando un consejo, una orientación.

Como si él supiera qué hacer.

—Ha venido su madre —continuó Helen, cuando comprendió que él no iba a decir nada—. Quiere que Francesca vuelva a la casa Bridgerton.

—¿Francesca desea eso?

Helen se encogió de hombros, con la expresión muy triste.

—No creo que lo sepa. Esto ha sido una tremenda conmoción.

—Sí —dijo él.

Volvió a tragar saliva. No deseaba estar ahí. Deseaba marcharse.

—En todo caso, el doctor dijo que no debe moverse durante varios días.

Él asintió.

—Naturalmente, te llamamos.

¿Naturalmente? Él no veía nada natural en eso. Jamás se había sentido tan fuera de lugar, tan absolutamente incapaz de encontrar las palabras que decir ni de hacer algo.

—Ahora eres Kilmartin —dijo ella en voz baja.

Él volvió a asentir, y sólo una vez. Eso fue todo lo que pudo hacer para reconocer ese hecho.

—Debo decir que yo... —Helen se interrumpió y frunció los labios de una manera rara, brusca—. Bueno, una madre desea el mundo para sus hijos, pero yo no... nunca habría...

—No lo digas —interrumpió Michael con la voz ronca.

No estaba preparado para oír decir a nadie que eso era algo bueno. Y por Dios que si alguien se le acercaba a felicitarlo...

Bueno, no sería responsable de sus actos.

—Ha preguntado por ti —dijo ella.

—¿Francesca? —preguntó él, agrandando los ojos por la sorpresa. Helen asintió.

—Ha dicho que te necesitaba.

—No puedo.

—Tienes que ir a verla.

—No puedo. —Negó con la cabeza, con movimientos demasiado rápidos, por el terror—. No puedo ir allí.

—No puedes abandonarla.

—Nunca ha sido mía, así que no la abandono.

—¡Michael! ¿Cómo puedes decir una cosa así?

—Madre —dijo él, desesperado por desviar la conversación—, Francesca necesita a una mujer. ¿Qué puedo hacer yo?

—Puedes ser su amigo —dijo Helen dulcemente, y él volvió a sentirse un niño de ocho años, regañado por una transgresión desconsiderada.

—No —dijo.

Lo horrorizó el sonido de su voz, que le salió como el gemido de un animal herido, dolido y confundido. Pero había una cosa que sabía con toda certeza: no podía ver a Francesca. No en ese momento. No todavía.

—Michael —dijo su madre.

—No —repitió él—. La veré... Mañana veré si... —Y se dirigió a la puerta, añadiendo antes de salir—: Dale recuerdos.

Y echó a correr, huyendo como un cobarde.

# Capítulo 4

*... estoy convencida de que no hace ninguna falta dramatizar tanto. No pretendo tener conocimiento o entendimiento del amor romántico entre marido y mujer, pero no creo que su dominio lo abarque todo, que la muerte de uno destruya al otro. Sobrevivirías muy bien sin él, por discutible que te pueda parecer esto.*

*De una carta de Eloise Bridgerton*
*a su hermana Francesca, condesa de Kilmartin,*
*tres semanas después de la boda de Francesca.*

El mes que siguió al aborto espontáneo fue lo más semejante al infierno en la tierra que puede experimentar un ser humano. De eso Michael estaba seguro.

Cada nueva ceremonia a la que debía someterse, cada vez que debía firmar un documento como conde de Kilmartin o tenía que soportar que lo llamaran «milord», se sentía como si se empujara más lejos el espíritu de John.

Muy pronto sería como si John no hubiera existido nunca, pensaba, aun tratando de ser objetivo. Incluso había dejado de existir el bebé, que habría sido el último trocito de John que quedara sobre la tierra.

Y todo lo que había sido de John ahora era de él.

A excepción de Francesca.

Y estaba resuelto a que eso continuara así. No haría, no podría hacerle, ese último insulto a su primo.

Había tenido que verla, por supuesto; le había dicho todo lo mejor que se le ocurrió para consolarla, pero dijera lo que dijera, no era lo adecuado, y ella simplemente desviaba la cara y se quedaba mirando la pared.

No sabía qué decir. Francamente, sentía más alivio porque ella estuviera sana, porque el aborto espontáneo no hubiera dejado secuelas en su salud, que pena por la pérdida de su bebé. Las madres, es decir, la suya, la de John y la de Francesca, se habían sentido obligadas a describir la sangre derramada con todos sus espeluznantes detalles, y una de las criadas había ido corriendo a buscar las sábanas ensangrentadas, que alguien había guardado para que sirvieran de prueba de que Francesca había sufrido un aborto espontáneo.

Lord Winston lo aprobó asintiendo, pero luego le explicó que de todos modos él tendría que observar a la condesa, simplemente para cerciorarse de que esas sábanas eran realmente de ella y que no estaba engordando. Esa no sería la primera vez que alguien hubiera intentado burlar las sacrosantas leyes de la primogenitura, añadió.

Él sintió el intenso deseo de arrojar por la ventana al parlanchín hombrecillo, pero se limitó a acompañarlo a la puerta. Al parecer ya no tenía la energía suficiente para actuar conforme a ese tipo de rabia.

Pero no se había mudado a la casa Kilmartin. No estaba preparado para eso y la sola idea de vivir ahí con todas esas mujeres lo sofocaba. Sabía que tendría que mudarse muy pronto; eso era lo que se esperaba del conde. Pero por el momento estaba bastante contento en su pequeño apartamento.

Y ahí estaba, eludiendo su deber, cuando Francesca fue finalmente a verlo.

El ayuda de cámara la hizo pasar a la pequeña sala de estar.

—¿Michael? —dijo, cuando él entró.

—Francesca —repuso él, sorprendido por su aparición. Nunca antes había ido a su apartamento, ni cuando John estaba vivo ni después—. ¿Qué haces aquí?

—Quería verte —contestó ella.

El mensaje tácito era: «Me eludes».

Y eso era cierto, claro, pero él se limitó a decir:

—Siéntate. —Y pasado un momento añadió—: Por favor.

¿Sería incorrecto eso? ¿Que ella estuviera en su apartamento? No estaba seguro. Las circunstancias en que se encontraban eran tan raras, tan absolutamente inclasificables, que no tenía idea por cuáles reglas de la etiqueta debían regirse.

Ella se sentó, y estuvo un minuto entero sin hacer otra cosa que pasarse las manos por la falda, hasta que al fin levantó la cabeza y lo miró a los ojos, con desgarradora intensidad, y dijo:

—Te echo de menos.

Él se sintió como si las paredes comenzaran a cerrarse a su alrededor.

—Francesca...

—Eras mi amigo —continuó ella, en tono acusador—. Además de serlo de John, eras mi más íntimo amigo y ahora ya no sé quién eres.

—Esto...

Ay, Dios, se sentía como un idiota, absolutamente impotente y derribado por un par de ojos azules y una montaña de culpa. Aunque culpa de qué, ya ni siquiera lo sabía bien. Al parecer, el sentimiento de culpa venía de muchas cosas, de muchas direcciones y no era capaz de determinarlas.

—¿Qué te pasa? —preguntó ella—. ¿Por qué me eludes?

—No lo sé —contestó.

No podía mentirle diciendo que no la eludía. Ella era demasiado inteligente para no captar la mentira. Pero tampoco podía decirle la verdad.

A ella le temblaron los labios y de pronto se cogió el inferior entre los dientes. Y él se quedó mirándole la boca, sin poder apartar los ojos, odiándose por la oleada de deseo que lo recorrió todo entero.

—Creía que eras mi amigo también —musitó ella.

—Francesca, no...

—Te necesitaba —continuó ella en voz baja—, y sigo necesitándote.

—No, no me necesitas. Tienes a las madres, y a todas tus hermanas también.

—No deseo hablar con mis hermanas —dijo ella, en tono más vehemente—. No entienden.

—Bueno, de esas cosas yo no entiendo nada —replicó él, y la desesperación le dio un tono ligeramente áspero y desagradable a su voz.

Ella se limitó a mirarlo, con una expresión condenatoria en sus ojos.

Él deseó abrirle los brazos, pero se los cruzó sobre el pecho.

—Francesca, sufriste..., sufriste un aborto espontáneo.

—Eso lo sé —dijo ella secamente.

—¿Qué sé yo de esas cosas? Necesitas hablar con una mujer.

—¿No puedes decir que lo sientes?

—¡Te lo dije!

—¿No puedes decirlo en serio?

Pero ¿qué quería de él?

—Francesca, te lo dije en serio.

—Estoy muy enfadada —dijo ella, elevando el volumen de la voz—, y triste, y dolida, y te miro y no entiendo por qué tú no lo estás.

Él se quedó un momento inmóvil.

—No digas eso nunca —susurró.

A ella le relampaguearon los ojos de furia.

—Bueno, tienes una manera muy rara de demostrarlo. Nunca vas a visitarme, y nunca hablas conmigo, y no entiendes...

—¿Qué quieres que entienda? —estalló él—. ¿Qué puedo entender? Por el amor de...

Se interrumpió, no fuera a soltar una blasfemia. Se giró y fue a apoyarse en el alféizar de la ventana, dándole la espalda.

Ella continuó sentada en silencio, inmóvil como una muerta. Pasado un momento dijo:

—No sé por qué he venido. Me marcharé.

—No te vayas —dijo él, con la voz ronca, pero no se giró a mirarla.

Ella no dijo nada; no sabía qué quiso decir él.

—Acabas de llegar —dijo él, entonces, con la voz algo entrecortada, como si le costara hablar—. Deberías tomar una taza de té por lo menos.

Francesca asintió, aun cuando él no la estaba mirando.

Y así continuaron unos cuantos minutos, hasta que ella ya no pudo soportar el silencio. Sólo se oía el tic tac del reloj en el rincón, su única compañía era la espalda de Michael, y lo único que podía hacer era continuar sentada ahí, pensar y preguntarse a qué había venido.

¿Qué deseaba de él?

Cuánto más fácil no sería su vida si lo supiera.

—Michael —dijo, antes de darse cuenta de que abría la boca.

Entonces él se giró. No dijo nada, pero sus ojos le dijeron que la escuchaba.

—Quería decirte... —¿Para qué había venido a verlo? ¿Qué deseaba?—. Esto...

Él continuó en silencio. Simplemente ahí, esperando que ella ordenara sus pensamientos, lo que lo hacía todo mucho más difícil.

Y de pronto le salió todo, a borbotones:

—No sé qué debo hacer —dijo, oyendo su vocecita débil—. Y me siento furiosa y...

Dejó de hablar, para respirar, hacer cualquier cosa para contener las lágrimas.

Michael abrió la boca, aunque apenas, pero siguió sin decir nada.

—No sé por qué ha ocurrido esto —gimió ella—. ¿Qué hice? ¿Qué hice?

—Nada —la tranquilizó él.

—Él se fue y no va a volver y me siento tan... tan... —Lo miró, sintiendo que tenía marcadas en la cara la aflicción y la rabia—. No es justo. No es justo que me haya ocurrido a mí y no a otra persona, y no es justo que debiera ser otra persona, y no es justo que haya perdido al...

Entonces se atragantó, las inspiraciones entrecortadas se convirtieron en sollozos y no pudo hacer otra cosa que llorar.

—Francesca —dijo él, arrodillándose a sus pies—. Lo siento. Lo siento.

—Lo sé —sollozó ella—, pero eso no mejora nada.

—No.

—Y no lo hace justo.

—No —repitió él.

—Y no..., y no...

Él no intentó terminar la frase. Y ella deseaba que la terminara. Después, durante años, deseó que la hubiera terminado, porque tal vez entonces él habría dicho algo inconveniente, y tal vez entonces ella no se habría apoyado en él y tal vez no le habría permitido que la abrazara.

Pero, ay, Dios, cuánto echaba en falta que la abrazaran.

—¿Por qué te marchaste? —sollozó—. ¿Por qué no puedes ayudarme?

—Lo deseo... —dijo él—. Tú no... —Al final simplemente dijo—: No sé qué decir.

Le pedía demasiado, se dijo ella. Lo sabía, pero no le importaba. Sencillamente estaba harta de estar sola.

Pero en ese momento, aunque fuera sólo en ese momento, no estaba sola. Michael estaba con ella, y la tenía abrazada, y se sentía arropada y segura por primera vez en todas esas semanas.

Y simplemente lloró. Lloró semanas de lágrimas. Lloró por John y lloró por el bebé al que no conocería nunca.

Pero principalmente lloró por ella.

—Michael —dijo, cuando ya estaba recuperada lo suficiente para hablar.

La voz le salió temblorosa, pero logró decir su nombre, y sabía que tendría que decir más.

—¿Sí?

—No podemos seguir así.

Notó que algo cambiaba en él. Presionó más los brazos, o tal vez los aflojó, pero algo había cambiado.

—¿Así cómo? —le preguntó, con la voz ronca y vacilante.

Ella se apartó para mirarle la cara, y se sintió aliviada cuando él bajó los brazos y así no tuvo que liberarse ella.

—Así —dijo, aunque sabía que él no entendía. O si entendía simulaba no entender—. Desentendiéndote de mí —concluyó.

—Francesca...

—El bebé iba a ser tuyo en cierto modo también —soltó ella.

Él palideció, se puso mortalmente pálido, tanto que por un momento ella no pudo respirar.

—¿Qué quieres decir? —preguntó él en un susurro.

—Habría necesitado un padre —dijo ella, encogiéndose de hombros, desconcertada—. Yo... Tú... Tendrías que haber sido tú.

—Tienes hermanos —dijo él, con la voz ahogada.

—Ellos no conocían a John. No como lo conocías tú.

Él se apartó, se incorporó, se quedó ahí inmóvil un momento y luego, como si esa distancia no fuera suficiente, retrocedió todo lo que pudo, hasta que chocó con la ventana. Le relampaguearon ligeramente los ojos y por un momento ella habría jurado que parecía un animal atrapado, arrinconado y aterrado, esperando el golpe de gracia.

—¿Por qué me dices eso? —le preguntó él entonces, con la voz débil y ronca.

—No lo sé —contestó, tragando saliva, incómoda.

Pero sí que lo sabía. Deseaba que él estuviera tan dolido como ella; deseaba que sufriera de todas las maneras que sufría ella. Eso no era justo, no estaba bien, pero no podía evitarlo y no le apetecía pedirle disculpas tampoco.

—Francesca —dijo él, en un tono raro, hueco, duro, un tono que nunca le había oído.

Lo miró, pero desvió lentamente la cabeza hacia un lado, asustada por lo que podría ver en su cara.

—No soy John —dijo él.

—Eso lo sé.

—No soy John —repitió él, más fuerte, y ella pensó que no la había oído.

—Lo sé —repitió.

Él entrecerró los ojos y los fijó en ella con una intensidad peligrosa.

—No era mi bebé y no puedo ser lo que necesitas.

Y ella sintió que en su interior comenzaba a morir algo.

—Michael, yo...

—No ocuparé su lugar —dijo él, sin gritar, pero como si quisiera gritar.

—No, no podrías. Tú...

Entonces, en un movimiento relámpago, él estaba ante ella; la cogió por los hombros y la puso de pie bruscamente.

—No haré eso —gritó. La sacudió y luego la dejó inmóvil, y volvió a sacudirla—. No puedo ser él. No quiero ser él.

Ella no pudo hablar, no podía articular ni una palabra. No sabía qué hacer.

No sabía quién era él.

Él dejó de zarandearla, pero continuó con los dedos enterrados en sus hombros, mirándola, con sus ojos color mercurio brillantes de algo aterrador y triste.

—No puedes pedirme eso —exclamó—. No puedo hacerlo.

—¿Michael? —susurró ella, detectando algo horrible en su voz: miedo—. Michael, suéltame, por favor.

Él no la soltó, pero ella no sabía si la había oído. Tenía los ojos desenfocados y parecía estar muy lejos de ella, inalcanzable.

—¡Michael! —repitió, más fuerte, aterrada.

Entonces él la soltó y retrocedió unos pasos, medio tambaleante. Su cara era la viva imagen de odio por sí mismo.

—Perdona, lo siento —musitó, mirándose las manos, como si no fueran de él—. Lo siento mucho.

—Será mejor que me vaya —dijo ella, dirigiéndose a la puerta.

—Sí —asintió él.

—Creo que... —Se atragantó con las palabras al coger el pomo, aferrándose a él como si fuera una tabla salvavidas—. Creo que será mejor que no nos veamos durante un tiempo.

Él asintió.

—Tal vez... —continuó ella.

Pero no logró decir nada más. No sabía qué decir. Si hubiera comprendido lo que acababa de ocurrir, tal vez habría encontrado las palabras, pero en ese momento se sentía tan desconcertada y asustada, que no las encontró.

Asustada, pero ¿de qué? No le tenía miedo a él. Michael jamás le haría daño. Daría su vida por ella, si alguna ocasión se lo exigiera; de eso estaba segura.

Tal vez simplemente la asustaba el mañana. Y pasado mañana. Lo había perdido todo y ahora parecía que había perdido a Michael también, y no sabía qué debía hacer para soportarlo todo.

—Me voy —dijo, dándole una última oportunidad de detenerla, de decir algo, de decir cualquier cosa que lo arreglara todo.

Pero él no dijo nada. Ni siquiera hizo un gesto de asentimiento. Se limitó a mirarla, expresando en silencio, con sus ojos, su asentimiento.

Entonces ella se marchó. Salió de la sala de estar y de la casa. Una vez fuera subió en su coche y dio la orden de ir a casa.

Cuando llegó, no dijo ni una sola palabra. Simplemente subió la escalera, llegó a su dormitorio y se metió en la cama.

Pero no lloró. Pensó y continuó pensando que debería llorar, y continuó sintiéndose como si fuera a llorar.

Pero lo único que hizo fue contemplar el techo, el cielo raso.

Al cielo raso, por lo menos, no le importaba que lo contemplara.


De vuelta en su despacho del apartamento en el Albany, Michael cogió su botella de whisky y llenó un vaso grande, aun cuando una mirada al reloj le dijo que aún no era mediodía.

Había descendido a nuevas bajuras, eso estaba muy claro.

Pero por mucho que lo intentara, no lograba imaginar qué otra cosa podría haber hecho. No había sido su intención hacerle daño ni herirla; de ninguna manera se había parado a pensar y decidir «Ah, sí, creo que voy a portarme como un imbécil», y aunque su reacción fue rápida y desconsiderada, no veía cómo podría haberse portado de otra manera.

Se conocía. No siempre se gustaba, y ese último tiempo se gustaba con menos frecuencia aún, pero se conocía. Y cuando Francesca lo miró con esos ojos azules insondables y le dijo «El bebé iba a ser tuyo en cierto modo también», lo destrozó hasta el fondo del alma.

Ella no sabía.

No tenía idea.

Y mientras ella continuara ignorante de sus sentimientos, mientras no comprendiera por qué no tenía otra opción que odiarse cada vez que hacía algo ocupando el lugar de John, no podía estar cerca de ella. Porque Francesca iba a continuar diciendo cosas como esas.

Y él sencillamente no sabía cuánto más sería capaz de soportar.

Y así, mientras estaba en su despacho, con el cuerpo tenso de sufrimiento y culpa, comprendió dos cosas.

La primera fue fácil: el whisky no le servía de nada para aliviar su sufrimiento, y si un whisky de veinticinco años, traído directamente de Speyside, no lo hacía sentirse mejor, nada de las Islas Británicas lo iba a conseguir.

Y eso lo llevó a la segunda cosa que comprendió, que no era nada fácil. Pero tenía que hacerla; era necesario. Rara vez habían sido tan claras las opciones en su vida. Dolorosas, pero dolorosamente claras.

Por lo tanto, dejó el vaso en el escritorio, todavía con dos dedos de licor, y salió a toda prisa al corredor, en dirección a su dormitorio.

—Reivers —dijo, cuando encontró a su ayuda de cámara junto al ropero, doblando cuidadosamente una corbata—, ¿qué te parece si nos vamos a India?

# Segunda Parte

*Cuatro años después,*
*marzo de 1824*

# Capítulo 5

*... disfrutarías aquí, aunque no del calor, me parece; a nadie le gusta este calor. Pero todo lo demás te encantaría. Los colores, las especias, el aroma del aire; te sumergen los sentidos en un extraño estado de niebla que a veces produce desasosiego y a veces resulta embriagador. Creo que, por encima de todo, disfrutarías paseando por los jardines de recreo. Se parecen bastante a nuestros parques de Londres, aunque aquí son más verdes y exuberantes, llenos de las flores más extraordinarias que hayas visto en tu vida. Siempre te ha gustado estar al aire libre, en medio de la naturaleza, y aquí esto te encantaría, estoy muy seguro.*

*De la carta de Michael Stirling
(nuevo conde de Kilmartin) a la condesa de Kilmartin,
un mes después de su llegada a India.*

*F*rancesca deseaba tener un bebé. Llevaba mucho tiempo deseándolo, pero sólo esos últimos meses había sido capaz de reconocerlo para sí misma, de poner por fin en palabras ese anhelo que parecía acompañarla dondequiera que fuera.

El anhelo le comenzó de una manera bastante inocente, con una ligera punzada en el corazón cuando estaba leyendo una carta de su cuñada Kate, la mujer de su hermano; la carta abundaba en noticias acerca de su hija pequeña Charlotte, que pronto cumpliría los dos años y ya era incorregible.

Pero las punzadas se hicieron más fuertes y más parecidas al verdadero dolor cuando vino su hermana Daphne a Escocia a visitarla, acompañada por todos sus hijos, tres niñas y un niño. Jamás se le había ocurrido pensar cómo una bandada de niños podían transformar una casa. Los niños Hasting cambiaron la esencia misma de Kilmartin, llenando la casa de vida y risas, haciéndola comprender que todo eso le había faltado lamentablemente durante años.

Y cuando se marcharon, todo quedó en silencio y quietud, pero no en paz.

Simplemente vacío.

Desde ese momento, ella cambió, se sentía diferente. Veía a una niñera empujando un cochecito y le dolía el corazón. Veía pasar un conejo saltando por un campo y no podía evitar pensar que debería señalárselo a alguien, a alguien pequeño. Durante su estancia en Kent donde fue a pasar la Navidad con su familia, al caer la noche, cuando metían en la cama a todos los sobrinos y sobrinas, se sentía muy sola.

Y en lo único que podía pensar era en que su vida iba pasando por su lado y que si no hacía algo pronto, se moriría así.

Sola.

No desgraciada, no, no se sentía desgraciada. Curiosamente, se había acostumbrado a su viudez y encontrado una forma de vida cómoda y agradable. Eso era algo que no habría creído posible durante los horribles meses que siguieron a la muerte de John, pero probando y cometiendo errores, había encontrado un lugar para ella en el mundo y, con él, una cierta paz.

Le gustaba la vida que llevaba como condesa de Kilmartin. Puesto que Michael aún no se había casado, ella seguía teniendo las obligaciones anejas al condado y también el título. Le encantaba vivir en Kilmartin, y administraba la propiedad sin ninguna intervención de Michael; entre las órdenes que él dejó antes de marcharse del país hacía cuatro años, estaba la de que ella administrara el condado como le pareciera conveniente, y una vez que se le pasó la conmoción por su marcha, comprendió que eso era el regalo más precioso que podría haberle hecho.

Le había dado algo que hacer, algo por lo cual trabajar.

Un motivo para dejar de contemplar el cielo raso.

Tenía amistades y tenía familiares, Stirling y Bridgerton, y vivía una vida plena, en Escocia y en Londres, donde pasaba varios meses cada año.

Por lo tanto, debería sentirse feliz. Y se sentía feliz, la mayor parte del tiempo.

Solamente deseaba un bebé.

Le había llevado mucho tiempo reconocerlo. Ese deseo le parecía una especie de deslealtad hacia John, porque no sería un bebé suyo, e incluso en esos momentos, cuando ya habían pasado cuatro años de su muerte, le costaba imaginarse a un hijo sin sus rasgos en la cara.

Además, eso significaba, en primer y principal lugar, que tendría que volverse a casar. Tendría que cambiar su apellido y comprometerse con otro hombre, prometer ponerlo en primer lugar en su corazón y en sus lealtades, y si bien la idea ya no le hacía doler el corazón, la encontraba... bueno, rara.

Pero había algunas cosas que una mujer simplemente tiene que superar, y un frío día de febrero, mientras estaba mirando por la ventana en Kilmartin, observando cómo la nieve iba envolviendo lentamente las ramas de los árboles, comprendió que esa era una de esas cosas.

Eran muchas las cosas en la vida que causan miedo, pero la rareza no debería estar entre ellas.

Así pues, decidió hacer su equipaje y marcharse a Londres algo más pronto ese año. Por lo general pasaba la temporada de fiestas sociales en la ciudad, disfrutando del tiempo con su familia, yendo de compras, asistiendo a veladas musicales, viendo obras de teatro y haciendo todas las cosas que simplemente no se podían hacer en el campo escocés. Pero esta temporada sería diferente. Necesitaba un guardarropa nuevo, para empezar. Ya hacía tiempo que se había quitado el luto, pero no había descartado los vestidos grises y lavanda, de medio luto, y tampoco había prestado atención a la moda, como debería hacer una mujer en su nueva situación.

Ya era hora de usar azul, un azul aciano, vivo, hermoso. Ese había sido su color favorito años atrás, y era lo bastante vanidosa para llevarlo y esperar que la gente comentara cómo hacía juego con sus ojos.

Se compraría vestidos azules, y sí, de colores rosa y amarillo también, y tal vez incluso, de un color que le estremecía el corazón de expectación de sólo pensarlo: carmesí.

Esta vez no sería una señorita soltera. Era viuda y un buen partido, y las reglas eran distintas.

Pero las aspiraciones eran las mismas.

Iría a Londres a buscarse un marido.


Ya había pasado demasiado tiempo lejos, pensaba Michael. Sabía que debería haber vuelto a Gran Bretaña hacía mucho, pero esa era una de las cosas que podía ir dejando para después con tremenda facilidad. Según le decía su madre en sus cartas, que le llegaban con extraordinaria regularidad, el condado prosperaba bajo la administración de Francesca. No había nadie que dependiera de él que pudiera acusarlo de negligencia, y, según todos los informes, a todas las personas a las que había dejado allí les había ido bastante mejor en su ausencia que cuando él estaba ahí para alegrarlas.

Por lo tanto, no tenía nada de qué sentirse culpable.

Pero un hombre sólo puede huir de su destino durante un tiempo, y cuando se cumplieron los tres años de su estancia en el trópico, tuvo que reconocer que se había desvanecido la novedad de vivir en un lugar exótico y, para ser totalmente franco, ya estaba bastante harto del clima. India le había dado una finalidad, un lugar en la vida, algo que hacer que superaba las dos únicas cosas en las que había sobresalido antes: como soldado y vividor. Cuando se marchó, se limitó a coger un barco, llevando únicamente el nombre de un amigo del ejército que se había trasladado a Madrás tres años atrás. Antes que transcurriera un mes ya había obtenido un puesto gubernamental y se encontró tomando decisiones importantes, haciendo efectivas las leyes y normas que realmente conformaban la vida de los hombres.

Por primera vez en su vida, comprendió por qué a John le gustaba tanto su trabajo en el Parlamento Británico.

Pero India no le había procurado felicidad. Le había dado una cierta paz, lo que podía parecer bastante paradójico, puesto que en esos años había estado a punto de encontrar la muerte tres veces, o cuatro, si contaba ese altercado con la princesa india armada con un cuchillo (él seguía convencido de que podría haberla desarmado sin hacerle daño, pero tenía que reconocer que ella tenía una expresión asesina en los ojos, y desde entonces le quedó muy claro que nunca hay que subestimar a una mujer que se cree desdeñada, aunque sea erróneamente).

Pero aparte de esos episodios peligrosos, el tiempo transcurrido allí le había dado una cierta sensación de equilibrio. Por fin había hecho algo por él y algo «de» él.

Y, sobre todo, India le había procurado una cierta paz porque no tenía que vivir con el constante conocimiento de que Francesca estaba cerca.

La vida no era necesariamente mejor a miles de millas de distancia de Francesca, pero era más fácil, sin duda.

Sin embargo, ya era hora de enfrentar los rigores de tenerla cerca, por lo tanto, reunió todas sus pertenencias para hacer su equipaje, informó a su aliviado ayuda de cámara de que volverían a Inglaterra, compró los pasajes en el *Princess Amelia*, para viajar en una lujosa suite, y se embarcó rumbo a casa.

Tendría que verla, lógicamente; no había manera de escapar de eso. Tendría que mirar esos ojos azules que lo habían acosado sin piedad todo ese tiempo y tratar de ser su amigo. Eso era lo único que ella había deseado durante esos negros días después de la muerte de John, y lo único que él fue totalmente incapaz de hacer por ella.

Pero tal vez ahora, con la ventaja del tiempo y el poder sanador de la distancia, podría lograrlo. No era tan estúpido para esperar que ella hubiera cambiado, que la vería y descubriría que ya no la amaba; eso, estaba absolutamente seguro, no ocurriría jamás. Pero ya se había acostumbrado a oír decir «conde de Kilmartin» sin mirar por encima del hombro en busca de su primo. Y tal vez ahora, en que la aflicción ya no estaba tan en carne viva, podría estar con Francesca como amigo sin sentirse como si fuera un ladrón, maquinando para apoderarse de lo que había deseado tanto tiempo.

Y era de esperar que ella también hubiera cambiado y no le pidiera que asumiera el papel de John en todo menos en una cosa.

De todos modos, lo alegraba saber que sería marzo cuando desembarcara en Londres, pues todavía no habría llegado allí Francesca a pasar la temporada.

Él era un hombre valiente; eso lo había demostrado incontables veces en y fuera del campo de batalla. Pero también era sincero, lo bastante para reconocer que la perspectiva de enfrentar a Francesca lo aterraba más de lo que nunca lo había aterrado ningún campo de batalla francés ni el tigre dientes de sable.

Tal vez, si tenía suerte, ella decidiría no ir a Londres a pasar la temporada.

Vaya si no sería una suerte eso.


Estaba oscuro, Francesca no podía dormir y la casa estaba horrorosamente fría; lo peor de todo era que todo eso era culpa suya.

Ah, bueno, no todo, la oscuridad no. De eso no podía echarse la culpa; la noche es la noche, al fin y al cabo, y sería ridículo pensar que ella tenía algo que ver con la salida y la puesta del sol. Pero sí era culpa suya que el personal no hubiera tenido tiempo de preparar la casa para su llegada. Había olvidado avisar que ese año llegaría a Londres un mes antes de lo habitual. En consecuencia, la casa Kilmartin seguía funcionando con el personal más indispensable, y la provisión de carbón y de velas de cera de abeja estaba peligrosamente mermada.

Todo mejoraría por la mañana, una vez que el ama de llaves y el mayordomo hubieran ido a toda prisa a las tiendas de Bond Street a comprar lo necesario. Pero por el momento, ella estaba tiritando en la cama. Ese día había sido terriblemente gélido, y muy ventoso también, lo que contribuía a hacerlo más frío de lo que era normal a comienzos de marzo. El ama de llaves intentó hacer llevar todo el carbón que quedaba al hogar de su dormitorio, pero, por muy condesa que fuera, no podía permitir que todo el personal se congelara por causa de ella. Además, el dormitorio de la condesa era inmenso y siempre había sido difícil calentarlo bien, a no ser que el resto de la casa estuviera caliente también.

La biblioteca, pensó. Esa era la solución. Era pequeña y acogedora, y si cerraba la puerta, el fuego del hogar la mantendría agradable y caliente. Además, había un sofá, en el que podía acostarse. Era pequeño, pero ella también, y eso sería mejor que morir congelada en su dormitorio.

Tomada la decisión, se bajó de la cama y, corriendo, para no congelarse más aún con el frío aire nocturno, fue a coger la bata que había dejado en el respaldo del sillón. La bata no la abrigaba mucho, no se le había ocurrido que necesitaría algo más grueso, pero era mejor que nada. Además, pensó estoicamente, los mendigos no pueden ser selectivos, sobre todo cuando tienen los dedos de los pies a punto de desprenderse por el frío.

Bajó corriendo la escalera, resbalándose por los pulidos peldaños con sus gruesos calcetines de lana; tropezó al llegar a los últimos dos, pero afortunadamente cayó de pie, y echó a correr por la alfombra del corredor hacia la biblioteca.

—Fuego, fuego, fuego —iba repitiendo en voz baja.

Llamaría a alguien tan pronto como entrara en la biblioteca. No tardarían nada en tener un fuego rugiente en el hogar. Recuperaría la sensibilidad en la nariz, las yemas de los dedos dejarían de tener ese asqueroso color azulado y...

Abrió la puerta, y le salió un corto y agudo chillido por los labios. Ya estaba encendido el fuego del hogar, y había un hombre delante, calentándose ociosamente las manos.

Alargó la mano para coger algo, cualquier cosa que pudiera usar como arma.

Y entonces él se giró.

—¿Michael?

No sabía que ella estaría en Londres. Condenación, ni siquiera se le había ocurrido pensar que podría estar. Saberlo no habría cambiado nada, pero por lo menos habría estado preparado; podría haber controlado la expresión, esbozando una sonrisa triste, por ejemplo, o, como mínimo, habría procurado estar impecablemente vestido e inmerso en su papel de libertino incorregible.

Pero no, estaba ahí boquiabierto, tratando de no fijarse en que ella sólo llevaba encima un camisón y una bata color carmesí oscuro, tan delgados y translúcidos que se le veía el contorno de...

Tragó saliva. No mires, no mires.

—¿Michael? —repitió ella.

—Francesca —dijo, puesto que tenía que decir algo—. ¿Qué haces aquí?

Eso pareció activarle a ella los pensamientos y el movimiento.

—¿Qué hago aquí? —repitió—. No soy yo la que tendría que estar en India. ¿Qué haces tú aquí?

Él se encogió de hombros, despreocupadamente.

—Pensé que era hora de volver a casa.

—¿No podías haber escrito?

—¿A ti? —preguntó él, arqueando una ceja.

Eso era y pretendía ser un golpe directo. Ella no le había escrito ni una sola letra durante su ausencia. Él le había enviado tres cartas, pero cuando se le hizo evidente que ella no tenía la menor intención de contestarle, había dirigido toda su correspondencia a su madre y a la madre de John.

—A cualquiera —contestó ella—. Alguien habría estado aquí para recibirte.

—Estás tú.

Ella lo miró enfurruñada.

—Si hubiéramos sabido que venías, te habríamos preparado la casa.

Él volvió a encogerse de hombros. Ese movimiento parecía encarnar la imagen que tan angustiosamente deseaba dar.

—Está bastante preparada.

Ella se cruzó de brazos, por el frío, dejando bloqueada la vista de sus pechos, lo cual, tuvo que reconocer él, era probablemente mejor.

—Bueno, podrías haber escrito —dijo ella entonces, y su voz pareció quedar suspendida en el aire nocturno—. Eso habría sido lo cortés.

—Francesca —dijo él, girándose un poco para poder continuar frotándose las manos cerca del fuego—, ¿tienes una idea de lo que tarda la correpondencia entre India y Londres?

—Cinco meses —contestó ella al instante—. Cuatro, si los vientos son favorables.

Condenación, tenía razón.

—Puede que sea así —dijo entonces, displicente—, pero cuando decidí volver ya era tarde para enviar el aviso. La carta habría viajado en el mismo barco en que vine yo.

—¿Sí? Creía que los barcos de pasajeros navegaban más lentos que los que traen el correo.

Él exhaló un suspiro y la miró por encima del hombro.

—Todos traen correo. Además, ¿tiene alguna importancia eso?

Por un momento pensó que ella iba a contestar que sí, pero entonces dijo en voz baja:

—No, claro que no. Lo importante es que estás en casa. Tu madre va a estar fascinada.

Él le dio la espalda para que no viera su sonrisa sin humor.

—Sí, claro —musitó.

—Y yo —se interrumpió para aclararse la garganta—, estoy encantada por tenerte de vuelta.

Daba la impresión de que quería convencerse a sí misma de eso, pero él decidió hacer el papel de caballero por una vez y no comentárselo.

—¿Tienes frío? —le preguntó.

—No mucho.

—Me parece que mientes.

—Sólo un poco.

Él se movió hacia un lado para dejarle espacio más cerca del fuego. Al no sentirla acercarse, hizo un gesto con la mano indicándole el espacio desocupado.

—Debería volver a mi habitación —dijo ella.

—Por el amor de Dios, Francesca, si tienes frío, acércate al fuego. No te voy a morder.

Ella apretó los dientes y fue a ponerse a su lado, pero lo más alejada posible, dejando una buena distancia entre ellos.

—Te ves bien.

—Como tú.

—Ha sido mucho tiempo.

—Sí, cuatro años, creo.

Francesca tragó saliva, deseando que eso no fuera tan difícil. Era Michael, por el amor de Dios, no tendría por qué ser difícil. Sí, se separaron de mala manera, pero eso fue en esos días negros que siguieron a la muerte de John. Todos estaban sufriendo entonces, como animales heridos, dando coces a cualquiera que se les pusiera en el camino. Ahora tenía que ser diferente. Dios sabía con cuánta frecuencia había pensado en el momento del reencuentro. Michael no podría seguir lejos indefinidamente, todos lo sabían. Y cuando se le pasó la rabia, había esperado que cuando él volviera fueran capaces de olvidar todas las cosas desagradables ocurridas entre ellos.

Y volverían a ser amigos. Ella necesitaba esa amistad, más de lo que se había imaginado.

—¿Tienes algún plan? —le preguntó, principalmente porque encontraba horrible el silencio.

—Por ahora, en lo único que puedo pensar es en calentarme —masculló él.

Ella sonrió, a su pesar.

—Hace un frío excepcional para esta época del año.

—Había olvidado el maldito frío que puede hacer aquí —gruñó él, frotándose enérgicamente las manos.

—Uno pensaría que no te abandonaría nunca el recuerdo de los inviernos en Escocia —musitó ella.

Entonces él se giró hacia ella, con una sonrisa sesgada jugueteando en sus labios. Había cambiado, comprendió ella. Ah, había diferencias visibles, esas que todo el mundo vería. Estaba bronceado, escandalosamente bronceado, y en su pelo, siempre negro medianoche, ahora se veían unos cuantos hilos de plata.

Pero había más. La expresión de su boca era distinta; le notaba los labios más rígidos, si eso tenía algún sentido, y al parecer había desaparecido esa elegancia desmadejada. Antes siempre se veía tan a gusto, tan cómodo en su piel, pero ahora estaba... tenso.

Tirante.

—Eso creerías tú —dijo él, y ella lo miró sin entender, porque había olvidado a qué le contestaba, hasta que añadió—: He vuelto a casa porque ya no soportaba el calor, y ahora que estoy aquí, estoy a punto de perecer de frío.

—No tardará en llegar la primavera.

—Ah, sí, la primavera. Con sus vientos simplemente gélidos, que no los helados de invierno.

Ella se rió, ridículamente complacida por tener algo de qué reírse en su presencia.

—La casa estará mejor mañana —dijo—. Yo he llegado esta noche y, como tú, olvidé avisar de mi llegada. La señora Parrish me ha asegurado que la casa estará bien provista mañana.

Él asintió y se dio media vuelta para calentarse la espalda.

—¿Qué haces aquí?

—¿Yo?

Él indicó con un gesto la sala vacía, como para hacerla comprender.

—Vivo aquí —dijo ella.

—Normalmente no vienes hasta abril.

—¿Cómo lo sabes?

Por un momento él pareció casi azorado.

—Las cartas de mi madre son extraordinariamente detalladas —explicó.

Ella se encogió de hombros y se acercó un poco más al fuego. No debía ponerse muy cerca de él, pero porras, todavía tenía bastante frío, y la delgada bata la protegía muy poco.

—¿Es una respuesta eso? —preguntó él arrastrando la voz.

—Simplemente me apeteció —contestó ella, insolente—. ¿No es eso la prerrogativa de una dama?

Él volvió a girarse, tal vez para calentarse el costado, y quedó de cara a ella.

Y terriblemente cerca.

Ella se apartó, apenas un poquito; no quería que él se diera cuenta de que su cercanía la hacía sentirse incómoda.

Tampoco quería reconocer eso para sí misma.

—Creía que la prerrogativa de una dama era cambiar de opinión.

—Es prerrogativa de una dama hacer lo que sea que desee —dijo ella altivamente.

—Tocado —musitó él. Volvió a mirarla, esta vez más atentamente—. No has cambiado.

Ella lo miró casi boquiabierta.

—¿Cómo puedes decir eso?

—Porque estás exactamente como te recordaba. —Y entonces hizo un gesto pícaro hacia su revelador conjunto de cama—. Aparte de tu atuendo, claro.

Ella ahogó una exclamación y retrocedió, rodeándose más fuerte con los brazos.

Eso fue una broma de mal gusto, se dijo él, pero se sentía satisfecho consigo mismo por haberla ofendido. Necesitaba que ella retrocediera, se pusiera fuera de su alcance. Ella tendría que poner los límites.

Porque él no sabía si sería capaz de hacer esa tarea.

Le mintió cuando le dijo que no había cambiado. Veía algo diferente en ella, algo totalmente inesperado.

Algo que lo estremecía hasta el fondo del alma.

Era una especie de nimbo que la rodeaba; todo estaba en su cabeza, en realidad, pero no por eso era menos aniquilador. Notaba en ella un aire de disponibilidad, un horroroso y torturante conocimiento de que John estaba muerto, muerto de verdad, y que lo único que le impedía alargar la mano y acariciarla era su conciencia.

Era casi divertido.

Casi.

Y ahí estaba ella, sin tener idea, totalmente inconsciente de que el hombre que estaba a su lado no deseaba otra cosa que despojarla de esas prendas de seda y tumbarla ahí mismo, delante del hogar. Deseaba separarle los muslos, enterrarse en ella y...

Se rió tristemente. Al parecer, cuatro años no le habían servido de nada para enfriar ese inapropiado ardor.

—¿Michael?

Él la miró.

—¿Qué es tan divertido?

Su pregunta; eso era lo divertido.

—No lo entenderías.

—Ponme a prueba.

—Ah, creo que no.

—Michael —insistió ella.

Él la miró y le dijo con intencionada frialdad:

—Francesca, hay cosas que no entenderás nunca.

Ella entreabrió los labios y pareció como si la hubieran golpeado. Y él se sintió muy mal, como si la hubiera golpeado.

—Qué terrible decir eso —musitó ella.

Él se encogió de hombros.

—Has cambiado —añadió ella.

Lo más doloroso era que no había cambiado. No había cambiado de ninguna de las maneras que le habrían hecho más fácil soportar su vida. Exhaló un suspiro, odiándose porque no podría soportar que ella lo odiara.

—Perdóname —dijo, pasándose la mano por el pelo—. Estoy cansado, tengo frío, y soy un imbécil.

Ella sonrió al oír eso y por un momento retrocedieron en el tiempo.

—No pasa nada —dijo ella amablemente, tocándole el brazo—. Has hecho un largo viaje.

Él retuvo el aliento. Ella siempre solía hacer eso: tocarle amistosamente el brazo. Nunca en público, por supuesto, y rara vez cuando estaban solos. John habría estado ahí; siempre estaba ahí. Y siempre, siempre, lo había estremecido hasta el alma.

Pero nunca tanto como en ese momento.

—Necesito acostarme —dijo.

Normalmente era un maestro en ocultar su desasosiego, pero esa noche no había estado preparado para verla, y además, estaba terriblemente cansado.

Ella retiró la mano.

—No habrá una habitación preparada para ti. Deberías dormir en la mía. Yo dormiré aquí.

—No —dijo él, con más energía de la que habría querido—. Yo dormiré aquí, o... ¡condenación! —masculló.

En tres pasos atravesó la sala y tiró del cordón para llamar. ¿De qué le servía ser el maldito conde de Kilmartin si no podía tener un dormitorio preparado a cualquier hora de la noche?

Además, tirar el cordón para llamar significaba que pasados unos minutos llegaría un criado, y eso significaría que ya no estaría ahí solo con Francesca.

Y no era que nunca hubieran estado solos antes, pero nunca había sido por la noche y estando ella con su bata y...

Volvió a tirar el cordón.

—Michael —dijo ella entonces, en un tono casi divertido—. Estoy segura que te han oído la primera vez.

—Sí, bueno, ha sido un día muy largo. Con tormenta en el Canal y todo eso.

—Pronto tendrás que contarme tus viajes —dijo ella amablemente.

Él la miró, arqueando una ceja.

—Te los habría contado por carta.

Ella estuvo un momento con los labios fruncidos. Esa era una expresión que él le había visto infinidad de veces. Estaba eligiendo las palabras, decidiendo si pincharlo o no con un dardo de su legendario ingenio.

Al parecer decidió no hacerlo, porque dijo:

—Estaba bastante enfadada contigo, por marcharte.

Él retuvo el aliento. Qué típico de Francesca elegir la sinceridad sobre una réplica hiriente.

—Lo siento —dijo, y lo decía en serio.

De todos modos no habría cambiado nada. Se marchó porque lo necesitaba. Tuvo que marcharse. Tal vez eso daba a entender que era un cobarde o poco hombre. Pero no estaba preparado para ser el conde. No era John; no podía ser John. Y eso era lo único que esperaban todos que fuera.

Incluso Francesca, a su indecisa manera.

La contempló. Estaba totalmente seguro de que ella no entendía por qué se marchó. Tal vez creía que lo entendía, pero ¿cómo iba a entenderlo? No sabía que él la amaba; de ninguna manera podía entender lo tremendamente culpable que se sentía él por asumir los papeles que configuraban la vida de John.

Pero nada de eso era culpa suya. Y mientras la miraba, frágil y orgullosa mirando el fuego, lo repitió:

—Lo siento.

Ella aceptó su disculpa con un ligerísimo gesto de asentimiento.

—Debería haberte escrito —dijo, y entonces se volvió a mirarlo, con una expresión de pena en los ojos, y tal vez de pedir disculpas también—. Pero la verdad es que no me sentía con ánimo. Pensar en ti me hacía pensar en John, y supongo que por entonces necesitaba no pensar mucho en él.

Michael no lo entendió, y ni siquiera lo intentó, pero asintió de todos modos.

Ella sonrió tristemente.

—Qué bien lo pasábamos los tres, ¿verdad?

Él volvió a asentir.

—Lo echo de menos —dijo, y lo sorprendió la agradable sensación que le produjo expresar eso.

—Siempre me imaginaba que sería fabuloso cuando tú te casaras finalmente —continuó ella—. Habrías elegido a una mujer inteligente, ingeniosa y entretenida, seguro. Lo habríamos pasado en grande los cuatro.

Michael tosió; le pareció que era lo mejor que podía hacer.

Ella levantó la vista, despertada de su ensoñación.

—¿Es que has cogido un catarro?

—Es probable. El sábado estaré en las puertas de la muerte, sin duda.

Ella arqueó una ceja.

—Supongo que no esperarás que yo te cuide.

Eso era justamente la oportunidad que él necesitaba para desviar la conversación a un tema que le resultaba más cómodo.

—No es necesario —dijo, haciendo un gesto con la mano, como para descartar esa posibilidad—. No necesitaré más de tres días para atraer a una bandada de mujeres de reputación dudosa para que atiendan a todas mis necesidades.

Ella frunció ligeramente los labios, pero era evidente que eso la divertía.

—El mismo de siempre, veo.

Él esbozó su sonrisa sesgada.

—Nadie cambia realmente, Francesca.

Ella ladeó la cabeza, haciendo un gesto hacia el corredor, del que llegaban los sonidos de pasos rápidos de alguien caminando en dirección a ellos.

Llegó el lacayo y Francesca asumió el mando, encargándose de darle las órdenes pertinentes, mientras él continuaba junto al hogar sin hacer otra cosa que calentarse las manos y asentir, en actitud vagamente imperiosa, manifestando su acuerdo.

—Buenas noches, Michael —dijo ella cuando el criado ya se alejaba a cumplir las órdenes.

—Buenas noches, Francesca —contestó él dulcemente.

—Cuánto me alegra volverte a ver —dijo ella, entonces, y luego añadió, como si necesitara convencer de eso a uno de los dos, aunque él no supo a quién—: De verdad.

# Capítulo 6

*... Lamento no haber escrito. No, eso no es cierto, no lo lamento. No deseo escribir. No deseo pensar en...*

*De una carta que intentó escribir la condesa de Kilmartin al nuevo conde de Kilmartin, hecha pedazos y luego bañada con lágrimas.*

Cuando Michael se levantó a la mañana siguiente, la casa Kilmartin ya estaba bien provista y funcionando como corresponde a la casa de un conde. Estaba encendido el fuego en todos los hogares, y en el comedor informal habían dispuesto un espléndido desayuno: huevos revueltos, jamón, beicon, salchichas, tostadas con mantequilla y mermelada, y su plato favorito, caballa hervida.

Sin embargo, Francesca no se veía por ninguna parte.

Cuando preguntó por ella al mayordomo, este le entregó un papel doblado que ella había dejado para él a primera hora de esa mañana. En la nota le decía que pensaba que darían pie a habladurías si vivían juntos y solos en la casa Kilmartin, por lo que se había mudado a la casa de su madre, en Bruton Street, número 5, hasta que llegara de Escocia Janet o Helen. Pero lo invitaba a visitarla ese día, pues estaba segura de que tenían mucho de qué hablar.

Michael encontró que tenía toda la razón, de modo que tan pronto como terminó de desayunar (descubriendo, con gran sorpresa, que echaba de menos los yogures y las típicas crepes dosa de su desayuno indio), salió a la calle para dirigirse a la casa Número 5, como la llamaban todos.

Decidió ir a pie; la casa no quedaba muy lejos, y el aire estaba bastante más templado sin los gélidos vientos del día anterior. Pero más que nada deseaba contemplar las vistas de la ciudad y recordar los ritmos de Londres. Nunca antes había tomado conciencia de los peculiares olores y sonidos de la capital, nunca había prestado atención a la mezcla del clop-clop de los cascos de los caballos con los festivos reclamos de las floristas y el murmullo más grave de las voces cultas. Sentía también el sonido de sus pisadas sobre la acera, el aroma de las avellanas y almendras tostadas y la vaga sensación del peso del hollín en el aire, todo combinado para hacer ese algo único que era Londres.

Se sentía casi abrumado, y eso lo encontraba raro, porque recordaba haberse sentido exactamente igual cuando desembarcó en India hacía cuatro años. Allí, el aire húmedo, impregnado de los aromas de las especias y las flores, le había impresionado todos los sentidos. Lo había sentido casi como un asalto a sus sentidos, que lo adormecía y desorientaba. Y si bien su reacción a Londres no era en absoluto tan espectacular, de todos modos se sentía un extraño, un forastero, con todos sus sentidos atacados por olores y sonidos que no deberían resultarle tan desconocidos.

¿Se había convertido en extranjero en su propio país? Esa conclusión era casi estrafalaria; sin embargo, caminando por las atiborradas calles del sector comercial más elegante de Londres, no podía evitar pensar que destacaba, que cualquier persona que lo mirara sabría al instante que era diferente, que estaba fuera de lugar, ajeno a la vida y existencia británica.

O también podría ser, concedió, al mirar su reflejo en un escaparate, el bronceado.

El color tostado de su piel tardaría semanas en desaparecer, o tal vez meses.

Su madre se escandalizaría cuando lo viera.

Sonrió. Le gustaba bastante escandalizar a su madre. Nunca se había hecho tan adulto como para que eso dejara de divertirlo.

Dobló la esquina en Bruton Street y fue dejando atrás las pocas casas hasta llegar al número 5. Había estado ahí antes, por supuesto. La madre de Francesca siempre definía la palabra «familia» de la manera más amplia posible, de modo que a él siempre lo invitaban, junto con John y Francesca, a todas las fiestas y acontecimientos de la familia Bridgerton.

Cuando llegó, lady Bridgerton ya estaba en el salón verde y crema, tomando una taza de té sentada ante su escritorio junto a la ventana.

—¡Michael! —exclamó, con evidente afecto, levantándose—. ¡Qué alegría verte!

—Lady Bridgerton —saludó él, cogiéndole la mano e inclinándose a besarle galantemente el dorso.

—Nadie hace eso como tú —dijo ella, aprobadora.

—Uno tiene que cultivar sus mejores mañas.

—Y no te puedes imaginar cuánto agradecemos que lo hagas las señoras de cierta edad.

Él esbozó su sonrisa pícara, diabólica.

—Y ¿una cierta edad es... treinta y uno?

Lady Bridgerton era el tipo de mujer a la que la edad hace más hermosa, y la sonrisa que le dirigió fue francamente radiante.

—Siempre eres bienvenido en esta casa, Michael Stirling.

Él sonrió y se sentó en el sillón de respaldo alto que ella le indicó.

—Ay, Dios —dijo ella, frunciendo el ceño—. Debo pedir disculpas. Supongo que ahora debo llamarte Kilmartin.

—Michael va muy bien.

—Sé que ya han pasado cuatro años —continuó ella—, pero como no te había visto...

—Puede llamarme como quiera —dijo él afablemente.

Era curioso. Ya se había acostumbrado, por fin, a que lo llamaran Kilmartin; se había adaptado a que su título reemplazara a su apellido. Pero eso era en India, donde nadie lo había conocido antes como el simple señor Stirling, y tal vez, más importante aún, nadie había conocido a John como el conde. Oír su título en boca de Violet Bridgerton le resultaba bastante desconcertante, sobre todo porque ella, como era la costumbre de muchas suegras, normalmente hablaba de John como de su hijo.

Pero si ella percibió su incomodidad interior, no lo demostró con ningún gesto.

—Si vas a ser tan acomodadizo —dijo—, yo debo serlo también. Llámame Violet, por favor. Ya es hora.

—Ah, no podría —se apresuró a decir él.

Y lo decía en serio. Ella era lady Bridgerton. Era... Bueno, no sabía qué era, pero de ninguna manera podría ser «Violet» para él.

—Insisto, Michael, y seguro que ya sabes que normalmente me salgo con la mía.

Él no vio manera de ganar en esa discusión, de modo que simplemente suspiró y dijo:

—No sé si sería correcto besarle la mano a una Violet. Sería escandalosamente íntimo, ¿no le parece?

—No te atrevas a dejar de hacerlo.

—Habría habladurías.

—Creo que mi reputación puede soportar eso.

—Ah, pero ¿puede la mía?

Ella se echó a reír.

—Eres un pícaro.

—Merecido me lo tengo —dijo él, reclinándose en el respaldo.

—¿Te apetecería un té? —ofreció ella, apuntando hacia la delicada tetera de porcelana que estaba sobre su escritorio al otro lado del salón—. El mío ya se ha enfriado, pero me hará feliz llamar para que traigan más.

—Me encantaría.

—Supongo que ahora serás muy exigente con el té, después de tantos años en India —dijo ella, levantándose para ir a tirar el cordón.

Él se apresuró a levantarse también.

—No es lo mismo —dijo—. No sabría explicarlo, pero nada sabe igual al té en Inglaterra.

—¿Crees que será la calidad del agua?

Él sonrió disimuladamente.

—La calidad de la mujer que lo sirve.

Ella se rió.

—Tú, milord, necesitas una esposa. Inmediatamente.

—¿Ah, sí? Y ¿eso por qué?

—Porque en tu actual estado eres claramente un peligro para las mujeres solteras de todas partes.

Él no pudo resistirse a una última galantería pícara.

—Espero que te incluyas entre esas mujeres solteras, Violet.

—¿Estás coqueteando con mi madre? —dijo una voz desde la puerta.

Era Francesca, por supuesto, impecablemente ataviada con un vestido de mañana color lavanda, adornado con una franja bastante intrincada de encaje de Bruselas. Daba la impresión de estar esforzándose en ser severa con él.

Y no lo conseguía del todo.

Mientras observaba a las dos damas tomar sus asientos, se tomó el tiempo para curvar los labios en una sonrisa enigmática.

—He viajado por el mundo, Francesca, y puedo decir, sin la menor duda, que hay pocas mujeres a las que preferiría a tu madre para coquetear.

—Ahora mismo te invito a cenar esta noche —declaró Violet—, y no aceptaré un no.

Michael se rió.

—Será un honor.

—Eres incorregible —masculló Francesca, sentada enfrente de él.

Él se limitó a dirigirle su sonrisa despreocupada. Todo iba bien, pensó. La mañana estaba transcurriendo exactamente como había deseado y esperado: él y Francesca reasumiendo sus papeles y costumbres. Él volvía a ser el temerario encantador y ella simulaba que lo regañaba, y todo era tal como había sido antes que muriera John.

Esa noche se había dejado vencer por la sorpresa. No había esperado verla. Y no fue capaz de colocar firmemente en su lugar su persona pública.

Y no todo era pura representación por su parte. Siempre había sido un poco temerario, y probablemente era un seductor incorregible. A su madre le encantaba decir que hechizaba a las damas desde que tenía cuatro años.

Solamente cuando estaba con Francesca era absolutamente importante que ese aspecto de su personalidad ocupara el primer plano, estuviera en la superficie, para que ella nunca sospechara lo que había debajo.

—¿Qué planes tienes ahora que has vuelto? —le preguntó Violet.

Michael se volvió hacia ella con su muy bien lograda expresión impasible.

—En realidad no lo sé —contestó, avergonzado por tener que reconocer para sí mismo que eso era cierto—. Me imagino que me tomaré un tiempo para comprender qué se espera exactamente de mí en mi nuevo papel.

—Estoy segura de que Francesca puede ayudarte en ese aspecto —dijo Violet.

—Sólo si lo desea —dijo él tranquilamente.

—Claro que sí —exclamó Francesca, girándose ligeramente al sentir entrar a una criada con la bandeja con el té—. Te ayudaré en todo lo que necesites.

—Lo han preparado bastante rápido —comentó Michael.

—Estoy loca por el té —explicó Violet—. Lo bebo todo el día. En la cocina siempre tienen el agua a punto.

—¿Vas a querer una taza, Michael? —preguntó Francesca, que se había hecho cargo de servir.

—Sí, gracias.

—Nadie conoce Kilmartin como Francesca —continuó Violet, con todo el orgullo de madre—. Te será muy valiosa.

—No me cabe duda de que tiene toda la razón —dijo Michael, cogiendo la taza que le pasaba Francesca. Recordaba cómo lo tomaba, observó: con leche y sin azúcar. Se sintió inmensamente complacido por eso—. Ha sido la condesa durante seis años, y durante cuatro ha tenido que ser el conde también. —Al ver la sorprendida mirada de Francesca, añadió—: En todo a excepción del título. Ah, vamos, Francesca, tienes que darte cuenta de que eso es cierto.

—Esto...

—Y de que eso es un cumplido —añadió él—. Mi deuda contigo es mucho mayor de lo que podría pagar. No podría haber estado tanto tiempo ausente si no hubiera sabido que el condado estaba en manos tan capaces.

Francesca se ruborizó, y eso lo sorprendió. En todos los años que la conocía, podía contar con los dedos de una mano las veces que había visto sus mejillas sonrojadas.

—Gracias —dijo ella—. No ha sido muy difícil, te lo aseguro.

—Tal vez, pero se agradece de todos modos.

Dicho eso se llevó la taza a los labios, permitiendo así que las damas dirigieran la conversación a partir de ese momento.

Y eso hicieron. Violet le hizo preguntas acerca de su estancia en India, y antes de darse cuenta les estaba hablando de palacios, princesas, caravanas y platos con curry. Decidió dejar de lado a los merodeadores y a la malaria, considerando que esos no eran temas de conversación apropiados para un salón.

Pasado un rato cayó en la cuenta de que estaba disfrutando inmensamente. Tal vez había tomado la decisión correcta al volver, reflexionó, durante el momento en que Violet explicaba algo sobre un baile con tema indio al que había asistido el año anterior.

Realmente podría ser muy agradable estar de vuelta en casa.

Una hora después, Francesca se encontraba caminando por Hyde Park cogida del brazo de Michael. Había aparecido el sol por entre las nubes y cuando ella declaró que no podía resistirse al buen tiempo, Michael no tuvo más remedio que ofrecerse a acompañarla a dar un paseo.

—Es como en los viejos tiempos —comentó, poniendo la cara hacia el sol.

Posiblemente acabaría con un horrible bronceado o, como mínimo, con pecas, pero de todos modos su cara siempre parecería porcelana blanca al lado de la de Michael, cuya piel lo señalaba inmediatamente como un recién retornado del trópico.

—¿Caminar, quieres decir? —preguntó él—. ¿O te refieres a tu experta manipulación para que te acompañara?

—A las dos cosas, por supuesto —dijo ella, tratando de mantener la cara seria—. Solías sacarme a pasear muchísimo. Siempre que John estaba ocupado.

—Cierto.

Continuaron caminando en silencio un rato y de pronto él dijo:

—Me sorprendí esta mañana al descubrir que te habías marchado.

—Espero que comprendas por qué tenía que marcharme. No lo deseaba, por supuesto. Volver a la casa de mi madre me hace sentir como si hubiera retrocedido a la infancia. —Frunció los labios, fastidiada—. La adoro, por supuesto, pero me he acostumbrado a tener y llevar mi propia casa.

—¿Quieres que yo me vaya a vivir en otra casa?

—Noo, no, de ninguna manera —se apresuró a decir ella—. Tú eres el conde. La casa Kilmartin te pertenece a ti. Además, Helen y Janet iban a venir una semana después que yo; no tardarán en llegar. Y entonces podré volver a la casa.

—Ánimo, Francesca, estoy seguro de que lo soportarás.

Ella lo miró de reojo.

—Esto no es algo que puedas comprender, ni que pueda comprender ningún hombre, por cierto, pero prefiero mi situación de mujer casada a la de debutante. Cuando estoy en la Número Cinco, con Eloise y Hyacinth, que viven ahí, me siento como si estuviera nuevamente en mi primera temporada, atada por todas las reglas y reglamentos de etiqueta que la acompañan.

—No todas —observó él—. Si eso fuera así, no se te permitiría estar paseando conmigo en estos momentos.

—Cierto —concedió ella—. En especial contigo, me imagino.

—Y ¿qué debo entender con eso?

Ella se rió.

—Ah, vamos, Michael. ¿De veras crees que te ibas a encontrar tu reputación blanqueada simplemente porque has estado cuatro años fuera del país?

—Francesca...

—Eres una leyenda.

Él pareció horrorizado.

—Es cierto —dijo ella, extrañada de que él se sorprendiera tanto—. Buen Dios, las mujeres siguen hablando de ti.

—No a ti, espero —masculló a él.

—A mí más que a nadie. —Sonrió traviesa—. Todas quieren saber cuándo piensas volver. Y seguro que será peor cuando se propague la noticia de que has vuelto. Debo decir que es un papel bastante extraño el mío, ser la confidente del libertino más notorio de Londres.

—Confidente, ¿eh?

—¿De qué otra manera lo llamarías?

—No, no, confidente es una palabra perfectamente adecuada. Lo que pasa es que si crees que yo te lo he confiado todo...

Francesca lo miró fastidiada. Eso era lo típico de él: dejar las frases sin terminar, a posta, dejándole la imaginación ardiendo de preguntas.

—Colijo entonces —musitó—, que no nos contaste todo lo que hacías en India.

Él se limitó a sonreír, con esa sonrisa diabólica.

—Muy bien. Permíteme entonces que pase a un tema de conversación más respetable. ¿Qué piensas hacer ahora que has vuelto? ¿Vas a ocupar tu escaño en el Parlamento?

Dio la impresión de que él no había considerado eso.

—Eso es lo que habría deseado John —añadió ella, a sabiendas de que era una manipulación diabólica.

Michael la miró algo enfurruñado, y sus ojos le dijeron que no le gustaban sus tácticas.

—Tendrás que casarte también —continuó.

—Y ¿tú piensas hacer el papel de casamentera? —preguntó él, malhumorado.

—Si quieres —repuso ella, encogiéndose de hombros—. Seguro que no podría hacer el trabajo peor que tú.

—Buen Dios —gruñó él—. Sólo llevo un día aquí. ¿Tenemos que hablar de esto ahora?

—Noo, claro que no. Pero ha de ser pronto. No te estás haciendo más joven.

Él la miró horrorizado.

—No logro imaginarme permitiendo que alguien me hable de esa manera.

—No olvides a tu madre —replicó ella, sonriendo satisfecha.

—Tú no eres mi madre —dijo él, en un tono tal vez demasiado enérgico.

—Gracias al cielo. Ya habría muerto de paro cardiaco hace años. No sé cómo lo soporta ella.

Él se detuvo.

—No soy tan malo.

Ella se encogió delicadamente de hombros.

—¿No?

Y él se quedó sin habla. Absolutamente mudo. Esa conversación la habían tenido infinitas veces, pero en ese momento había algo diferente. Notaba un filo en el tono de su voz, una especie de intención de pincharlo con sus palabras que no existía antes.

O tal vez simplemente nunca lo había notado.

—Vamos, no te horrorices tanto, Michael —dijo ella, pasando el brazo por delante y dándole unas palmaditas en el brazo—. Es cierto que tienes una reputación terrible, pero eres infinitamente encantador, así que siempre se te perdona.

¿Así era como lo veía ella?, pensó él. Y ¿por qué lo sorprendía eso? Esa era justamente la imagen que había intentado crearse.

—Y ahora que eres el conde —continuó ella—, las mamás se van a tropezar entre ellas para lograr casarte con sus preciosas hijas.

—Tengo miedo —dijo él en voz baja—. Mucho miedo.

—Y bien que debes —dijo ella, sin la más mínima compasión—. A mí me van a volver loca pidiéndome información, te lo aseguro. Tienes la suerte de que esta mañana encontré un momento para hablar en privado con mi madre y la hice prometer que no pondría a Eloise ni a Hyacinth en tu camino. Porque lo haría también —añadió, visiblemente encantada con la conversación.

—Creo recordar que a ti te gustaba poner a tus hermanas en mi camino.

Ella frunció ligeramente los labios.

—Eso fue hace años —repuso, agitando las manos como si quisiera echar a volar sus palabras al viento—. Ahora no funcionaría.

Él nunca había sentido ningún deseo de cortejar a sus hermanas, pero no pudo dejar pasar la oportunidad de darle un pequeño pinchazo verbal también.

—¿Para Eloise o para Hyacinth? —preguntó.

—Para ninguna de las dos —contestó ella, tan irritada que lo hizo sonreír—. Pero yo te encontraré a alguien, así que no te preocupes.

—¿Estaba preocupado?

—Creo que te presentaré a la amiga de Eloise, Penelope —continuó ella, como si él no hubiera hablado.

—¿La señorita Featherington? —preguntó él, recordando vagamente a una chica ligeramente regordeta que no hablaba jamás.

—Es amiga mía también, por supuesto —añadió Francesca—. Creo que podría gustarte.

—¿Ha aprendido a hablar?

Ella lo miró indignada.

—Pasaré por alto ese comentario. Penelope es una dama encantadora y muy inteligente, una vez que supera su timidez inicial.

—Y ¿cuánto tiempo le lleva eso? —masculló él.

—Creo que te equilibraría muy bien —declaró ella.

—Francesca, no vas a hacer de casamentera para mí —dijo él, en tono algo rotundo—. ¿Entendido?

—Bueno, alguien...

—Y no digas que alguien tiene que hacerlo —interrumpió él.

Sí, pensó, Francesca era un libro abierto, igual que lo había sido hacía años. Siempre había deseado controlar su vida.

—Michael —murmuró ella, en una especie de suspiro que expresaba más sufrimiento del que tenía derecho a sentir.

—Acabo de volver. Sólo he estado un día en la ciudad —dijo él—. Un día. Estoy cansado, y por mucho que haya salido el sol, sigo sintiendo el maldito frío, y ni siquiera han sacado mis cosas de mis baúles. Dame por lo menos una semana antes de empezar a planear mi boda.

—¿Una semana, entonces? —preguntó ella, astutamente.

—Francesca —dijo él, en tono de advertencia.

—Muy bien —dijo ella, descartando la advertencia—. Pero no vengas después a decirme que no te lo advertí. Cuando aparezcas en sociedad y las jovencitas con sus madres te arrinconen, lanzadas al ataque...

Él se estremeció al imaginárselo, y sabía que era probable que ella tuviera razón.

—... vendrás a suplicarme que te ayude —terminó ella, mirándolo con una expresión fastidiosamente satisfecha.

—Eso seguro —dijo él, mirándola con una sonrisa paternalista que sabía que ella detestaba—. Y cuando ocurra eso, te prometo que estaré debidamente prostrado por el arrepentimiento, contrición, vergüenza y cualquiera otra emoción que quieras atribuirme.

Entonces ella se echó a reír, lo que le calentó el corazón más de lo que debería. Siempre lograba hacerla reír.

Ella se volvió hacia él, le sonrió y le dio una palmadita en el brazo.

—Me alegra que hayas vuelto.

—Es agradable estar de vuelta —dijo él.

Y aunque esas palabras le salieron automáticamente, comprendió que las decía en serio. Era agradable estar otra vez allí. Difícil, pero agradable. Aunque ni siquiera valía la pena quejarse de lo difícil que era; de ninguna manera podía decir que eso fuera algo a lo que no estaba acostumbrado.

—Debería haber traído pan para los pajaritos —musitó ella.

—¿En el Serpentine? —preguntó él, sorprendido.

Había paseado muchas veces con Francesca por Hyde Park, y siempre trataban de evitar las orillas del Serpentine como a la peste. Siempre había allí muchas niñeras y niños, chillando como salvajes (muchas veces las niñeras gritaban más que los niños), y él tenía por lo menos un conocido que una vez recibió el golpe de una barra de pan en la cabeza.

Al parecer nadie le había dicho al pequeño aspirante a jugador de críquet que debía partir la barra de pan en trozos más manejables, y menos peligrosos.

—Me encanta tirarles pan a los pájaros —dijo Francesca, algo a la defensiva—. Además, hoy no hay demasiados niños. Todavía hace un poco de frío.

—Eso nunca nos acobardó a John ni a mí —comentó él, bravamente.

—Sí, bueno, eres escocés —replicó ella—. Tu sangre circula bastante bien medio congelada.

Él sonrió de oreja a oreja.

—Somos gente fuerte los escoceses.

Eso tenía mucho de broma. Con tanta mezcla por matrimonios, la familia era tan inglesa como escocesa, e incluso tal vez más inglesa, pero puesto que Kilmartin estaba firmemente situado en Escocia entre los condados del margen occidental, los Stirling se aferraban a su legado escocés como a una insignia de honor.

Encontraron un banco no muy alejado del Serpentine y se sentaron a contemplar ociosamente los patos en el agua.

—Cualquiera diría que podrían buscarse un lugar más cálido —comentó Michael—. En Francia, tal vez.

—Y ¿perderse toda la comida que les arrojan los niños? —repuso Francesca, sonriendo irónica—. No son estúpidos.

Él simplemente se encogió de hombros. Lejos de él pretender tener mucho conocimiento de la conducta de las aves.

—¿Cómo encontraste el clima en India? —preguntó ella—. ¿Hace tanto calor como dicen?

—Más. O tal vez no. No lo sé. Me imagino que las descripciones son bastante precisas. El problema es que ningún inglés puede entender realmente lo que significan esas descripciones hasta que llega allí.

Ella lo miró interrogante.

—Hace más calor del que podrías imaginarte —explicó él.

—Eso me parece... Bueno, no sé qué me parece.

—El calor no es tan difícil de soportar como los insectos.

—Eso lo encuentro horroroso.

—Seguramente no te gustaría. Por un tiempo prolongado, en todo caso.

—Me encantaría viajar —dijo ella, entonces, en voz baja—. Siempre hacía planes.

Dicho eso se quedó callada, asintiendo levemente, como si estuviera distraída. Estuvo tanto rato bajando y levantando el mentón de esa manera que él pensó que se había olvidado de que lo hacía. Y entonces observó que tenía los ojos fijos en un punto en la distancia. Estaba observando algo, pero él no lograba imaginarse qué. No había nada interesante a la vista, aparte de una niñera pálida empujando un coche de bebé.

—¿Qué miras? —preguntó al fin.

Ella no contestó; simplemente continuó mirando.

—¿Francesca?

Entonces ella se volvió a mirarlo.

—Deseo tener un bebé.

# Capítulo 7

*... tenía la esperanza de que por estas fechas ya habría recibido alguna carta tuya, aunque claro, es imposible fiarse del correo cuando tiene que viajar tan lejos. Sólo la semana pasada me enteré de la llegada de una saca de correspondencia que tardó dos años enteros en llegar; muchos de los destinatarios ya habían vuelto a Inglaterra. Mi madre me dice que estás bien y totalmente recuperada de tu tragedia; me alegra saberlo. Mi trabajo aquí continúa siendo un buen reto, y muy satisfactorio. Me he ido a vivir a una casa fuera de la ciudad como hacen la mayoría de los europeos aquí en Madrás. Sin embargo, me encanta visitar la ciudad; tiene una apariencia bastante griega, o, mejor dicho, lo que yo me imagino que es griego puesto que nunca he visitado ese país. El cielo es azul, tan azul que casi es cegador, casi lo más azul que he visto en mi vida.*

De la carta del conde de Kilmartin
a la condesa de Kilmartin,
seis meses después de su llegada a India.

—Perdón, ¿qué has dicho? —preguntó él.

Estaba horrorizado, comprendió ella. Incluso esa pregunta pareció hacerla farfullando. No le había hecho esa declaración con el fin de producirle esa reacción, pero al verlo sentado ahí, boquiabierto, con la mandíbula colgando, no pudo dejar de sentir un poco de placer por haberlo conseguido.

—Deseo tener un bebé —repitió, encogiéndose de hombros—. ¿Hay algo sorprendente en eso?

Él estuvo un momento moviendo los labios, pero no le salió ningún sonido.

—Bueno..., no... pero...

—Tengo veintiséis años.

—Sé que edad tienes —dijo él, algo irritado.

—Cumpliré veintisiete a fines de abril —añadió ella—. No creo que sea tan raro que desee tener un hijo.

Los ojos de él seguían vagamente velados, algo vidriosos.

—No, claro que no, pero...

—Y ¡no tengo por qué darte explicaciones!

—No te las he pedido —repuso él, mirándola como si de pronto le hubiera brotado otra cabeza.

—Lo siento, perdona —balbuceó, contrita—. Mi reacción ha sido exagerada.

Él no dijo nada, y eso la irritó. Como mínimo, podría haber dicho algo para llevarle la contraria. Habría sido una mentira, pero de todos modos habría sido lo amable, lo cortés. Finalmente, dado que el silencio ya se le hacía insoportable, musitó:

—Muchas mujeres desean tener hijos.

—De acuerdo —dijo él, tosiendo—. Sí, claro. Pero..., ¿no te parece que primero podrías necesitar un marido?

—Por supuesto —replicó ella, mirándolo más indignada aún—. ¿Por qué crees que he venido antes a Londres?

Él la miró como si no entendiera.

—Quiero comprarme un marido —explicó ella, como si le estuviera hablando a un bobo.

—Qué manera más mercenaria de expresarlo.

Ella frunció los labios.

—Es que es así. Y tal vez será mejor que te acostumbres a la idea, por ti mismo. Es exactamente así como van hablar de ti las damas muy pronto.

—¿Tienes pensado algún caballero en particular? —preguntó él, desentendiéndose de la última frase.

Ella negó con la cabeza.

—Todavía no. Aunque me imagino que cuando comience a buscar surgirá alguien en primer plano. —Aunque intentó decir eso en tono alegre, no pudo dejar de notar que la voz le fue bajando de tono y volumen—. Seguro que mis hermanos tienen amigos —concluyó en un balbuceo.

Él la miró y luego se echó un poco hacia atrás, y se quedó contemplando el agua.

—Te he horrorizado.

—Pues... sí.

—Normalmente eso me causaría un inmenso placer —dijo ella, sonriendo irónica.

Él no contestó, pero puso los ojos ligeramente en blanco.

—No puedo estar de luto por John eternamente —continuó ella—. Es decir, puedo y lo haré, pero... —Se interrumpió, al darse cuenta, fastidiada, de que estaba a punto de echarse a llorar—. Y la peor parte de esto es que es posible que ni siquiera pueda tener hijos. Con John me llevó dos años concebir, y fíjate cómo lo estropeé.

—Francesca, no debes echarte la culpa del aborto espontáneo —dijo él enérgicamente.

Ella emitió una risita amarga.

—¿Te imaginas? ¿Que me case con alguien para tener un hijo y luego no tenga ninguno?

—Eso es bastante frecuente —dijo él afablemente.

Eso era cierto, pero no la hacía sentirse mejor. Ella tenía opciones. No tenía por qué casarse; si continuaba viuda estaría bien cuidada y mantenida, y sería maravillosamente independiente. Si se casaba, no, «cuando» se casara (tenía que comprometerse mentalmente a la idea) no sería por amor. No tendría un matrimonio como el que tuvo con John; una mujer sencillamente no encuentra un amor así dos veces en la vida.

Se iba a casar para tener un bebé, y no había ninguna garantía de que lo tuviera.

—¿Francesca?

Ella no lo miró, continuó en la misma posición, pestañeando, tratando angustiosamente de contener las lágrimas que le hacían arder las comisuras de los ojos.

Michael le ofreció un pañuelo, pero ella no quiso darse por enterada de ese solícito gesto. Si cogía el pañuelo tendría que llorar; nada se lo impediría.

—Debo rehacer mi vida —dijo, en tono desafiante—. Debo. John ya no está y yo...

Entonces le ocurrió algo de lo más extraño. Aunque «extraño» no era la palabra correcta. Chocante, tal vez, espantoso, vergonzoso, o tal vez no existía una palabra para expresar el tipo de sorpresa que pareció detenerle los latidos del corazón, dejándola inmóvil, incapaz de respirar.

Se giró hacia él, lo cual era lo más natural del mundo. Se había vuelto hacia él cientos, no, miles de veces. Él podía haber pasado los cuatro últimos años en India, pero le conocía la cara, y conocía su sonrisa. En realidad, lo sabía todo acerca de él.

Pero esta vez fue diferente. Se volvió hacia él, pero no había esperado que él ya estuviera vuelto hacia ella. Tampoco había esperado que su cara estuviera tan cerca que le viera las pintitas negras de los ojos.

Además de todo eso, lo principal era que tampoco se había imaginado que bajaría la mirada a sus labios. Eran unos labios llenos, exuberantes, bellamente modelados. Y ella le conocía la forma de los labios, por supuesto, tan bien como conocía la forma de los suyos, pero nunca antes los había mirado de verdad, nunca se había fijado en que no tenían un color parejo, ni en que la curva del labio inferior era francamente muy sensual y...

Se levantó, tan rápido que casi perdió el equilibrio.

—Tengo que irme —dijo, y la sorprendió que su voz sonara como la suya y no como la de algún demonio monstruoso—. Tengo una cita. Lo había olvidado.

—Sí, por supuesto —dijo él, levantándose también.

—Con la modista —añadió ella, como si dar detalles fuera a hacer más convincente la mentira—. Todos mis vestidos son de colores apagados.

—No te sientan bien —asintió él.

—Muy amable al señalarlo —dijo ella, irritada.

—Deberías usar azul —dijo él.

Ella asintió con un movimiento brusco, todavía bastante desequilibrada.

—¿Te sientes mal?

—Estoy muy bien —contestó entre dientes. Y puesto que no habría engañado a nadie con ese tono, añadió con más suavidad—: Estoy muy bien, te lo aseguro. Simplemente detesto retrasarme.

Eso era cierto, y él lo sabía, así que era de esperar que atribuyera a eso su brusquedad.

—Muy bien —dijo él afablemente.

Durante todo el trayecto de vuelta a la casa Número Cinco, Francesca no paró de parlotear. Tenía que presentar una buena fachada, decidió, sintiéndose bastante agitada, casi febril. De ninguna manera podía permitir que él adivinara lo que había ocurrido en su interior en ese banco junto al Serpentine.

Claro que ya sabía que Michael era guapo, pasmosamente guapo, en realidad. Pero eso había sido una especie de conocimiento abstracto. Michael era guapo, tal como su hermano Benedict era alto y su madre tenía los ojos hermosos.

Pero de repente... En ese momento...

Lo miró y vio algo totalmente diferente.

Vio a un hombre.

Y eso la asustaba de muerte.


Francesca tendía a aferrarse a la idea de que la mejor línea de conducta siempre es más acción; por lo tanto, tan pronto como entró en la casa de vuelta del paseo, fue a buscar a su madre para informarla de que necesitaba visitar a la modista inmediatamente. Al fin y al cabo, lo mejor era convertir en verdad la mentira cuanto antes.

Su madre se mostró sencillamente encantada de que ella hubiera decidido abandonar los colores grises y lavandas de medio luto, de modo que antes que transcurriera una hora, las dos estaban cómodamente instaladas en el elegante coche de Violet, en marcha hacia las selectas tiendas de Bond Street. Normalmente a Francesca la habría erizado la intromisión de Violet; ella era muy capaz de elegir su ropa, gracias, pero ese día encontraba curiosamente consoladora la presencia de su madre.

Y no era que su madre no fuera siempre un consuelo. Sencillamente ella tendía a preferir su vena independiente con más frecuencia que menos, y no le gustaba nada que la consideraran «una de esas chicas Bridgerton». Y en cierto modo muy extraño, la desconcertaba bastante esa inminente visita a la modista. Aunque habría sido necesaria una tortura con todos sus más atroces detalles para que lo reconociera, se sentía simplemente aterrada.

Aun en el caso de que no hubiera decidido que ya era hora de volverse a casar, quitarse la ropa de viuda era un inmenso cambio, cambio para el cual no estaba segura de estar preparada.

Sentada en el coche, se miró la manga; el capote le cubría el vestido, pero sabía que el vestido que llevaba era color lavanda. Y encontraba algo tranquilizador en ese color, algo serio, formal, algo que le inspiraba confianza. Ya hacía tres años que usaba ese color, o gris. Y antes, todo el año anterior, negro. Esos colores de luto habían sido una especie de insignia, comprendió, una especie de uniforme. No había necesidad de preocuparse de qué es uno cuando la ropa lo proclama con tanta fuerza.

—¿Madre? —dijo, antes de darse cuenta de que quería hacer una pregunta.

—¿Sí, cariño? —contestó Violet, girándose a mirarla sonriendo.

—¿Por qué nunca te volviste a casar?

Violet entreabrió ligeramente los labios y Francesca vio, sorprendida, que se le habían puesto brillantes los ojos.

—¿Sabes que esta es la primera vez que uno de vosotros me hace esa pregunta?

—No puede ser. ¿Estás segura?

Violet asintió.

—Ninguno de mis hijos me lo ha preguntado. Lo recordaría.

—No, no, claro que lo recordarías —se apresuró a decir Francesca.

Pero lo encontraba extraño. Y desconsiderado, en realidad. ¿Por qué ninguno de ellos le había hecho esa pregunta a su madre? Esa era la pregunta más candente imaginable. Y aun en el caso de que a ninguno de ellos le importara la respuesta para satisfacer una curiosidad personal, ¿no comprendían lo importante que era para Violet? ¿Es que no deseaban conocer a su madre? ¿Conocerla de verdad?

—Cuando murió tu padre... —dijo Violet—. Bueno, no sé cuánto recordarás, pero fue muy repentino. Nadie se lo esperaba.

Emitió una risita triste y Francesca pensó si alguna vez ella sería capaz de reírse al hablar de la muerte de John, aun cuando la risa estuviera teñida por la tristeza.

—Por una picadura de abeja —añadió Violet.

Entonces Francesca cayó en la cuenta de que, incluso en ese momento, más de veinte años después de la muerte de Edmund Stirling, su madre parecía sorprendida cuando hablaba de ella.

—¿Quién lo habría creído posible? —continuó Violet, moviendo de lado a lado la cabeza—. No sé si lo recuerdas, pero tu padre era un hombre muy corpulento. Tan alto como Benedict y tal vez de hombros más anchos. Simplemente no se te ocurriría que una abeja... —Se interrumpió, sacó un pañuelo y se cubrió la boca, para aclararse la garganta—. Bueno, fue una muerte inesperada. La verdad es que no sé qué más decir, aparte de... —Se giró a mirarla con esos ojos tan dolorosamente sabios—. Aparte de que me imagino que tú lo entiendes mejor que nadie.

Francesca asintió, sin siquiera intentar frotarse los ojos para aliviar el ardor que sentía detrás de los párpados.

—En todo caso —dijo Violet, como si estuviera impaciente por continuar—, después de su muerte, yo estaba... pasmada, atontada. Me sentía como si fuera caminando por una niebla. No sé cómo me las arreglé para funcionar ese primer año. Ni los años siguientes. Así que no se me ocurrió ni pensar en el matrimonio.

—Lo sé —dijo Francesca dulcemente. Y lo sabía.

—Y después... bueno, no sé qué ocurrió. Tal vez simplemente no conocí a ningún hombre con el que me hubiera gustado compartir mi vida. Tal vez amaba demasiado a tu padre. —Se encogió de hombros—. Tal vez nunca vi la necesidad. Después de todo, yo estaba en una posición muy distinta a la tuya. Era mayor, no lo olvides, y ya era madre de ocho hijos. Y tu padre nos dejó en muy buena situación económica. Yo sabía que nunca nos faltaría nada.

—John dejó Kilmartin en muy buena situación —se apresuró a decir Francesca.

—Claro que sí —dijo Violet, dándole una palmadita en la mano—. Perdona. No quise dar a entender lo contrario. Pero tú no tienes ocho hijos, Francesca. —El azul de sus ojos pareció intensificarse—. Además, tienes mucho tiempo por delante para pasarlo sola.

—Lo sé, lo sé —dijo Francesca, asintiendo con movimientos bruscos—. Lo sé, pero no logro... no puedo...

—¿No puedes qué?

—No puedo... —Francesca bajó la cabeza; no sabía por qué, pero no podía apartar la vista del suelo—. No logro librarme de la sensación de que voy a hacer algo incorrecto, que voy a deshonrar a John, deshonrar nuestro matrimonio.

—John habría deseado que fueras feliz.

—Lo sé, lo sé. Claro que lo desearía. Pero ¿no lo ves...? —Levantó la cabeza y miró la cara de su madre, buscando algo, no sabía qué; tal vez aprobación, tal vez simplemente amor, puesto que era consolador buscar algo que ya sabía que encontraría—. Ni siquiera busco eso —continuó—. No voy a encontrar a alguien como John. Eso lo he aceptado. Y encuentro incorrecto casarme con menos.

—No encontrarás a alguien como John, es cierto —dijo Violet—. Pero podrías encontrar un hombre que te vaya igual de bien, sólo que de un modo diferente.

—Tú no lo encontraste.

—No, pero yo no busqué. No busqué en absoluto.

—¿Desearías haber buscado?

Violet abrió la boca, pero no le salió ningún sonido, ni siquiera aliento. Al fin dijo:

—No lo sé, Francesca. Sinceramente, no lo sé. —Y entonces, dado que el momento exigía un poco de risa, añadió—: Ciertamente no deseaba tener más hijos.

Francesca no pudo evitar sonreír.

—Yo sí —dijo en voz baja—. Deseo tener un bebé.

—Eso me pareció.

—¿Por qué no me lo has preguntado?

Violet ladeó la cabeza.

—¿Por qué tu nunca me preguntaste por qué no me volví a casar?

Francesca sintió bajar la mandíbula. No debería sorprenderla tanto la perspicacia de su madre.

—Si fueras Eloise, creo que habrías dicho algo —dijo entonces Violet—. O cualquiera de tus hermanas, si es por eso. Pero tú... —sonrió, nostálgica—. Tú no eres igual. Nunca lo has sido. Ya de niña eras diferente. Y necesitabas poner distancia.

Impulsivamente Francesca le cogió la mano y se la apretó.

—Te quiero, ¿lo sabías?

—Más bien lo sospechaba —dijo Violet, sonriendo.

—¡Madre!

—Muy bien, claro que lo sabía. ¿Cómo podrías no quererme cuando yo te quiero tanto, tanto?

—No te lo he dicho —dijo Francesca, sintiéndose horrorizada por esa omisión—. Al menos, no últimamente.

—No pasa nada —dijo Violet, apretándole la mano también—. Has tenido otras cosas en la cabeza.

Francesca no supo bien por qué, pero eso la hizo reír en voz baja.

—Te quedas algo corta, debo decir.

Violet simplemente sonrió.

—Madre, ¿puedo hacerte otra pregunta?

—Por supuesto.

—Si no encuentro a alguien, no igual que John, claro, pero de todos modos no igualmente conveniente para mí... Si no encuentro alguien así, y me caso con un hombre que me guste bastante pero al que tal vez no ame... ¿sería correcto eso?

Violet estuvo un buen rato en silencio, pensando la respuesta.

—Creo que sólo tú puedes saber la respuesta a eso —dijo al fin—. Yo no diría que no, por supuesto. La mitad de los aristócratas, más de la mitad, en realidad, tienen ese tipo de matrimonio, y son muy pocos los que están totalmente contentos. Pero tú tendrás que hacer tus propios juicios cuando surja la oportunidad. Cada persona es diferente, Francesca. Creo que tú sabes eso mejor que la mayoría. Y cuando un hombre te pida la mano, tendrás que juzgarlo por sus méritos y no por algún criterio arbitrario que te hayas impuesto por adelantado.

Tenía razón su madre, por supuesto, pensó Francesca, pero estaba tan harta de sentirse liada y complicada que esa no era la respuesta que deseaba.

Y nada de eso se refería al problema que tenía en lo más profundo del corazón. ¿Qué ocurriría si realmente conociera a un hombre que la hiciera sentirse como se sentía con John? No podía imaginárselo, en realidad, lo encontraba tremendamente improbable.

Pero ¿y si le ocurría? ¿Cómo podría vivir consigo misma entonces?


Michael encontraba un algo bastante satisfactorio en tener un humor de perros, por lo que decidió entregarse de lleno al suyo.

Se fue dando patadas a una piedra todo el camino a casa.

Le gruñó a una persona que le dio un codazo al pasar junto a él en la acera.

Abrió la puerta de su casa con una ferocidad tal que la estrelló en la pared de piedra. O mejor dicho, la habría estrellado, si su maldito mayordomo no hubiera estado tan atento que la abrió antes que él alcanzara a tocar la manilla.

Pero pensó abrirla de golpe, lo cual ya le proporcionaba una satisfacción.

Y entonces subió la escalera pisando fuerte y se dirigió a su habitación, que seguía siendo condenadamente igual a la de John, aunque no podía hacer nada para cambiar eso en ese momento, y se quitó bruscamente las botas.

Bueno, en realidad, lo intentó.

Infierno y condenación.

—¡Reivers! —rugió.

Apareció su ayuda de cámara en la puerta, o en realidad hizo como que aparecía, porque ya estaba ahí.

—¿Sí, milord?

—¿Me ayudas a quitarme las botas? —dijo entre dientes, sintiéndose bastante infantil.

Tres años en el ejército y cuatro en India, y ¿no era capaz de sacarse sus malditas botas? ¿Qué tenía Londres que convertía a un hombre en un idiota llorica? Le pareció recordar que Reivers tuvo que quitarle las botas también la última vez, cuando vivía en Londres.

Se miró las botas. Eran distintas. Diferentes estilos para diferentes situaciones, supuso. Reivers siempre ponía un orgullo asombrosamente ridículo al hacer su trabajo. Seguro que quiso vestirlo a la última y mejor moda de Londres. Seguro que...

—Reivers, ¿de dónde sacaste estas botas? —le preguntó con voz grave.

—¿Milord?

—Estas botas. No las reconozco.

—Aun no nos han llegado todos sus baúles del barco, milord. No tenía nada conveniente para Londres, así que localicé estas entre las pertenencias del conde anterior...

—Dios santo.

—¿Milord? Lo siento mucho si estas no le quedan bien. Recordé que los dos gastaban el mismo número y pensé que querría...

—Simplemente quítamelas. Ahora mismo.

Cerrando los ojos, se sentó en el sillón de piel, el sillón de piel de John, maravillándose de esa ironía. Su peor pesadilla hecha realidad, en el sentido más literal.

—Sí, milord —dijo Reivers.

Parecía afligido, pero se puso inmediatamente a la tarea de quitarle las botas.

Michael se apretó el puente de la nariz entre el pulgar y el índice e hizo una respiración lenta y profunda para poder hablar.

—Preferiría no usar ninguna prenda del guardarropa del conde anterior —dijo, cansinamente.

En realidad, no tenía idea de por qué había ropa de John ahí todavía; deberían haberla regalado a los criados o donado a una casa de beneficencia hacía años. Pero suponía que esa era una decisión que debía tomar Francesca, no él.

—Sí, por supuesto, milord. Me ocuparé de eso inmediatamente.

—Estupendo —gruñó Michael.

—¿Lo guardo todo con llave en otra parte?

¿Con llave? Buen Dios, no era que esas cosas fueran tóxicas.

—Seguro que todo está bien donde está —dijo—. Simplemente no uses ninguna prenda para mí.

—De acuerdo. —Reivers tragó saliva, incómodo, y se le agitó la nuez de la garganta.

—¿Qué pasa ahora, Reivers?

—Pasa que todas las cosas del anterior lord Kilmartin siguen aquí.

—¿Aquí? —preguntó Michael, sin entender.

—Aquí —confirmó Reivers, mirando alrededor.

Michael se desplomó en el sillón. No era que deseara borrar de la faz de la tierra hasta el último recordatorio de su primo; nadie echaba de menos a John tanto como él, nadie.

Bueno, a excepción de Francesca, concedió, pero eso era distinto.

Simplemente no sabía cómo podía llevar su vida completamente rodeado, y ahogado, por las pertenencias de John. Llevaba su título, gastaba su dinero, vivía en su casa. ¿Es que tenía que usar sus malditos zapatos también?

—Guárdalo todo —le dijo a Reivers—. Pero mañana. Esta tarde quiero estar tranquilo, sin molestias.

Además, probablemete debía avisar a Francesca de sus intenciones.

Francesca.

Suspirando, se levantó una vez que su ayuda de cámara hubo salido. Pardiez, Reivers se había olvidado de llevarse las botas. Las cogió y las dejó fuera de la puerta. Era una reacción exagerada tal vez, pero, demonios, no quería contemplar las botas de John las siguientes seis horas.

Después de cerrar la puerta con un decidido golpe, empezó a pasearse sin rumbo, hasta que fue a asomarse a la ventana. El alféizar era ancho, bastante fondo, así que se apoyó en él para mirar a través del visillo; la calle se veía toda borrosa. Apartó el delgado visillo y no pudo dejar de curvar los labios en una amarga sonrisa al ver a una niñera llevando a un niño pequeño cogido de la mano por la acera.

Francesca. Deseaba tener un bebé.

No sabía por qué eso lo sorprendió tanto. Si lo pensaba racionalmente, no debería haberse sorprendido. Era una mujer, por el amor de Dios; claro que deseaba tener hijos. ¿No lo deseaban todas? Y aunque nunca se había dicho conscientemente que ella suspiraría por John toda la eternidad, tampoco se le había ocurrido nunca que ella podría querer volver a casarse algún día.

Francesca y John. John y Francesca. Eran una unidad, o al menos lo habían sido, y si bien la muerte de John había hecho tristemente fácil imaginarse a la una sin el otro, era algo totalmente distinto pensar en uno de ellos con otra persona.

Y luego estaba, lógicamente, el asuntito del repelús, que le erizaba la piel; esa era su reacción ante la idea de ver a Francesca con otro hombre.

Se estremeció. ¿O fue un tiritón? Condenación, esperaba que no fuera un tiritón.

Bueno, pues, sencillamente tendría que acostumbrarse a la idea. Si Francesca deseaba tener hijos, Francesca necesitaba un marido, y él no podía hacer ni una maldita cosa al respecto. Habría sido bastante agradable si ella hubiera tomado la decisión y llevado a cabo todo el odioso asunto el año anterior, ahorrándole las náuseas de ser testigo de todo el maldito proceso de galanteo y noviazgo. Si ella hubiera tenido la amabilidad de ir y casarse el año anterior, ya estaría todo hecho y ya está.

Fin de la historia.

Pero ahora iba a tener que observar. Y tal vez, incluso, aconsejar.

Infierno y condenación.

Volvió a tiritar. Maldición. Tal vez sólo fuera de frío. Era marzo, al fin y al cabo, y un marzo frío a pesar de que el fuego crepitara en el hogar.

Se tironeó la corbata, que empezaba a apretarle demasiado. Finalmente se la quitó. Vaya por Dios, se sentía terriblemente mal, tenía escalofríos, y estaba extrañamente desequilibrado.

Se sentó. Le pareció que eso era lo mejor que podía hacer.

Entonces, simplemente decidió dejar de fingir que estaba bien, se quitó el resto de la ropa y se metió en la cama.

Esa iba a ser una larga noche.

# Capítulo 8

*... ha sido un ~~maravilloso placer~~ agradable saber de ti. Me alegra que te vaya tan bien. John se sentiría orgulloso. ~~Te echo de menos~~. Lo echo de menos. ~~Te echo de menos~~. Todavía hay flores en el jardín. ¿No es fantástico que todavía haya flores?*

*De una carta de la condesa de Kilmartin al conde de Kilmartin, una semana después de recibir su segunda carta; primer borrador, no terminado ni enviado.*

—¿No dijo Michael que cenaría con nosotras esta noche?

Francesca miró a su madre, que estaba de pie ante ella con expresión preocupada. En realidad ella había estado pensando lo mismo, extrañada de que no llegara.

Se había pasado la mayor parte del día temiendo su llegada, aun cuando él no podía tener la menor idea de que ella hubiera quedado tan perturbada por ese momento en el parque. Santo cielo, probablemente ni siquiera se dio cuenta de qué había ocurrido en ese momento.

Era la primera vez en su vida que agradecía que los hombres fueran tan obtusos.

—Sí, dijo que vendría —contestó, cambiando ligeramente la posición en el sillón.

Llevaba un rato sentada en el salón con su madre y dos de sus hermanas, dejando que pasaran las horas hasta que llegara el invitado a la cena.

—¿No le dijimos la hora? —preguntó Violet.

Ella asintió.

—Se la confirmé cuando me dejó aquí después del paseo por el parque.

Estaba segura de habérselo dicho; recordaba claramente que se le revolvió el estómago cuando se lo dijo. No deseaba volverlo a ver, no tan pronto en todo caso, pero ¿qué podía hacer? Su madre ya había hecho la invitación.

—Probablemente se va a retrasar —dijo Hyacinth, la hermana pequeña—. Y no me sorprende. Los hombres de su tipo siempre se retrasan.

Francesca se giró hacia ella al instante.

—¿Qué quieres decir con eso?

—Lo he oído todo acerca de su reputación.

—¿Qué tiene que ver su reputación con nada? —preguntó Francesca, irritada—. Y ¿que sabes tú de eso, en todo caso? Se marchó de Inglaterra años antes de que tú aprendieras a hacer una reverencia.

Hyacinth se encogió de hombros y enterró la aguja en su muy sucio bordado.

—La gente sigue hablando de él —dijo despreocupadamente—. Las damas se desmayan como idiotas con solo oírlo nombrar, has de saber.

—No hay otra manera de desmayarse —terció Eloise, que, aunque era un año exacto mayor que Francesca, seguía soltera.

—Bueno, puede que sea un libertino —dijo Francesca, astutamente—, pero siempre ha sido puntual, hasta la exageración.

No toleraba que hablaran mal de Michael. Podía suspirar, gemir y criticarle sus defectos, pero encontraba totalmente inaceptable que Hyacinth, cuyo conocimiento de Michael sólo se basaba en rumores e insinuaciones, emitiera un juicio tan tajante sobre él.

—Cree lo que quieras —añadió con dureza, porque de ninguna manera iba a permitir que Hyacinth tuviera la última palabra—, pero él jamás llegaría tarde a cenar aquí. Tiene un gran respeto por mi madre.

—Y ¿cuánto te respeta a ti? —preguntó Hyacinth.

Francesca miró indignada a su hermana, que estaba sonriendo satisfecha con la cara casi metida en su bordado.

—Pues...

No, contestar sería una estupidez. No podía quedarse sentada ahí discutiendo con su hermana menor cuando podría estar ocurriendo algún problema. Con todos sus defectos y libertinaje, Michael era educado y considerado hasta la médula de los huesos, o por lo menos siempre lo había sido en su presencia. Y nunca llegaría a cenar con, miró el reloj de la repisa del hogar, con media hora de retraso. Al menos sin enviar recado.

Se levantó y se alisó enérgicamente la falda del vestido gris paloma.

—Iré a la casa Kilmartin —anunció.

—¿Sola? —preguntó Violet.

—Sola —dijo Francesca firmemente—. Es mi casa después de todo. No creo que haya habladurías si paso a hacer una visita rápida.

—Sí, sí, por supuesto —dijo su madre—. Pero no te quedes mucho rato.

—Madre, soy viuda. Y no me voy a quedar a pasar la noche. Simplemente quiero ver cómo está Michael, si le pasa algo. No me pasará nada, te lo aseguro.

Violet asintió, pero por la expresión de su cara, Francesca comprendió que le habría gustado que ella dijera algo más. Durante años había sido así; su madre deseaba reanudar su papel de madre con su joven hija viuda, pero se refrenaba, e intentaba respetar su independencia.

No siempre resistía el deseo se entrometerse, pero lo intentaba y ella le agradecía ese esfuerzo.

—¿Quieres que te acompañe? —dijo Hyacinth, con los ojos relampagueantes.

—¡No! —dijo Francesca, en un tono más vehemente de lo que habría querido, por la sorpresa—. ¿Por qué querrías acompañarme?

Hyacinth se encogió de hombros.

—Curiosidad. Quiero conocer al Alegre Libertino.

—Le conoces —observó Eloise.

—Sí, pero eso fue hace siglos —dijo Hyacinth, exhalando un suspiro teatral—, antes de que entendiera lo que es un libertino.

—Tampoco lo entiendes ahora —dijo Violet, en tono seco.

—Ah, pero...

—No, no entiendes qué es un libertino —repitió Violet.

—Muy bien —dijo Hyacinth, mirando a su madre con una sonrisa asquerosamente dulce—. No sé qué es un libertino. Tampoco sé vestirme ni lavarme los dientes.

—Anoche vi a Polly ayudándola a ponerse el vestido de noche —murmuró Eloise desde el sofá.

—Nadie puede ponerse un vestido de noche sola —replicó Hyacinth.

—Me voy —declaró Francesca, aun cuando sabía que nadie la estaba escuchando.

—¿Qué haces? —preguntó Hyacinth.

· Francesca se detuvo, y entonces cayó en la cuenta de que Hyacinth no le hablaba a ella.

—Sólo examinarte los dientes —dijo Eloise dulcemente.

—¡Niñas! —exclamó Violet.

Francesca no logró imaginarse que Eloise aceptara de buena gana esa generalización, teniendo ya veintisiete años.

Y en realidad no la aceptó, pero Francesca aprovechó la irritación de Eloise y la consiguiente riña para salir del salón y mandarle a un criado que fuera a pedir que le trajeran un coche a la puerta.

No había mucho tráfico en las calles; aún faltaban una o dos horas para que los aristócratas acudieran a los bailes. El coche avanzó rápido por las calles de Mayfair y antes que hubiera pasado un cuarto de hora, Francesca ya estaba subiendo la escalinata de la casa Kilmartin en Saint James. Como siempre, un criado abrió la puerta antes que ella levantara la aldaba para golpear. Entró a toda prisa.

—¿Está Kilmartin? —preguntó.

Sorprendida se dio cuenta de que era la primera vez que llamaba así a Michael. Era extraño, comprendió, y positivo en realidad, que le hubiera salido con tanta naturalidad el título. Probablemente ya era hora de que todos se acostumbraran al cambio. Él era el conde ahora, y nunca volvería a ser el simple señor Stirling.

—Creo que sí —contestó el criado—. Llegó temprano esta tarde, y no he sabido que haya salido.

Francesca frunció el ceño, pero enseguida hizo un gesto de asentimiento, para restarle importancia al asunto, y se dirigió a la escalera. Si Michael estaba en casa, debía estar en su habitación. Si estuviera en su despacho, el criado estaría consciente de su presencia.

Al llegar a la primera planta echó a andar por el corredor en dirección a los aposentos del conde, sin hacer ruido con sus botas por la mullida alfombra de Aubusson.

—¿Michael? —llamó en voz baja mientras se iba acercando a su habitación—. ¿Michael?

No hubo respuesta, por lo tanto llegó hasta la puerta, y observó que no estaba del todo cerrada.

—¿Michael? —repitió, algo más fuerte.

No debía gritar su nombre para que la oyeran en toda la casa. Además, si estaba durmiendo, no quería despertarlo. Probablemente seguía cansado por su largo viaje y por orgullo no dijo nada cuando su madre lo invitó a cenar.

No hubo respuesta, por lo tanto empujó la puerta y la abrió otro poquito.

—¿Michael?

Oyó algo. Tal vez el sonido de movimiento. Tal vez un gemido.

—¿Michael?

—¿Frannie?

Esa era su voz, sin duda, pero nunca había oído ese sonido en sus labios.

—¿Michael? —repitió.

Entró y lo vio acurrucado en la cama, con el aspecto de estar más enfermo de lo que ella había visto a un ser humano en su vida. John nunca había estado enfermo. Simplemente una noche se fue a acostar un rato y despertó muerto.

Por así decirlo.

—¡Michael! —exclamó—. ¿Qué te pasa?

—Ah, nada grave —graznó él—. Un catarro por enfriamiento, supongo.

Francesca lo miró dudosa. Tenía mechones de pelo negro aplastados en la frente, la piel enrojecida y con manchas, y el calor que emanaba de la cama le quitó el aliento.

Por no decir que apestaba. De él emanaba un olor horrible, a sudor, una especie de olor a podrido, y si tuviera color seguro que sería verdoso, como de vómito. Alargó la mano y le tocó la frente. Al instante la retiró, horrorizada por el calor.

—Esto no es un catarro —dijo, secamente.

Él estiró los labios formando algo parecido a una horrible sonrisa.

—¿Un catarro francamente grave?

—¡Michael Stuart Stirling!

—Buen Dios, hablas igual que mi madre.

Ella no se sentía en absoluto como su madre, sobre todo después de lo que le ocurrió en el parque, y casi se sintió aliviada de que él estuviera tan débil y tan poco atractivo. Eso le quitaba agudeza a lo que sintió esa tarde.

—Michael, ¿qué te pasa?

Él se encogió de hombros y se metió más abajo en la cama para cubrirse mejor con las mantas, y todo el cuerpo se le estremeció con el esfuerzo.

—¡Michael! —Le cogió el hombro, sin ninguna suavidad—. No te atrevas a probar tus trucos conmigo. Sé cómo actúas. Siempre finges que no pasa nada, que el agua se desliza por tu espalda.

—Y se desliza por mi espalda —balbuceó él—. Y por la tuya también. Es simple ciencia, en realidad.

—¡Michael! —Lo habría golpeado, si no estuviera tan enfermo—. —No intentes quitarle importancia a esto, ¿entiendes? Insisto en que me digas inmediatamente qué te pasa.

—Mañana estaré mejor.

—Ah, qué bien —dijo ella, con todo el sarcasmo que pudo, que no era poco en realidad.

—De verdad —insistió él, moviéndose inquieto para cambiar de posición, marcando cada movimiento con un gemido—. Estaré bien el día de mañana.

Ella encontró algo muy raro, o en su manera de decir eso o en las propias palabras.

—Y ¿pasado mañana? —preguntó, entrecerrando los ojos.

Una risa seca salió de alguna parte bajo las mantas.

—Bueno, volveré a estar tan enfermo como un perro.

—Michael —repitió, en voz más baja, por el miedo—, ¿qué tienes?

—¿No lo has adivinado? —Sacó la cabeza de debajo de las mantas y se veía tan enfermo que ella deseó llorar—. Tengo la malaria.

—Ay, Dios mío —exclamó ella, retrocediendo un paso—. Ay, pardiez.

—Es la primera vez que te oigo blasfemar —comentó él—. Tal vez debería halagarme que haya sido por mí.

Ella no entendía cómo podía decir algo tan frívolo en un momento como ese.

—Michael... —alargó la mano para tocarlo, pero no lo tocó, sin saber qué hacer.

—No te preocupes —dijo él, acurrucándose más, con todo el cuerpo estremecido por otra racha de tiritones—. No te la puedo contagiar.

—¿No? —Pestañeó—. Quiero decir, claro que no.

Y aunque se contagiara, eso no debía impedirle cuidarlo. Él era Michael. Él era... bueno, le costaba definir exactamente qué era él para ella, pero entre ellos había un vínculo irrompible, y le parecía que cuatro años y miles de millas de distancia no habían hecho nada para disminuirlo.

—Es el aire —dijo él, cansinamente—. Tienes que respirar ese aire pútrido para cogerla. Por eso se llama malaria. Si la pudiera contagiar una persona a otra, ya habríamos contagiado a toda Inglaterra.

Ella asintió a su explicación.

—¿Te vas a...? ¿Te vas a...?

No pudo preguntarlo; no sabía cómo.

—No —dijo él—. Por lo menos creen que no.

Ella sintió un alivio tan inmenso que se le aflojó el cuerpo y tuvo que sentarse. No podría imaginarse un mundo sin él. Incluso cuando estaba ausente, ella siempre sabía que estaba «ahí», compartiendo el mismo planeta con ella, caminando por la misma tierra. E incluso en esos días que siguieron a la muerte de John, cuando lo odiaba por haberla abandonado, cuando estaba tan enfadada con él que deseaba llorar, la consolaba algo saber que él estaba vivo y bien, y que volvería a ella al instante si se lo pedía.

Estaba ahí. Estaba vivo. Y no estando John... Bueno, no sabía cómo alguien podría esperar que ella los perdiera a los dos.

Él volvió a tiritar, violentamente.

—¿Necesitas algún remedio? —preguntó ella, alerta otra vez—. ¿Tienes algún remedio?

—Ya lo tomé —contestó él, con los dientes castañeteando.

Pero ella tenía que hacer algo. No se odiaba tanto como para pensar que podría haber hecho algo para evitar la muerte de John; ni siquiera en sus peores momentos de aflicción había pasado por ese tormento, aunque siempre la había fastidiado que su muerte ocurriera cuando ella no estaba. La verdad, su muerte fue lo más importante que John hizo sin ella. Y aunque Michael sólo estaba enfermo, no muriéndose, ella no le iba a permitir que sufriera solo.

—Déjame que vaya a buscarte otra manta —dijo.

Sin esperar respuesta, abrió la puerta que conectaba con su habitación y fue a sacar la colcha de su cama. Era de color rosa, y lo más seguro es que ofendería sus sensibilidades masculinas cuando hubiera recuperado la sensibilidad, pero eso era problema de él, decidió.

Cuando volvió a la habitación, él estaba tan inmóvil que pensó que se había quedado dormido, pero se despertó lo suficiente para darle las gracias mientras ella le ponía la colcha encima y le remetía las mantas.

—¿Qué otra cosa puedo hacer? —preguntó después, acercando un sillón de madera a la cama y sentándose.

—Nada.

—Tiene que haber algo —insistió ella—. Supongo que no tenemos que esperar simplemente a que se pase.

—Pues eso tenemos que hacer —contestó él, con voz débil—, simplemente esperar a que se pase.

—No puedo creer que eso sea cierto.

Él abrió un ojo.

—¿Pretendes desafiar a toda la institución médica?

Ella apretó los dientes y se inclinó hacia él.

—¿Estás seguro de que no necesitas ningún remedio más?

—Seguro, hasta dentro de unas horas.

—¿Dónde está?

Si lo único que podía hacer era localizar el medicamento y tenerlo listo para administrárselo, por Dios que al menos haría eso.

Él movió ligeramente la cabeza hacia la izquierda. Ella siguió el movimiento hacia una mesita al otro lado de la habitación, donde vio un frasco sobre un diario doblado. Al instante se levantó y lo fue a coger, y leyó la etiqueta mientras volvía a su sillón.

—Quinina —musitó—. He oído hablar de esto.

—El remedio milagroso —dijo él—. Al menos eso dicen.

Francesca lo miró dudosa.

—Mírame —dijo él, esbozando una débil sonrisa sesgada—. Soy una prueba concluyente.

Ella volvió a examinar el frasco, observando el movimiento del polvo al ladearlo.

—Sigo sin convencerme.

Él intentó levantar un hombro, en gesto alegre.

—No estoy muerto.

—Eso no es divertido.

—Pues, es lo único divertido —enmendó él—. Tenemos que reírnos cuando podemos. Simplemente piénsalo; si me muriera, el título iría a, ¿cómo dice siempre Janet?, a ese...

—Odioso lado Debenham de la familia —terminaron juntos, y Francesca no se lo pudo creer, pero sonrió.

Él siempre lograba hacerla sonreír. Le tocó la mano.

—Superaremos esto —dijo.

Él asintió y cerró los ojos.

Y justo cuando ella pensaba que se había dormido, él susurró:

—Es mejor contigo aquí.

A la mañana siguiente Michael se sentía algo recuperado, y si bien no estaba del todo normal, por lo menos estaba muchísimo mejor que la noche anterior. Se horrorizó al comprobar que Francesca seguía en el sillón de madera al lado de su cama, con la cabeza inclinada y ladeada; se veía tan incómoda como puede verse incómodo un cuerpo, desde la postura en ángulo que formaba el cuello, hasta la del tronco torcido.

Pero estaba durmiendo, roncando incluso, lo que él encontró conmovedor. Nunca se la había imaginado roncando, y por triste que fuera decirlo, se la había imaginado dormida más veces de las que quería contar.

No habría podido ocultarle su enfermedad, eso habría sido esperar un imposible, con lo perspicaz y fisgona que era. Y aun cuando habría preferido que ella no tuviera que preocuparse por él, la verdad era que se había sentido consolado por su presencia allí esa noche. No debería haberse sentido consolado, o por lo menos no debería habérselo permitido, pero simplemente no podía evitarlo.

La sintió moverse y se puso de costado para verla mejor. Nunca la había visto despertar, comprendió. Y no sabía por qué encontraba tan raro eso, como si alguna vez hubiera estado presente en sus momentos íntimos. Tal vez se debía a que en todos sus sueños despierto, en todas sus fantasías, nunca se había imaginado eso, el ronco murmullo que le salió de la garganta cuando cambió de posición, el suave sonido parecido a un suspiro que hizo al bostezar, ni el delicado movimiento de sus pestañas al abrir los ojos.

Qué hermosa.

Eso ya lo sabía, claro, lo sabía desde hacía años, pero nunca antes lo había sentido tan profundamente, tan hasta el fondo de su alma.

No era su pelo, esa exquisita y exuberante melena castaña y ondulada que rara vez tenía el privilegio de ver suelta. Y no eran sus ojos, de un azul tan radiante que inducían a los hombres a escribir poemas, muchos de los cuales divertían infinitamente a John, recordaba. Tampoco era la forma de su cara ni su estructura ósea; si fuera eso, él habría estado obsesionado con la belleza de todas las chicas Bridgerton, que parecían guisantes en una vaina, al menos exteriormente.

Era algo en su forma de moverse.

Algo en su manera de respirar.

Algo en su manera de ser.

Y no creía que alguna vez pudiera dejar de amarla.

—Michael —dijo ella, frotándose los ojos.

—Buenos días —dijo él, esperando que ella atribuyera a agotamiento lo ahogada que le salió la voz.

—Te ves mejor.

—Me siento mejor.

Ella tragó saliva y estuvo un momento en silencio.

—Estás acostumbrado a esto —dijo al fin.

Él asintió.

—No llegaría a decir que no me importa la enfermedad, pero sí, estoy acostumbrado a ella. Sé qué hacer.

—¿Cuánto va a durar?

—Es difícil saberlo. Tendré fiebre día sí día no, hasta que un día se habrá acabado. Una semana en total, o tal vez dos. Tres si tengo mala suerte.

—Y después ¿qué?

—Después esperar que nunca más vuelva a ocurrirme.

—¿Y eso puede pasar? ¿Que no vuelva más?

—Es una enfermedad rara, caprichosa.

—No digas que es como una mujer —dijo ella, entrecerrando los ojos.

—Ni siquiera se me había ocurrido, hasta que tú lo has dicho.

Ella apretó ligeramente los labios, y luego los relajó, para preguntar:

—¿Cuánto tiempo hace desde tu últim...? —pestañeó—. ¿Cómo llamas a estos...?

Él se encogió de hombros.

—Los llamo ataques. En realidad se siente como un ataque. Y hace seis meses.

—Bueno, eso está bien. —Se cogió el labio inferior entre los dientes—. ¿Verdad?

—Tomando en cuenta que sólo he tenido tres, sí, creo que sí.

—¿Con qué frecuencia los has tenido?

—Este es el tercero. Y la verdad, los míos no han sido tan terribles comparados con lo que he visto.

—Y ¿yo debo encontrar consuelo en eso?

—Yo lo encuentro. Modelo de virtudes cristianas que soy.

De pronto ella alargó la mano y le tocó la frente.

—Estás mucho más fresco —comentó.

—Sí, y lo estaré. Esta es una enfermedad extraordinariamente invariable; siempre sigue la misma pauta. Bueno, al menos cuando ya estás en medio de ella. Sería estupendo si supiera cuándo puedo esperar un rebrote.

—¿Y de verdad tienes fiebre día sí día no? ¿Así de sencillo?

—Así de sencillo.

Ella pareció pensarlo un momento y luego dijo:

—No podrás ocultárselo a tu familia, desde luego.

Él intentó sentarse.

—Por el amor de Dios, Francesca, no se lo digas a mi madre ni a...

—Llegarán cualquier día —interrumpió ella—. Cuando me vine de Escocia, me dijeron que se vendrían sólo una semana después, y conociendo a Janet, eso significa sólo tres días. ¿De veras crees que no van a notar que estás convenientemente...?

—Inconvenientemente —interrumpió él, fastidiado.

—Lo que sea. ¿De veras crees que no van a notar que estás enfermo de muerte día sí día no? Por el amor de Dios, Michael, concédeles el mérito de tener un poco de inteligencia.

—Muy bien —dijo él, bajando la cabeza a la almohada—. Pero a nadie más. No tengo el menor deseo de convertirme en el fenómeno de Londres.

—No eres la primera persona atacada por la malaria.

—No quiero la lástima de nadie —replicó él, entre dientes—. Y mucho menos la tuya.

Ella se echó hacia atrás, como si la hubiera golpeado. Lógicamente, él se sintió como un burro.

—Perdona. Eso ha sonado mal.

Ella lo miró indignada.

—No quiero tu lástima —dijo él, contrito—, pero tu cuidado y tus buenos deseos son muy bienvenidos.

Ella no lo miró a los ojos, pero él vio que estaba intentando decidir si creerle o no.

—Lo digo en serio —añadió, y no tuvo la energía para encubrir su agotamiento en la voz—. Me alegra que estuvieras aquí. He pasado por esto antes.

Ella lo miró fijamente, como si quisiera hacerle una pregunta, pero él no logró imaginar qué podría ser.

—He pasado por esto antes —repitió—, y esta vez ha sido... diferente. Mejor. Más fácil. —Exhaló un largo suspiro, aliviado por haber encontrado las palabras correctas—. Más fácil. Ha sido más fácil.

Ella se revolvió inquieta en el asiento.

—Ah. Me alegra.

Él miró hacia la ventana. Las cortinas eran gruesas y estaban cerradas, pero vio rayitas de luz por los lados.

—¿No estará preocupada por ti tu madre?

—¡Ay, no! —exclamó ella, levantándose de un salto, tan rápido que se golpeó la mano en la mesilla de noche—. ¡Aaay!

—¿Te has hecho mucho daño? —preguntó él, por cortesía, puesto que estaba claro que no se había hecho nada grave.

Ella estaba agitando la mano, como para aliviar el dolor.

—Ooh... Había olvidado totalmente a mi madre. Anoche esperaba que volviera a su casa.

—¿No le enviaste una nota?

—Sí. Le dije que estabas enfermo, y me contestó que pasaría por aquí esta mañana para ofrecer su ayuda. ¿Qué hora es? ¿Tienes reloj? Claro que tienes reloj.

Diciendo eso se giró impaciente a mirar el pequeño reloj de la repisa del hogar.

Esa había sido la habitación de John; seguía siéndolo en muchos sentidos. Claro que ella sabía dónde estaba el reloj.

—Sólo son las ocho —dijo ella, suspirando aliviada—. Mi madre nunca se levanta antes de las nueve, a no ser que surja una urgencia, y es de esperar que no considere una urgencia esto. En mi nota procuré no parecer aterrada.

Michael sonrió. Conociendo a Francesca, seguro que había redactado la nota con esa fría calma por la que era famosa. Probablemente mintió diciendo que había contratado a una enfermera.

—No hay ninguna necesidad de aterrarse —dijo.

Ella se giró a mirarlo con expresión inquieta.

—Has dicho que no quieres que nadie sepa que tienes la malaria.

A él se le abrió sola la boca. Nunca había soñado que ella tomara tan en serio sus deseos.

—¿Le ocultarías esto a tu madre? —preguntó en voz baja.

—Por supuesto. A ti te corresponde decidir si decírselo o no. No a mí.

Eso era francamente conmovedor, bastante tierno, incluso.

—Creo que estás loco —añadió ella secamente.

Bueno, tal vez «tierno» no era la palabra correcta.

—Pero respetaré tus deseos —continuó ella. Se puso las manos en las caderas y lo miró con una expresión que sólo se podía definir como fastidio o contrariedad—. ¿Cómo se te podría ocurrir que yo haría otra cosa?

—No tengo idea.

—Francamente, Michael —gruñó ella—. No sé qué te pasa.

—¿Aire húmedo? —bromeó él.

Ella le dirigió Esa Mirada, con mayúsculas.

—Volveré a casa de mi madre —dijo ella, poniéndose los botines grises—. Si no, puedes estar seguro que se presentará aquí seguida por todos los miembros del Colegio Real de Médicos.

Él arqueó una ceja.

—¿Eso es lo que hacía cuando caíais enfermos?

Ella emitió un sonido que pareció medio bufido, medio gruñido y todo irritación.

—Volveré pronto. No vayas a ninguna parte.

Él levantó las manos, haciendo un gesto algo sarcástico hacia la cama.

—Bueno, no me extrañaría si salieras —masculló ella.

—Es conmovedora tu fe en mi fuerza sobrehumana.

—Te juro, Michael —dijo ella, deteniéndose en la puerta—, que eres el paciente más fastidioso que he conocido.

—¡Vivo para entretenerte! —gritó él cuando ella ya iba por el corredor.

Y estaba seguro de que si ella hubiera tenido algo para arrojar a la puerta, lo habría hecho. Y con mucha fuerza.

Volvió a poner la cabeza en la almohada, sonriendo. Él podía ser un paciente fastidioso, pero ella era una enfermera arisca.

Lo cual le iba muy bien.

# Capítulo 9

*... es posible que nuestras cartas se hayan cruzado o perdido, pero me parece que lo más probable es que simplemente no deseas escribirme. Eso lo acepto y te deseo todo lo mejor. No volveré a molestarte. Espero que sepas que siempre estoy atento, escuchando, si alguna vez cambias de opinión.*

*De la carta del conde de Kilmartin*
*a la condesa de Kilmartin,*
*ocho meses después de su llegada a India.*

No resultaba fácil ocultar su enfermedad. Con la aristocracia no había ningún problema; Michael simplemente rechazaba las invitaciones y Francesca hizo correr la voz de que él deseaba instalarse en su nueva casa antes de ocupar su lugar en la sociedad.

Con los criados era más difícil. Estos hablaban, y muchas veces con los criados de otras casas, por lo tanto Francesca tuvo que procurar que sólo los más leales supieran lo que ocurría en la habitación de Michael. Y eso era complicado, puesto que ella no vivía oficialmente en la casa Kilmartin, y sólo lo haría cuando llegaran Janet y Helen, lo que ella deseaba fervientemente que fuera pronto.

Pero la parte más difícil para ella eran las personas más curiosas y a las que era casi imposible mantener en la ignorancia, eran las de su propia familia. Nunca había sido fácil guardar un secreto en la familia Bridgerton, y ocultar algo a todos era, por decirlo en tres palabras, una maldita pesadilla.

—¿Por qué vas ahí todos los días? —le preguntó Hyacinth, cuando estaban tomando el desayuno.

—Vivo allí —contestó, hincando el diente en un bollo, lo que cualquier persona racional habría entendido como una señal de que no deseaba conversar.

Pero Hyacinth no tenía fama de ser muy racional.

—Vives aquí —dijo.

Francesca tragó el bocado, luego bebió un sorbo de té, con la intención de aprovechar ese instante para serenarse exteriormente.

—Duermo aquí —contestó tranquilamente.

—¿No es esa la definición de donde vives?

Francesca le puso más mermelada al bollo.

—Estoy comiendo, Hyacinth.

Hyacinth se encogió de hombros.

—Yo también, pero eso no me impide llevar una conversación inteligente.

—La voy a matar —dijo Francesca, a nadie en particular, lo cual era lógico pues no había nadie más.

—¿Con quién hablas? —preguntó Hyacinth.

—Con Dios. Y creo que tengo el permiso divino para asesinarte.

—Psst. Si eso fuera tan fácil yo habría tenido permiso para eliminar a la mitad de los aristócratas hace años.

Entonces Francesca decidió que no todos los comentarios de Hyacinth necesitaban contestación. En realidad, muy pocos la necesitaban.

—¡Ah, Francesca, estás aquí! —exclamó Violet, interrumpiendo, por suerte, la conversación.

Francesca levantó la vista hacia su madre, que estaba entrando en la sala del desayuno, pero antes que pudiera decir una palabra, Hyacinth dijo:

—Francesca estaba a punto de matarme.

—Ah, pues, mi llegada ha sido muy oportuna —dijo Violet, sentándose a la mesa—. ¿Pensabas ir a la casa Kilmartin esta mañana? —preguntó a Francesca.

—Vivo allí —contestó Francesca, asintiendo.

—Yo creo que vive aquí —terció Hyacinth, poniendo bastante azúcar en el té.

Violet no le hizo caso.

—Creo que te acompañaré.

A Francesca casi se le cayó el tenedor.

—¿Para qué?

Violet encogió delicadamente los hombros.

—Me gustaría ver a Michael. Hyacinth, ¿me pasas los bollos, por favor?

—No sé qué planes tendrá para hoy —se apresuró a decir Francesca.

Michael había tenido un ataque esa noche, el cuarto de fiebre, para ser exactos, y tenían la esperanza de que fuera el último del ciclo. Pero aunque ya estaba mucho más recuperado, seguía teniendo un aspecto horroroso. Afortunadamente, no se le había puesto amarilla la piel, lo que según él, solía ser un signo de que la enfermedad estaba avanzando a su fase letal, pero de todos modos se veía terriblemente débil y enfermo, y su madre se horrorizaría con sólo verlo. Y se enfurecería, claro.

A Violet Bridgerton no le gustaba que la mantuvieran en la ignorancia. Y mucho menos si se trataba de un asunto para el que se podía emplear la expresión «de vida o muerte», sin que se la considerara exagerada.

—Si no está simplemente me volveré a casa —dijo Violet—. La mermelada, por favor, Hyacinth.

—Yo también iré —dijo Hyacinth.

Ay, Dios. El cuchillo de Francesca dio un salto por encima de su bollo. Iba a tener que drogar a su hermana. Era la única solución.

—No te importa que yo vaya, ¿verdad? —le dijo entonces Hyacinth a Violet.

—¿No tenías planes con Eloise? —preguntó Francesca.

Hyacinth lo pensó, pestañeando unas cuantas veces.

—Creo que no.

—¿No ibais a ir de compras? ¿A la sombrerería?

Hyacinth estuvo otro momento examinando su memoria.

—No, estoy segura que no. La semana pasada ya me compré una papalina. Una preciosa, en realidad. Verde, con una franja crema monísima. —Miró su tostada, la contempló un momento y luego alargó la mano hacia la mermelada—. Estoy harta de comprar —añadió.

—Ninguna mujer se harta de comprar jamás —dijo Francesca, ya algo desesperada.

—Esta mujer lo está. Además, el conde... —se interrumpió para mirar a su madre—: ¿Puedo llamarlo Michael?

—Eso tendrás que preguntárselo a él —contestó Violet, tomando un bocado de los huevos revueltos.

Entonces Hyacinth se volvió hacia Francesca.

—Ya lleva toda una semana en Londres y no le he visto. Mis amigas viven preguntándome por él, y no tengo nada que decirles.

—No es educado cotillear, Hyacinth —dijo Violet.

—No es cotilleo. Es la más honrada difusión de información.

Francesca notó que le bajaba la mandíbula.

—Madre —dijo, agitando la cabeza—, deberías haber parado a los siete.

—¿Hijos, quieres decir? —preguntó Violet, bebiendo té—. A veces lo pienso, sí.

—¡Madre! —exclamó Hyacinth.

Violet se limitó a sonreírle.

—¿La sal?

—Le llevó ocho ensayos para que le saliera bien —declaró Hyacinth, acercándole el salero a su madre con una decidida falta de amabilidad.

—Y ¿eso significa que tú también esperas tener ocho hijos? —le preguntó Violet dulcemente.

—Pardiez, no —exclamó Hyacinth, y con mucho sentimiento.

Y ni ella ni Francesca pudieron evitar reírse.

—No es educado blasfemar, Hyacinth —dijo Violet, en el mismo tono que empleó para decirle que no cotilleara.

—¿Te parece que vayamos poco después de mediodía? —le preguntó Violet a Francesca, una vez pasado el momento de las risas.

Francesca miró el reloj. Eso le daría escasamente una hora para poner presentable a Michael. Y su madre dijo «vamos», plural. Como si pensara llevar a Hyacinth, que tenía la capacidad de convertir cualquier situación incómoda en una vívida pesadilla.

—Iré enseguida —dijo, levantándose a toda prisa—. A ver si está disponible.

Su madre también se levantó, sorprendiéndola.

—Te acompañaré a la puerta —dijo, y con firmeza.

—Eh... ¿sí?

—Sí.

Hyacinth comenzó a levantarse.

—Sola —añadió Violet, sin siquiera mirar a Hyacinth.

Hyacinth volvió a sentarse. Incluso ella tenía la sensatez de no discutir cuando su madre combinaba su sonrisa serena con su tono acerado.

Francesca se hizo a un lado para que su madre saliera primero, y juntas caminaron en silencio hasta el vestíbulo, donde esperó que el criado le llevara su chaqueta.

—¿Hay algo que desees decirme? —le preguntó Violet.

—No sé qué quieres decir.

—Creo que lo sabes.

—Te aseguro que no —repuso Francesca, mirándola con una expresión de absoluta inocencia.

—Pasas mucho tiempo en la casa Kilmartin.

—Vivo ahí —dijo Francesca, por centésima vez, le pareció.

—No, ahora no estás viviendo ahí, y temo que la gente hable.

—Nadie ha dicho ni una sola palabra —replicó Francesca—. No he visto absolutamente nada en las columnas de cotilleo, y si hubiera habladurías, seguro que una de nosotras ya lo habría sabido.

—El que la gente no diga nada hoy no significa que no dirá nada mañana —dijo Violet.

Francesca exhaló un suspiro de irritación.

—No es que yo sea una virgen que nunca ha estado casada.

—¡Francesca!

Francesca se cruzó de brazos.

—Perdona que hable con tanta franqueza, madre, pero es cierto.

Justo en ese momento llegó el criado con la chaqueta de Francesca y la informó de que el coche estaría en la puerta dentro de un momento. Violet esperó a que el criado hubiera salido a esperar la llegada del coche, y entonces se volvió hacia Francesca y le preguntó:

—¿Cuál es exactamente tu relación con el conde?

—¡Madre!

—No es una pregunta tonta.

—Es la pregunta más tonta, no, la más estúpida que he oído. ¡Michael es mi primo!

—Era primo de tu marido.

—Y era mi primo también. Y mi amigo. Santo cielos, de todas las personas... no me lo puedo ni imaginar... ¡Michael!

Pero la verdad era que sí se lo podía imaginar. La enfermedad de Michael había mantenido todo a raya; había estado tan ocupada cuidándolo y atendiéndolo que se las había arreglado para no pensar en ese estremecedor momento en el parque, cuando lo miró y algo cobró vida dentro de ella.

Algo que había estado muy segura de que había muerto hacía cuatro años.

Pero oír a su madre hablar del tema... Buen Dios, era humillante. De ninguna manera posible en la tierra podía sentir atracción por Michael. Eso estaba mal, verdaderamente mal. Eso era algo... bueno, malo. No había ninguna otra palabra que lo definiera mejor.

—Madre —dijo, tratando de hablar muy tranquila—. Michael ha estado algo enfermo. Te lo dije.

—Siete días es bastante tiempo para un catarro.

—Es posible que sea algo de lo que se contagió en India. No lo sé. Creo que está casi recuperado. Le he estado ayudando a instalarse aquí en Londres. Ha estado ausente muchísimo tiempo, y como has observado, tiene muchas responsabilidades nuevas como conde. Me pareció que era mi deber ayudarlo en todo eso.

La miró con expresion resuelta, bastante complacida con su discurso.

—Hasta dentro de una hora —dijo simplemente su madre, y se alejó.

Y la dejó sintiéndose muy aterrada.


Michael estaba disfrutando de un momento de paz y silencio, y no es que le hubiera faltado silencio, aunque la malaria no procuraba paz precisamente, cuando irrumpió Francesca por la puerta, con los ojos agrandados de terror y sin aliento.

—Tienes dos opciones —dijo, o más bien resolló.

—¿Sólo dos? —preguntó él, aunque no tenía idea de qué hablaba.

—No hagas bromas.

Él se incorporó hasta quedar sentado.

—Francesca —dijo, iniciando la pregunta con mucho cuidado, pues ya sabía por experiencia que hay que proceder con suma cautela cuando una mujer está nerviosa—, ¿te encuentras...?

—Va a venir mi madre —dijo ella.

—¿Aquí?

Ella asintió.

No era una situación ideal, pero no era algo que justificara esa agitación de Francesca.

—¿A qué? —preguntó amablemente.

—Cree que... —Se interrumpió para recuperar el aliento—. Cree que... Ay, cielos, no te lo vas a creer.

Dado que no procedió a decir nada más, él abrió más los ojos extendió las manos en un gesto de impaciencia, como diciéndole: «¿Te importaría explicar algo más?»

—Cree —dijo Francesca, estremeciéndose y mirándolo—, que estamos liados en un romance.

—En sólo una semana desde que he regresado de Londres —musitó él, pensativo—. Soy más rápido de lo que imaginaba.

—¿Cómo puedes bromear con eso?

—¿Cómo no puedes tú? —replicó él.

Pero claro, ella nunca podía reírse de algo así. Para ella era impensable. Para él era...

Bueno, algo totalmente distinto.

—Estoy horrorizada.

Michael se limitó a sonreírle y se encogió de hombros, aun cuando ya comenzaba a sentirse algo picado. Naturalmente, no esperaba que Francesca lo considerara de esa manera, pero una reacción de horror no hace sentirse bien a un hombre acerca de sus habilidades viriles.

—¿Cuáles son mis dos opciones? —preguntó.

Ella se limitó a mirarlo fijamente.

—Has dicho que tengo dos opciones.

Ella pestañeó, y él la habría encontrado adorablemente desconcertada si no estuviera tan fastidiado con ella que no podía considerarla merecedora de algo caritativo.

—No lo recuerdo —dijo ella al fin—. Ay, cielos, ¿qué voy a hacer? —gimió.

—Sentarte podría ser un buen comienzo —dijo él, en un tono lo suficientemente brusco para hacerla girar la cabeza hacia él—. Párate a pensar, Frannie. Somos nosotros. Tu madre va a comprender lo tonta que ha sido una vez que se tome el tiempo para pensarlo.

—Eso fue lo que le dije —contestó ella, vehemente—. Es decir, por el amor de Dios. ¿Te lo puedes imaginar?

Él podía, en realidad, lo cual siempre había sido un problemita.

—Es algo de lo más inconcebible —masculló ella, paseándose por la habitación—. Como si yo... —Se volvió e hizo un gesto hacia él, agitando las manos—. Como si tú... —Se detuvo, se plantó las manos en las caderas y luego al parecer comprendió que no podía estarse quieta, porque reanudó el paseo—. ¿Cómo se le puede ocurrir semejante cosa?

—Creo que nunca te había visto tan enfadada —comentó él.

Ella paró en seco y lo miró como si fuera un imbécil. Con dos cabezas.

Y tal vez con una cola.

—De verdad, deberías procurar calmarte —dijo.

Y lo dijo sabiendo que sus palabras tendrían el efecto contrario. Según su experiencia, nada fastidia más a una mujer que se le diga que se calme, en especial a una mujer como Francesca.

—¿Calmarme? —repitió ella, volviéndose hacia él como si estuviera poseída por todo un espectro de furias—. ¿Calmarme? Buen Dios, Michael, ¿todavía tienes fiebre?

—No, no tengo fiebre —repuso él, tranquilamente.

—¿Has entendido lo que te he dicho?

—Bastante bien —dijo él, de la manera más amable con que puede hablar un hombre al que acaban de atacarle su masculinidad.

—Es de locos —continuó ella—. Sencillamente de locos. Es decír, mírate.

Bueno, en realidad bien podría coger un cuchillo y cortarle sus partes.

—¿Sabes, Francesca? —dijo, con estudiada mansedumbre—, hay muchas mujeres en Londres que estarían bastante complacidas por estar... ¿cómo fue que dijiste?, liadas en un romance conmigo.

Ella cerró bruscamente la boca, que le había quedado abierta después de la última parrafada.

Él arqueó las cejas y volvió a reclinarse en los almohadones.

—Algunas lo llamarían privilegio —añadió.

Ella lo miró indignada.

—Algunas mujeres —continuó él, sabiendo muy bien que no debía atormentarla con ese tema—, podrían incluso enzarzarse en un combate a puñetazos sólo por la oportunidad de...

—¡Basta! Cielo santo, Michael, esa visión tan inflada de tus proezas no es atractiva.

—Me han dicho que es merecida —repuso él, con una lánguida sonrisa.

Ella se puso de un rojo subido.

Y él disfrutó bastante viéndola así. Podía amarla, pero detestaba lo que ella le hacía, y no tenía el corazón tan magnánimo que no sintiera de tanto en tanto un poco de satisfacción al verla tan atormentada.

Al fin y al cabo, eso sólo era una fracción de lo que sentía él día tras día.

—No tengo el menor deseo de saber nada sobre tus proezas amororas —dijo ella secamente.

—Es curioso, solías preguntarme acerca de ellas todo el tiempo. —Guardó silencio, observando cómo se encogía—. ¿Cómo era lo que me pedías siempre?

—No...

—Cuéntame algo inicuo —dijo, en un tono que indicaba que acababa de recordarlo, cuando jamás había olvidado nada de lo que ella le decía—. Cuéntame algo inicuo —repitió, más lento—. Eso era. Te gustaba bastante cuando yo me portaba mal. Siempre tenías curiosidad por saber de mis proezas.

—Eso era antes...

—¿Antes de qué, Francesca?

Ella guardó un extraño silencio y al fin dijo:

—Antes de esto. Antes de ahora, antes de todo.

—Y ¿yo debo entenderlo?

Ella contestó mirándolo indignada.

—Muy bien. Supongo que debo prepararme para la visita de tu madre. Eso debería ser un gran problema.

Ella lo miró dudosa.

—Pero tienes un aspecto horroroso.

—Ya sabía yo que tenía un motivo para quererte tanto —dijo él, irónico—. Estando contigo no hace falta preocuparse por caer en el pecado de la vanidad.

—Michael, ponte serio.

—Lamentablemente, lo estoy.

Ella lo miró enfurruñada.

—Ahora puedo levantarme solo, y exponerte a partes de mi cuerpo que me imagino preferirías no ver, o puedes marcharte y esperar mi gloriosa presencia abajo.

Ella salió corriendo.

Y eso lo dejó perplejo. La Francesca que conocía no huía de nada.

Ni tampoco se habría marchado sin hacer por lo menos el intento de decir la última palabra.

Pero lo que más le costaba creer era que lo hubiera dejado salir impune de haberse calificado de glorioso.


Al final Francesca no tuvo que soportar la visita de su madre. No habían pasado veinte minutos de su salida del dormitorio de Michael cuando llegó una nota de Violet informándola de que acababa de llegar Colin a Londres, de regreso de su viaje de meses por el Mediterráneo, y tendría que dejar la visita para después. Y ese mismo día por la tarde, tal como predijera ella el día que comenzó el ataque de Michael, llegaron Janet y Helen, lo cual eliminó la preocupación de Violet respecto a que ella estuviera sola en la casa con Michael, sin carabinas.

Las madres, como las llamaban Francesca y Michael desde hacía tiempo, se mostraron encantadas por el inesperado regreso de Michael, pero a la primera mirada a su semblante demacrado por la enfermedad, prácticamente se abalanzaron sobre él haciéndole manifestaciones de su preocupación, tanto que él se vio obligado a llamar a Francesca a un aparte para suplicarle que no lo dejara solo con ninguna de las dos damas. En realidad, fue una suerte que hubieran llegado justamente cuando él había pasado uno de esos días intermitentes en que se encontraba relativamente sano, por lo que Francesca tuvo tiempo para explicarles en privado la naturaleza de la enfermedad. Por lo tanto, cuando vieron la malaria en toda su horrible gloria, ya estaban preparadas.

Además, a diferencia de Francesca, aceptaron con más facilidad, no, en realidad, exigieron, que se guardara en secreto la enfermedad. Era casi imposible imaginarse que las damitas solteras de Londres no consideraran un excelente partido a un conde rico y guapo, pero la malaria nunca ha sido un factor favorable para un hombre que busca esposa.

Y si había algo que Janet y Helen estaban resueltas a conseguir antes que terminara el año, era ver a Michael delante de una iglesia y su anillo firmemente puesto en el dedo de una nueva condesa.

Francesca se sentía muy aliviada por poder simplemente sentarse a contemplar y escuchar a las madres arengándolo para que se casara. Por lo menos eso les desviaba la atención de ella. No sabía cómo reaccionarían ante sus propios planes de matrimonio; sí, se imaginaba que se sentirían felices por ella, pero lo último que necesitaba era otras dos madres casamenteras intentando emparejarla con todos los pobres y patéticos solteros que pululaban en el mercado del matrimonio.

Cielo santo, ya tendría bastante con soportar a su propia madre, que seguro no iba a lograr resistir la tentación de entrometerse una vez que ella dejara clara su intención de encontrar marido ese año.

Así las cosas, Francesca se mudó nuevamente a la casa Kilmartin y los Stirling formaron ahí un pequeño grupo familiar unido como en un capullo, puesto que Michael seguía declinando todas las invitaciones, prometiendo salir a sus actividades sociales una vez que estuviera bien instalado y organizado en su casa después de su tan larga ausencia. Las tres damas salían de tanto en tanto a eventos sociales, y aunque Francesca ya suponía que le harían preguntas acerca del nuevo conde, no estaba realmente preparada para la cantidad y frecuencia de dichas preguntas.

Al parecer todas las mujeres estaban locas por el Alegre Libertino, y sobre todo ahora, que estaba envuelto en tanto misterio.

Ah, y el condado heredado, por supuesto; no había que olvidar eso; ni las cien mil libras que acompañaban al título.

Pensando en eso, Francesca movió la cabeza de lado a lado. En realidad, ni siquiera la señora Radcliffe podría haber ideado un héroe más perfecto. La casa se iba a convertir en un manicomio cuando él se recuperara.

Y entonces, de repente, se recuperó.

Aunque en fin, tenía que reconocer Francesca, en realidad la recuperación no fue tan de repente; los episodios de fiebre habían ido disminuyendo paulatinamente en gravedad y duración. Pero sí daba la impresión de que un día estaba demacrado y pálido y al siguiente ya era el hombre sano y vigoroso, paseándose por la casa impaciente por salir a la luz del sol.

—La quinina —explicó Michael cuando ella le comentó ese cambio de apariencia durante el desayuno—. Me tomaría esa porquería seis veces al día si no tuviera ese sabor tan condenadamente horroroso.

—Cuida tu lenguaje, Michael, por favor —musitó su madre, enterrando el tenedor en una salchicha.

—¿Has probado la quinina, madre?

—No, claro que no.

—Pruébala, y entonces veremos cómo cuidas tu lenguaje.

Francesca se rió cubriéndose la boca con la servilleta.

—Yo la probé —declaró Janet.

Todos los ojos se volvieron hacia ella.

—¿Sí? —preguntó Francesca.

Ni siquiera ella se había atrevido a probarla; el solo olor la inducía a mantener el frasco firmemente tapado con su corcho todo el tiempo.

—Ah, pues sí —contestó Janet—. Tenía curiosidad. Es realmente asquerosa —le dijo a Helen.

—¿Peor que ese horrendo brebaje que nos hizo beber la cocinera el año pasado para el... el...? —Le hizo un gesto a Janet para decir «ya sabes a qué me refiero».

—Mucho peor —contestó Janet.

—¿La diluiste? —preguntó Francesca.

Había que desleír el polvo en agua destilada, pero ella suponía que Janet simplemente se había puesto un poquito en la lengua.

—Por supuesto, ¿no es eso lo que hay que hacer?

—Algunas personas prefieren mezclarla con gin —dijo Michael.

Helen se estremeció.

—Así no puede ser peor que sola —comentó Janet.

—De todos modos —dijo Helen—, si uno la va a mezclar con licor, por lo menos podría elegir un buen whisky.

—Y ¿estropear el whisky? —terció Michael, sirviéndose unas cuantas cucharadas de huevos revueltos en su plato.

—No puede ser tan mala —dijo Helen.

—Lo es —dijeron Michael y Janet al unísono.

—Es cierto —añadió Janet—. No me imagino estropear un buen whisky de esa manera. El gin ya servirá.

—¿Has probado el gin? —le preguntó Francesca.

Al fin y al cabo el gin no se consideraba un licor apropiado para la clase alta, y mucho menos para mujeres.

—Una o dos veces —contestó Janet.

—Y yo que creía que lo sabía todo de ti —musitó Francesca.

—Tengo mis secretos —repuso Janet, con aire satisfecho.

—Esta es una conversación muy rara para el desayuno —comentó Helen.

—Muy cierto —convino Janet. Se volvió a mirar a su sobrino—. Michael, estoy muy contenta de verte en pie, activo y con un aspecto tan bueno y sano.

Él inclinó la cabeza, agradeciéndole el cumplido.

Ella se limpió delicadamente las comisuras de la boca con la servilleta.

—Pero ahora debes atender a tus responsabilidades de conde.

Él emitió un gemido.

—No te irrites tanto. Nadie te va a colgar por los pulgares. Lo único que iba a decir es que debes ir al sastre para que te haga ropa apropiada para salir de noche.

—¿Estás segura de que no puedo donar mis pulgares mejor?

—Son muy bonitos tus pulgares —contestó Janet—, pero creo que servirán mejor a toda la humanidad adheridos a tus manos.

Michael le sostuvo firmemente la mirada.

—Veamos. En mi programa para hoy, que es el primer día que estoy levantado, podría añadir, tengo una reunión con el primer ministro para hablar del asunto de mi escaño en el Parlamento, una reunión con el abogado de la familia para hablar del estado de nuestras finanzas, y una entrevista con el administrador de nuestra propiedad principal, que, según me han dicho, ha venido a Londres con la expresa finalidad de hablar del estado de las siete propiedades de la familia. ¿Puedo preguntar en qué momento debo meter una visita al sastre?

Las tres damas lo miraron mudas.

—¿Tal vez tengo que informar al primer ministro que debo dejar para el jueves mi reunión con él? —preguntó él mansamente.

—¿Cuándo concertaste todas esas entrevistas? —le preguntó Francesca, bastante avergonzada de que esa diligencia la hubiera sorprendido.

—¿Crees que me he pasado estas dos semanas mirando el techo?

—Bueno, no —contestó ella, aunque en realidad no sabía qué creía que había estado haciendo él.

Leyendo, habría supuesto; eso era lo que habría hecho ella.

Puesto que nadie dijo nada más, Michael echó atrás su silla.

—Si me disculpáis, señoras —dijo, dejando en la mesa su servilleta—, creo que hemos establecido que me espera un día muy ocupado.

Pero aún no se había levantado de la silla cuando Janet dijo, tranquilamente:

—¿Michael? El sastre.

Él se quedó inmóvil.

Janet le sonrió dulcemente.

—Mañana sería perfectamente aceptable.

Francesca creyó oírlo hacer rechinar los dientes.

Janet se limitó a ladear ligeramente la cabeza.

—Necesitas trajes de noche. No soñarás, supongo, con perderte el baile de celebración del cumpleaños de lady Bridgerton.

Francesca se apresuró a llevarse a la boca un tenedor con los huevos revueltos para que él no viera su sonrisa. Janet era tremendamente astuta para manipular. La fiesta de cumpleaños de su madre era el único evento social al que Michael se sentiría obligado a asistir. Cualquier otra invitación la habría declinado sin importarle nada.

Pero ¿declinar una invitación de Violet?

No, eso nunca.

—¿Cuándo es? —suspiró él.

—El once de abril —contestó Francesca amablemente—. Asistirá todo el mundo.

—¿Todo el mundo?

—Todos los Bridgerton.

A él se le alegró visiblemente la expresión.

—Y todos los demás —añadió ella, encogiéndose de hombros.

Él la miró fijamente.

—Define «todos los demás».

Ella le sostuvo la mirada.

—Pues, todo el mundo.

Él se desmoronó en el asiento.

—¿Es que no voy a tener un respiro?

—Pues claro que sí —dijo Helen—. Ya lo has tenido, en realidad. La semana pasada. Lo llamamos malaria.

—Y tanta impaciencia que tenía yo por recuperar la salud.

—No temas —le dijo Janet—. Lo pasarás muy bien, no me cabe duda.

—Y es posible que conozcas a una bella dama —añadió Helen, amablemente.

—Ah, sí —masculló él—, no sea que olvidemos la verdadera finalidad de mi vida.

—No es una finalidad tan terrible —dijo Francesca, sin poder resistir esa pequeña oportunidad de hacer una broma.

—¿Ah, no? —preguntó él, volviendo la cabeza hacia ella.

Clavó la mirada en sus ojos con una fijeza sorprendente, produciéndole la muy desagradable sensación de que tal vez no debería haberlo provocado.

—Pues... no —dijo, puesto que ya no podía retractarse.

—Y ¿cuales son tus finalidades? —le preguntó él, dulcemente.

Por el rabillo del ojo, Francesca vio que Janet y Helen los estaban observando y oyendo con ávida atención, sin disimular su curiosidad.

—Ah, esto y aquello —dijo, agitando alegremente la mano—. Por el momento, simplemente terminar mi desayuno. Está delicioso, ¿no te parece?

—¿Huevos revueltos con guarnición de madres entrometidas?

—No olvides mencionar a tu prima —dijo ella, dándose una patada bajo la mesa tan pronto como salieron esas palabras de su boca.

Todo en la actitud de él le gritaba que no lo provocara, pero simplemente no podía evitarlo.

Eran pocas las cosas de este mundo que disfrutara más que provocar a Michael Stirling, y esos momentos eran tan deliciosos que era incapaz de resistirlos.

—Y ¿cómo piensas pasar la temporada? —le preguntó él, ladeando ligeramente la cabeza y con una odiosa expresión de paciencia.

—Me imagino que comenzaré por ir a la fiesta de cumpleaños de mi madre.

—Y ¿qué vas a hacer ahí?

—Felicitarle el cumpleaños.

—¿Nada más?

—Bueno, no le preguntaré cuántos años cumple, si es a eso a lo que te refieres.

—Ah, no —exclamó Janet.

—No harás eso —dijo Helen al mismo tiempo.

Entonces las tres lo miraron con expresiones idénticas, de expectación. A él le tocaba hablar, después de todo.

—Me voy —dijo, rascando el suelo con las patas de la silla al levantarse.

Francesca abrió la boca para decir algo que lo irritara, ya que eso era siempre lo primero que deseaba hacer cuando él estaba en ese estado, pero no encontró las palabras.

Michael había cambiado.

En realidad, no era que hubiera sido irresponsable antes. Simplemente no tenía ninguna responsabilidad. Y la verdad era que nunca se le había ocurrido pensar cómo las cumpliría cuando volviera a Inglaterra.

—Michael —dijo, y su voz le atrajo inmediatamente la atención a él—, buena suerte con lord Liverpool.

Él captó su mirada y ella vio relampaguear algo en sus ojos. Una insinuación de aprecio, o incluso de gratitud.

O tal vez no era algo tan preciso. Tal vez era simplemente un momento de entendimiento sin palabras.

El tipo de entendimiento que había tenido con John.

Tragó saliva, incómoda, ante esa repentina comprensión. Cogió la taza de té y se la llevó a los labios con un movimiento lento, controlado, como si puediera extender el dominio de su cuerpo a su mente.

¿Qué acababa de ocurrir?

Él era simplemente Michael, ¿no?

Sólo su amigo, sólo su confidente de mucho tiempo.

¿No era eso solamente?

¿No?

# Capítulo 10

*Solamente rayitas y puntos que quedaron
marcados en el papel con los golpeteos de la pluma
de la condesa de Kilmartin, dos semanas después
de recibir la tercera carta del conde de Kilmartin.*

—¿*E*stá aquí?
—No.
—¿Estás segura?
—Totalmente segura.
—Pero ¿vendrá?
—Dijo que vendría.
—Ah, pero ¿a qué hora va a venir?
—Eso no lo sé.
—¿No?
—No.
—Ah, muy bien. Bueno... ¡Ah, mira! Ahí veo a mi hija. Encantada de verte, Francesca.

Francesca puso los ojos en blanco, gesto de afectación que no hacía nunca, a no ser que fuera una circunstancia tan molesta que lo exigiera, y se quedó mirando alejarse a la señora Featherington, una de las peores cotillas de la alta sociedad, en dirección a su hija Felicity, que estaba charlando amablemente con un joven guapo, aunque sin título, en la orilla del salón de baile.

Habría encontrado divertida la conversación con la señora Featherington si no hubiera sido la séptima, no, la octava (no debía olvidar a su madre) vez que la sometían a ella. Y la conversación era siempre igual, incluso con las mismas palabras, con la única diferencia de que no todas la conocían tan bien como para tutearla y tratarla por su nombre de pila.

Desde el momento en que Violet Bridgerton anunció que el esquivo conde de Kilmartin haría su reaparición en sociedad en su fiesta de cumpleaños..., bueno, Francesca había estado totalmente segura de que no volvería a estar a salvo de interrogatorios nunca más, al menos de cualquier persona que tuviera un tipo de relación de parentesco o amistad con una mujer soltera.

Michael era el mejor partido de la temporada y ya había acaparado todo el interés sin siquiera haber hecho acto de presencia.

—¡Lady Kilmartin!

Levantó la vista. La condesa de Danbury venía caminando hacia ella. Nunca una anciana más arisca y franca que ella había honrado con su presencia los salones de baile de Londres, pero a Francesca le caía bastante bien, de modo que le sonrió mientras se iba acercando, observando de paso que los invitados junto a los cuales pasaba se alejaban precipitadamente.

—Lady Danbury —la saludó—, cuánto me alegra verla aquí esta noche. ¿Lo está pasando bien?

Lady Danbury golpeó el suelo con su bastón sin ningún motivo aparente.

—Lo estaría pasando muchísimo mejor si alguien me dijera qué edad tiene tu madre.

—Ah, yo no me atrevería.

—Psst. ¿A qué viene tanto secreto? No es que sea mayor que yo.

—Y ¿qué edad tiene usted? —le preguntó, en un tono tan dulce como astuta era su sonrisa.

Lady Danbury arrugó la cara en una sonrisa.

—Je, je, eres la lista, ¿eh? No pienses que te lo voy a decir.

—Entonces comprenderá que yo tenga esa misma lealtad hacia mi madre.

—Jumjum —gruñó lady Danbury, golpeando nuevamente el suelo con el bastón, para dar énfasis—. ¿Para qué dar una fiesta de cumpleaños si nadie sabe qué se celebra?

—¿El milagro de la vida y la longevidad?

Lady Danbury emitió un bufido, y preguntó:

—Y ¿dónde está ese nuevo conde tuyo?

Vaya, sí que era francota.

—No es mi conde.

—Bueno, es más tuyo que de nadie.

Probablemente eso era una gran verdad, pensó Francesca, pero no se lo iba a confirmar diciéndoselo, de modo que se limitó a decir:

—Me imagino que su señoría se ofendería si se oyera llamar posesión de cualquiera que no sea él mismo.

—Su señoría, ¿eh? Ese es un trato muy formal, ¿no te parece? Creí que erais amigos.

—Lo somos.

Pero eso no significaba tratarlo por su nombre de pila en público. Ciertamente no le convenía dar pie a ningún rumor, puesto que necesitaba mantener prístina su reputación si quería encontrar un marido.

—Era el más íntimo amigo y confidente de mi marido —añadió, intencionadamente—. Eran como hermanos.

Lady Danbury pareció decepcionada por esa sosa descripción de su relación con Michael, pero simplemente frunció los labios y miró alrededor.

—Esta fiesta necesita animación —masculló, volviendo a golpear el suelo con el bastón.

—Procure no decirle eso a mi madre —le dijo Francesca.

Violet se había pasado semanas organizando esa fiesta, y de verdad nadie podría encontrarle un defecto. La iluminación era suave y romántica, la música, perfección pura, e incluso la comida era buena, no pequeña hazaña en un baile de Londres. Ella ya había había comido dos de los deliciosos pastellitos con crema y chocolate, y había estado ideando la manera de volver disimuladamente a la mesa de refrescos a buscar otro sin parecer una absoluta glotona.

Pero claro, en el camino la habían detenido varias señoras para interrogarla.

—Ah, eso no es culpa de tu madre —dijo lady Danbury—. Ella no es la culpable de la sobreabundancia de aburridos en nuestra sociedad. Buen Dios, os parió y crió a los ocho, y no hay ninguno idiota entre vosotros. —La miró seria—. Eso es un cumplido, por cierto.

—Me ha conmovido.

Lady Danbury cerró la boca y apretó los labios formando una línea terriblemente seria.

—Voy a tener que hacer algo —dijo.

—¿Respecto a qué?

—A la fiesta.

Francesca sintió una sensación horrible en el estómago. Nunca había sabido que la anciana le hubiera estropeado una fiesta a nadie, pero era muy inteligente y capaz de hacer bastante daño si se lo proponía.

—¿Qué piensa hacer? —le preguntó.

—Ah, no me mires como si estuviera a punto de matar a tu gato.

—No tengo gato.

—Bueno, yo sí, y te aseguro que me enfurecería como un demonio si alguien intentara hacerle daño.

—Lady Danbury, ¿a qué se refiere, por el amor de Dios?

—Ah, no lo sé —dijo la anciana, agitando la mano, irritada—. Puedes estar segura de que si lo supiera, ya habría hecho algo. Pero no voy a armar una escena en la fiesta de tu madre. —Levantó bruscamente el mentón y miró a Francesca, sorbiendo por la nariz en gesto desdeñoso—. Como si yo fuera a hacer algo para herir los sentimientos de tu querida mamá.

Eso no tranquilizó mucho a Francesca.

—Bueno, haga lo que haga, por favor tenga cuidado.

—Francesca Stirling —dijo lady Danbury, sonriendo irónica—, ¿estás preocupada por mí?

—Por usted no tengo la menor preocupación —replicó Francesca, descaradamente—, es por el resto de nosotros que tiemblo.

Lady Danbury emitió un cacareo de risa.

—Bien dicho, lady Kilmartin. Creo que te mereces un descanso. De mí —añadió, por si Francesca no lo había captado.

—Usted es mi descanso —masculló Francesca.

Pero lady Danbury estaba contemplando la muchedumbre y fue evidente que no la oyó, porque dijo en tono resuelto:

—Creo que voy a ir a fastidiar a tu hermano.

—¿A cuál? —preguntó Francesca, aunque sin preocuparse, puesto que cualquiera de ellos se merecía un poquitín de tortura.

—A ese. —Apuntó hacia Colin—. ¿No acaba de volver de Grecia?

—De Chipre, en realidad.

—Grecia, Chipre, todo es igual para mí.

—Para ellos no, me imagino.

—¿Para quienes? ¿Para los griegos, quieres decir?

—O para los chipriotas.

—Psst. Bueno, si uno de ellos decide presentarse aquí esta noche, puede sentirse libre para explicar las diferencias. Mientras tanto yo me revolcaré en mi ignorancia. —Dicho eso, Lady Danbury golpeó el suelo con el bastón una última vez y acto seguido se giró hacia Colin y gritó—: ¡Señor Bridgerton!

Francesca observó divertida que su hermano hacía todo lo posible por simular que no había oído a la anciana. Le agradaba bastante que lady Danbury hubiera decidido torturar un poco a Colin, sin duda se lo merecía, pero al encontrarse nuevamente sola, cayó en la cuenta de que lady Danbury le había servido de muy eficaz defensa contra la multitud de madres casamenteras que la consideraban su única conexión con Michael.

Buen Dios, ya veía a tres acercándosele.

Era el momento de escapar. Inmediatamente. Girando sobre sus talones, echó a andar hacia su hermana Eloise, que era fácil de distinguir por su vestido verde vivo. La verdad, preferiría pasar de largo junto a Eloise y salir por la puerta, pero si quería tomarse en serio el asunto de su matrimonio, tenía que circular y hacer saber que estaba en el mercado en busca de otro marido.

Aunque lo más seguro era que a nadie le importara si andaba buscando marido o no mientras no apareciera Michael. Podría anunciar que pensaba marcharse a África negra para hacerse caníbal, y lo único que le preguntarían sería: «¿La va a acompañar el conde?»

—¡Buenas noches! —dijo, al llegar al pequeño grupo.

Todas eran de la familia. Eloise estaba charlando con sus dos cuñadas: Kate y Sophie.

—Ah, hola, Francesca —saludó Eloise—. ¿Dónde está...?

—No empieces.

—¿Qué te pasa? —preguntó Sophie, mirándola preocupada.

—Si una sola persona más me pregunta por Michael, juro que me va a explotar la cabeza.

—Eso cambiaría el tenor de la fiesta, sin duda —comentó Kate.

—Y no digamos el trabajo del personal para limpiar —añadió Sophie.

Francesca gruñó.

—Bueno, ¿dónde está? —preguntó Eloise—. Y no me mires como si...

—¿Fuera a matar a tu gato?

—No tengo gato. ¿De qué demonios hablas?

Francesca exhaló un suspiro.

—No lo sé. Dijo que vendría.

—Si es listo, es probable que permanezca escondido en el vestíbulo —apuntó Sophie.

—Buen Dios, es posible que tengas razón —dijo Francesca, imaginándoselo pasando por fuera del salón e instalándose en el salón para fumar.

Es decir, lejos de todas las mujeres.

—Es temprano todavía —dijo Kate amablemente.

—A mí no me parece temprano —gruñó Francesca—. Ojalá ya hubiera llegado, para que la gente deje de preguntarme por él.

Eloise se echó a reír, endemoniada renegada que era.

—Ay, mi pobre Francesca, cómo te engañas —dijo—, una vez que llegue te harán el doble de preguntas. Simplemente van a cambiar el «¿Dónde está?» por «Cuéntanos más».

—Creo que Eloise tiene razón —dijo Kate.

—Vamos, pardiez —gimió Francesca, buscando una pared para apoyarse.

—¿Has blasfemado? —comentó Sophie, pestañeando sorprendida.

Francesca volvió a suspirar.

—Parece que lo hago mucho últimamente.

Sophie la miró afectuosa y de pronto exclamó:

—¡Llevas un vestido azul!

Francesca se miró el vestido de noche nuevo. En realidad se sentía muy complacida por llevarlo, aun cuando nadie se había fijado en él, aparte de Sophie. Ese matiz de azul era uno de sus favoritos, oscuro pero sin llegar a azul marino. El vestido era elegantemente sencillo, con el escote ribeteado por un delgada franja de seda azul más claro. Se sentía como una princesa, o si no como una princesa, al menos no como una viuda intocable.

—¿Has dejado el luto, entonces? —preguntó Sophie.

—Bueno, ya hace unos años que me quité el luto —balbuceó Francesca.

Ahora que por fin se había despojado de los vestidos grises y lavanda, se sentía tonta por haberse aferrado a ellos tanto tiempo.

—Sabíamos que estabas recuperada —dijo Sophie—, pero seguías usando colores de medio luto y... bueno, no tiene importancia. Simplemente estoy encantada de verte vestida de azul.

—¿Significa eso que vas a considerar la posibilidad de volverte a casar? —preguntó Kate—. Han pasado cuatro años.

Francesca no pudo evitar un mal gesto. Típico de Kate ir directamente al grano. Pero si quería tener éxito en sus planes no debía mantenerlos en secreto eternamente, así que se limitó a contestar:

—Sí.

Las otras tres estuvieron calladas un momento y de pronto, lógicamente, todas hablaron al mismo tiempo, felicitándola, dándole consejos y diciendo otras tantas tonterías que ella de ninguna manera deseaba oír. Pero todo lo decían con las mejores intenciones y el mayor cariño, así que simplemente sonreía, asentía y agradecía sus buenos deseos.

—Tendremos que organizar esto, por supuesto —dijo Kate de pronto.

Francesca la miró horrorizada.

—¿Qué quieres decir?

—Tu vestido azul es una excelente proclamación de tus intenciones —explicó Kate—, pero ¿de veras crees que los hombres de Londres son tan perspicaces para captarlo? De ninguna manera —contestó ella misma—. Yo podría teñirle negro el pelo a Sophie, y la mayoría de ellos no lo notaría.

—Bueno, Benedict lo notaría —observó Sophie lealmente.

—Sí, claro, pero él es tu marido y, además, es pintor. Está preparado para notar esas cosas. Pero la mayoría de los hombres... —Se interrumpió, al parecer irritada por el giro que había tomado la conversación—. Entiendes lo que quiero decir, ¿verdad?

—Por supuesto —contestó Francesca.

—La realidad —continuó Kate— es que la mayor parte de la humanidad tiene más pelo que sesos. Si quieres que la gente se dé cuenta de que estás en el mercado del matrimonio, tienes que dejarlo muy claro. O mejor dicho, nosotras debemos dejarlo muy claro.

Francesca tuvo unas horribles visiones, imaginándose a sus parientas persiguiendo a hombres hasta que los pobres salían corriendo y chillando en busca de una puerta.

—¿Qué es exactamente lo que quieres hacer? —preguntó.

—Vamos, por el amor de Dios, no vomites la cena.

—¡Kate! —exclamó Sophie.

—Bueno, tienes que reconocer que parecía a punto de vomitar.

Sophie puso los ojos en blanco.

—Bueno, sí, pero no tenías por qué comentarlo.

—A mí me encantó el comentario —terció Eloise amablemente.

Francesca le arrojó un dardo con la mirada, dado que sentía la necesidad de mirar mal a alguien, y siempre era más fácil hacer eso con una hermana.

—Seremos las maestras del tacto y la discreción —dijo Kate.

—Fíate de nosotras —añadió Eloise.

—Bueno, está claro que no os lo puedo impedir —dijo Francesca.

Observó que ni siquiera Sophie la contradecía.

—Muy bien —dijo—. Voy a ir a coger un último pastelillo con crema y chocolate.

—Creo que ya no queda ninguno —dijo Sophie, mirándola compasiva.

A Francesca se le cayó el alma al suelo.

—Y ¿las galletas de chocolate?

—También desaparecieron.

—¿Qué queda?

—Tarta de almendras.

—¿Esa que sabía a polvo?

—Esa —contestó Eloise—. Fue el único postre que madre nunca probó. Se lo advertí, por supuesto, pero a mí nunca nadie me hace caso.

Francesca se sintió totalmente desanimada. Era tan patética que, lo único que la había sostenido era la promesa de un dulce.

—Anímate, Frannie —dijo Eloise, levantando un poco el mentón y mirando alrededor—. Veo a Michael.

Pues sí, ahí estaba, al otro lado del salón, pecaminosamente elegante con su traje negro de gala. Estaba rodeado de mujeres, lo que no le sorprendió en absoluto. La mitad eran del tipo interesado en conquistarlo para marido, ya fuera para ellas o para sus hijas.

La otra mitad, observó, eran jóvenes y casadas, y estaba claro que lo que les interesaba era otra cosa totalmente diferente.

—Había olvidado lo guapo que es —musitó Kate.

Francesca la miró indignada.

—Está muy bronceado —añadió Sophie.

—Estuvo en India —dijo Francesca—. Claro que está bronceado.

—Parece que estás de mal genio esta noche —terció Eloise.

Francesca se apresuró a arreglar la expresión de su cara, con su máscara de impasible indiferencia.

—Simplemente estoy harta de que me pregunten por él. Él no es mi tema favorito de conversación.

—¿Habéis reñido? —le preguntó Sophie.

—Noo, no —contestó Francesca, comprendiendo tardíamente que había dado una impresión errónea—. Pero no he hecho otra cosa que hablar de él toda la noche. En estos momentos estaría encantada de hablar del tiempo.

—Mmmm.

—Sí.

—Ah, sí, claro.

Francesca no supo cuál de las tres dijo eso último, y entonces cayó en la cuenta de que las cuatro estaban mirando a Michael con su bandada de mujeres.

—Sí que es guapo —dijo Sophie, suspirando—. Todo ese delicioso pelo negro.

—¡Sophie! —exclamó Francesca.

—Bueno, es que es guapo —dijo Sophie, a la defensiva—. Y no le dijiste nada a Kate cuando hizo el mismo comentario.

—Las dos estáis casadas —masculló Francesca.

—¿Eso quiere decir que yo sí puedo hacer comentarios sobre su hermosura? —preguntó Eloise—. Solterona que soy.

Francesca miró a su hermana incrédula.

—Michael es el último hombre de la Tierra con el que desearías casarte.

—Y eso ¿por qué?

Eso lo preguntó Sophie, pero Francesca observó que Eloise estaba muy interesada en la respuesta.

—Porque es un libertino terrible —dijo.

—Es curioso —musitó Eloise—. Te pusiste furiosa cuando Hyacinth dijo eso mismo hace dos semanas.

Típico de Eloise recordarlo tooodo.

—Hyacinth no sabía de qué hablaba. Nunca lo sabe. Además, estábamos hablando de su puntualidad, no de lo conveniente que es para casarse con él.

—Y ¿qué lo hace tan inconveniente? —preguntó Eloise.

Francesca miró muy seria a su hermana mayor. Eloise estaba loca de remate si creía que debería intentar conquistar a Michael.

—Y ¿bien?

—No podría serle fiel a una mujer —explicó—, y dudo que estuvieras dispuesta a aceptar infidelidades.

—No, a menos que él esté dispuesto a aceptar graves lesiones corporales.

Las cuatro damas se quedaron calladas y continuaron su desvergonzada contemplación de Michael y sus acompañantes. Él se inclinó a decirle algo al oído a una de las damas, y dicha dama se ruborizó y se rió disimuladamente cubriéndose la boca con una mano.

—Es un seductor —dijo Kate.

—Tiene un cierto aire —confirmó Sophie—. Esas mujeres no tienen la menor posibilidad.

Entonces él le sonrió a una de sus acompañantes, con una sonrisa perezosa, encantadora, que hizo suspirar incluso a las mujeres Bridgerton.

—¿No tenemos algo mejor que hacer que contemplar a Michael? —preguntó Francesca, fastidiada.

Kate, Sophie y Eloise se miraron entre ellas, pestañeando.

—No.

—No.

—Creo que no —conluyó Kate—. No en este momento, en todo caso.

—Deberías ir a hablar con él —le dijo Eloise a Francesca dándole un codazo.

—¿Por qué?

—Porque está aquí.

—También están aquí otros cien hombres —replicó Francesca—, con todos los cuales me casaría.

—Yo sólo veo a tres a los que consideraría la posibilidad de prometer obediencia —masculló Eloise—, y ni siquiera estoy segura de eso.

—Sea como sea —dijo Francesca, no dispuesta a darle la razón a Eloise—, mi finalidad aquí es encontrar un marido, así que no veo cómo me beneficiaría ponerme a bailar alrededor de Michael.

—Y yo que creía que estabas aquí para desear un feliz cumpleaños a nuestra madre.

Francesca la miró furiosa. Ella y Eloise eran las más cercanas en edad de todos los hermanos Bridgerton: se llevaban exactamente un año. Ella daría su vida por Eloise, lógicamente, y no había en el mundo ninguna mujer que supiera más de sus secretos y pensamientos que su hermana, pero la mitad del tiempo podría estrangularla alegremente.

Incluido ese momento. Especialmente ese.

—Eloise tiene razón —dijo Sophie entonces—. Deberías ir a saludar a Michael. Eso es lo educado y cortés, tomando en cuenta su larga estancia en el extranjero.

—Hemos estado viviendo en la misma casa más de una semana —replicó Francesca—. Ya nos hemos saludado suficiente.

—Sí, pero no en público —insistió Sophie—, y no en la casa de tu familia. Si no vas a hablar con él, todos lo comentarán mañana. Pensarán que hay enemistad entre vosotros. O peor aún, que no lo aceptas como el nuevo conde.

—Pero claro que lo acepto. Y aun en el caso de que no lo aceptara, ¿qué importaría? No había ninguna duda en la línea de sucesión.

—Debes demostrarle a todo el mundo que lo tienes en alta estima —dijo Sophie. Entonces la miró interrogante—. A no ser que no lo tengas, claro.

—Noo, sí que lo tengo —repuso Francesca, exhalando un suspiro.

Sophie tenía razón. Sophie siempre tenía razón tratándose de asuntos de cortesía y cánones sociales. Debía ir a saludar a Michael. Él se merecía una bienvenida pública y oficial en Londres, por ridículo que lo encontrara ella, después de pasarse dos semanas cuidándolo de las fiebres de la malaria. Simplemente no le hacía ninguna gracia tener que abrirse paso por la muchedumbre de sus admiradoras.

Siempre le había divertido la reputación de Michael; tal vez porque se sentía ajena a ella, o incluso por encima de todo eso. Siempre había sido una broma entre ellos tres: ella, John y Michael, y él nunca se había tomado en serio a ninguna de las mujeres, y por lo tanto ella tampoco.

Pero en esos momentos no lo estaba observando desde su cómoda posición de feliz señora casada. Y Michael ya no era solamente el Alegre Libertino, el ocioso bueno para nada que mantenía su posición en la sociedad gracias a su ingenio y encanto.

Ahora era conde y ella era viuda, y de pronto se sentía pequeña e impotente.

Eso no era culpa suya, lógicamente. Eso lo sabía, lo sabía tan bien como... bueno, tan bien como sabía que él sería el horroroso marido de alguien algún día. Pero en esos momentos, saber eso no le servía de mucho para aplacar del todo su ira, estando él con esa bandada de mujeres alrededor riendo como jovencitas tontas.

—Francesca, ¿quieres que te acompañe una de nosotras? —le preguntó Sophie.

—¿Qué? Ah, no, no, no es necesario —contestó ella, enderezándose, avergonzada de que sus hermanas la hubieran soprendido en la luna—. Soy capaz de ocuparme de Michael —dijo firmemente.

Avanzó dos pasos en su dirección y se volvió hacia las otras tres.

—Después de ocuparme de mí misma —dijo.

Acto seguido se dio media vuelta y se dirigió a la sala de aseo y tocador de señoras. Si tenía que sonreír y ser educada en medio de las bobas que rodeaban a Michael, le iría bien hacerlo sin estar saltando de un pie a otro.

Pero alcanzó a oír a Eloise decir en voz baja: «Cobarde».

Tuvo que recurrir a toda su fuerza de voluntad para no girarse y pinchar a su hermana con una réplica mordaz.

Bueno, además de que temía que Eloise tuviera razón.

Y la humillaba pensar que podría haberse convertido en una cobarde por Michael, justamente.

# Capítulo 11

*... me ha escrito Michael, tres veces en realidad. Todavía no le he contestado. Te sentirías decepcionado de mí, estoy segura. Pero no puedo...*

> *De una carta de la condesa de Kilmartin*
> *a su difunto marido, diez meses después de la marcha*
> *de Michael a India, arrugada y tirada al fuego*
> *después de mascullar: «Esto es una locura».*

*M*ichael había visto a Francesca en el instante mismo en que entró en el salón de baile; estaba en el otro extremo del salón charlando con sus hermanas, y llevaba un vestido azul y un peinado nuevo.

Y también la vio en el instante en que salió por la puerta de la pared noroeste, y supuso que iba a la sala de aseo y tocador de señoras, porque sabía que estaba en ese corredor.

Lo peor de todo era que estaba seguro de que también sabría el momento en que regresara al salón, aun cuando estaba conversando con unas doce damas, todas las cuales creían que él tenía toda su atención puesta en su pequeño grupo.

Eso era como una enfermedad en él, un sexto sentido. No podía estar en la misma sala o habitación con Francesca sin saber dónde estaba. Eso le ocurría desde el momento en que se conocieron, y lo único que se lo hacía soportable era que ella no tenía ni idea.

Eso era una de las cosas que más le gustaban de India. Que ella no estaba y que nunca tenía que estar consciente de su presencia. Pero de todos modos lo acosaba. De vez en cuando veía a alguien de pelo castaño que reflejaba la luz de las velas igual que el de ella y por una fracción de segundo le parecía que era el de ella. Se quedaba sin aliento y la buscaba, aun sabiendo que no estaba allí.

Era un infierno, y normalmente le bastaba con beber algún licor fuerte. O pasar la noche con su última conquista.

O ambas cosas.

Pero eso ya había acabado; estaba de vuelta en Londres, y lo sorprendía lo fácil que le resultaba adoptar su antiguo papel de encantador indolente y despreocupado. No era mucho lo que había cambiado la ciudad; ah, sí, algunas caras habían cambiado, pero en su conjunto, la alta sociedad estaba igual que siempre. La fiesta de lady Bridgerton era tal como se la había imaginado, aunque tenía que reconocer que lo asombraba bastante la inmensa curiosidad que había despertado su reaparición en Londres. Al parecer, el Alegre Libertino se había transformado en el Gallardo Conde, y antes del primer cuarto de hora de su llegada ya lo habían abordado nada menos que ocho, no nueve (no debía olvidar a la propia lady Bridgerton) señoras de la sociedad, impacientes por conquistarse su favor y, lógicamente, presentarle a sus hermosas hijas solteras y sin compromiso.

No sabía si eso era divertido o un infierno.

Divertido, decidió, por el momento al menos. La próxima semana no dudaba de que sería un infierno.

Después de otros quince minutos de presentaciones y más presentaciones, y una proposición ligeramente velada (afortunadamente de una viuda y no de una de las debutantes ni de sus madres), declaró su intención de ir a buscar a su anfitriona, y presentó sus disculpas al grupo.

Y entonces ahí estaba ella. Francesca. Él estaba a medio salón de distancia, lo que significaba que tendría que abrirse paso por en medio de la multitud si deseaba hablar con ella. Estaba pasmosamente bella con su vestido azul oscuro, y cayó en la cuenta de que con todo lo que ella había hablado de comprarse un guardarropa nuevo, esa era la primera vez que la veía vestida con un color que no fuera de medio luto.

Entonces lo golpeó la comprensión, otra vez. Ella se había quitado el luto. Volvería a casarse. Reiría, coquetearía, vestiría de azul y encontraría un marido.

Y probablemente todo eso ocurriría en el espacio de un mes. Una vez que dejara clara su intención de volverse a casar, los hombres comenzarían a echarle abajo la puerta. ¿Cómo podría alguien no desear casarse con ella? Ya no gozaba de la juventud de las otras mujeres que andaban buscando marido, pero poseía algo de lo que las jovencitas debutantes carecían: chispa, vivacidad, un destello de inteligencia en los ojos que se sumaba a su belleza.

Seguía sola en el umbral de la puerta, advirtió. Era pasmoso que nadie se hubiera fijado que estaba allí, de modo que decidió arrostrar la multitud y abrirse paso hasta ella.

Pero Francesca lo vio antes que llegara hasta ella, y aun cuando no sonrió, se le curvaron levemente los labios, le destellaron los ojos al reconocerlo, y cuando echó a andar hacia él, se le quedó retenido el aliento.

Eso no tenía por qué sorprenderlo, pero lo sorprendió. Cada vez que pensaba que lo sabía todo de ella, que sin querer había memorizado todos sus detalles, algo vibraba y cambiaba dentro de ella, y él sentía que todo comenzaba de nuevo.

Nunca escaparía de esa mujer. Jamás escaparía de ella, y jamás podría tenerla. Aun cuando ya no estaba John, eso era imposible, sencillamente incorrecto. Era muchísimo lo que había que tomar en cuenta. Habían ocurrido demasiadas cosas, y él no podría jamás quitarse la sensación de que en cierto modo la había robado.

Peor aún, que había deseado que ocurriera todo; que había deseado que muriera John y le dejara libre el camino, que había deseado el título, a Francesca y todo lo demás.

Fue avanzando, avanzando, y se encontró con ella a medio camino.

—Francesca —dijo, con su tono más tranquilo y agradable—, qué alegría verte.

—Y la mía al verte a ti —contestó ella.

Entonces sonrió, pero fue como si estuviera divertida, y él tuvo la inesperada sensación de que se burlaba de él; pero no ganaría nada con echárselo en cara; sólo le demostraría lo sintonizado que estaba con todas sus expresiones. Por lo tanto, se limitó a preguntarle:

—¿Lo estás pasando bien?

—Por supuesto. Y ¿tú?

—Por supuesto.

Ella arqueó una ceja.

—¿Incluso en tu actual estado de soledad?

—¿Qué quieres decir?

Ella se encogió de hombros, despreocupadamente.

—La última vez que te vi, estabas rodeado de mujeres.

—Si me viste, ¿por qué no acudiste a salvarme?

—¿A salvarte? —dijo ella, riendo—. Cualquiera se daba cuenta de que lo estabas pasando muy bien.

—¿Sí?

—Vamos, Michael, por favor —dijo ella, mirándolo intencionadamente—. Vives para coquetear y seducir.

—¿En ese orden?

Ella se encogió de hombros.

—Por algo te llaman el Alegre Libertino.

A él se le apretaron las mandíbulas como por voluntad propia. Eso le dolía, y el hecho de que le doliera le dolía más aún.

Ella le escrutó la cara, con tanta atención que él sintió deseos de retorcerse de incomodidad, y de pronto sonrió.

—No te gusta —dijo al fin, casi sin aliento al comprender eso—. Ay, cielos, no te gusta.

Daba la impresión de que hubiera recibido una revelación de proporciones bíblicas, pero al ser todo a expensas de él, lo único que pudo hacer fue fruncir el ceño.

Entonces ella se echó a reír, lo cual lo empeoró todo.

—Ah, caramba —dijo, poniéndose la mano en el vientre, atacada de risa—. Te sientes como un zorro en una cacería, y no te gusta nada. Vamos, esto es sencillamente demasiado. Después de todas las mujeres que has cazado...

Lo entendía todo del revés, lógicamente. A él no le importaba de ninguna manera que a las señoras de la sociedad les hubiera dado por llamarlo el mejor partido de la temporada y lo persiguieran a causa de eso. Ese era justamente el tipo de cosas que le resultaba fácil considerar con humor.

No le importaba que lo llamaran el Alegre Libertino. No le importaba que lo creyeran un despreciable seductor.

Pero cuando Francesca decía eso...

Era como si le arrojara ácido.

Y lo peor era que sólo podía culparse a sí mismo. Había cultivado esa reputación durante años, había pasado horas y horas tentando y coqueteando, asegurándose de que Francesca lo viera, para que nunca adivinara la verdad.

Y tal vez lo había hecho por sí mismo también, porque si era el Alegre Libertino, al menos era algo. La alternativa era no ser otra cosa que un tonto patético, enamorado sin esperanzas de la mujer de otro hombre. Y, demonios, era bueno para ser el hombre capaz de seducir con una sonrisa. Bien podía tener algo en la vida en que pudiera tener éxito.

—No puedes decir que no te lo advertí —dijo, Francesca, con el aspecto de sentirse muy complacida consigo misma.

—No es desagradable rodearse de mujeres hermosas —dijo él, principalmente para irritarla—. Y es mejor cuando eso se logra sin ningún esfuerzo.

Dio resultado, porque a ella se le tensó un poco la cara alrededor de la boca.

—No me cabe duda de que eso es más que delicioso, pero debes tener cuidado de no propasarte —dijo ella, secamente—. Estas no son tus mujeres habituales.

—No sabía que tenía mujeres habituales.

—Sabes exactamente qué quiero decir, Michael. Otros podrían llamarte un libertino total, pero yo te conozco mejor.

Él casi se rió. Ella creía que lo conocía muy bien, pero no sabía nada de nada. Jamás sabría toda la verdad.

—¿Ah, sí? —dijo.

—Hace cuatro años tenías tus normas —continuó ella—. Jamás seducías a nadie que fuera a quedar irreparablemente dañada por tus actos.

—Y ¿qué te hace pensar que voy a comenzar ahora?

—Ah, no creo que vayas a hacer nada de eso a propósito, pero antes nunca te relacionabas con jovencitas que desearan casarse. No existía ni siquiera la posibilidad de que fueras a cometer un desliz y deshonrar por casualidad a una de ellas.

La vaga irritación que había estado hirviendo en él a fuego suave, comenzó a hervir con fuerza.

—¿Quién te crees que soy, Francesca? —le preguntó, con todo el cuerpo tenso por algo que no lograba comprender del todo. Detestaba que ella pensara eso de él; lo detestaba.

—Michael...

—¿De veras me crees tan lerdo que podría arruinar la reputación de una jovencita «por casualidad»?

Ella entreabrió los labios y se estremeció ligeramente.

—No lerdo, Michael, claro que no. Pero...

—Insensible, entonces —dijo él, entre dientes.

—No, eso tampoco. Simplemente pienso...

—¿Qué, Francesca? —preguntó él, implacable—. ¿Qué piensas de mí?

—Pienso que eres el hombre más bueno que conozco —dijo ella, dulcemente.

Maldición. Típico de ella desarmar a un hombre con una sola frase. La miró, simplemente la miró, tratando de comprender qué había querido decir con eso.

—Eso pienso —dijo ella, encogiéndose de hombros—. Pero también pienso que eres tonto, y que eres voluble, y creo que en esta primavera vas a romper más corazones de los que yo podré contar.

—No es tu trabajo contarlos —dijo él, en voz baja y dura.

—No, no lo es, ¿verdad? —Lo miró, y sonrió irónica—. Pero voy a terminar contándolos de todos modos, ¿verdad?

—Y eso ¿por qué?

Pareció que ella no tenía respuesta a eso, pero entonces, justo cuando él creía que no diría nada más, ella susurró:

—Porque no seré capaz de impedírmelo.

Pasaron varios segundos, y continuaron ahí, los dos dando la espalda a la pared, con todo el aspecto de estar simplemente contemplando la fiesta. Finalmente Francesca rompió el silencio:

—Deberías bailar —dijo.

Él se giró a mirarla.

—¿Contigo?

—Sí, una vez por lo menos. Pero también deberías bailar con alguna joven atractiva, con una con la que podrías casarte.

Con alguien con quién podría casarse, pensó él. Cualquiera, menos ella.

—Eso indicaría a la sociedad que por lo menos estás receptivo a la posibilidad de matrimonio —continuó ella. Y al ver que él no hacía ningún comentario, añadió—: ¿No lo estás?

—¿Receptivo a la idea de matrimonio?

—Sí.

—Si tú lo dices —dijo él, en tono bastante frívolo.

Tenía que ser arrogante, desdeñoso; esa era la única manera de ocultar la amargura que se había apoderado de él.

—Felicity Featherington —dijo Francesca, haciendo un gesto hacia una joven muy bonita que estaba a unas diez yardas—. Sería una excelente elección. Es muy sensata. No se enamoraría de ti.

Él la miró sardónico.

—No permita Dios que yo encuentre el amor.

Ella abrió la boca y agrandó los ojos.

—¿Es eso lo que deseas? ¿Encontrar el amor?

Parecía encantada por esa perspectiva. Encantada de que él pudiera encontrar a la mujer perfecta.

Y ahí estaba, reafirmada su fe en un poder superior. No podía ser que esos momentos de perfecta ironía llegaran por casualidad.

—¿Michael? —dijo ella.

Le brillaban los ojos, y estaba claro que deseaba algo para él, algo maravilloso y bueno.

Y lo único que deseaba él era ponerse a chillar.

—No tengo ni idea —dijo, mordaz—. Ni una maldita idea.

—Michael...

Parecía afligida, pero por una vez, a él no le importó.

—Si me disculpas —dijo en tono áspero—, creo que tengo que bailar con una Featherington.

—Michael, ¿qué te pasa? ¿Qué he dicho?

—Nada. Absolutamente nada.

—No seas así.

Cuando se volvió hacia ella sintió pasar algo por todo él, una especie de insensibilidad que pareció ponerle su antigua máscara en la cara, le permitió sonreírle tranquilamente y mirarla con su legendaria mirada de párpados entornados. Volvía a ser el libertino, tal vez no muy alegre, pero sí el seductor cortés de los pies a la cabeza.

—¿Cómo así? —le preguntó, esbozando una sonrisa de inocencia y condescendencia combinadas—. Voy a hacer justamente lo que me has pedido. ¿No me dijiste que bailara con una Featherington? Voy a cumplir tus órdenes al pie de la letra.

—Estás enfadado conmigo.

—No, no, claro que no —dijo él, pero los dos sabían que su voz sonó demasiado simpática, demasiado amable—. Simplemente he aceptado que tú, Francesca, sabes más que yo. Y yo que he estado escuchando a mi mente y a mi conciencia todo este tiempo, y ¿para qué? Sabe Dios dónde estaría si te hubiera hecho caso hace años.

Ella exhaló un suave suspiro y retrocedió.

—Tengo que irme —dijo.

—Vete, entonces.

Ella levantó un tanto el mentón.

—Hay muchos hombres aquí.

—Muchísimos.

—Necesito encontrar un marido.

—Deberías —convino él.

Ella apretó los labios y añadió:

—Podría encontrar uno esta noche.

Él estuvo a punto de sonreírle burlón. Siempre tenía que decir la última palabra.

—Podrías —dijo, en el instante mismo en que captó que ella creía que había terminado la conversación.

Ella ya se había alejado bastante, por lo que no pudo gritarle una última réplica. Pero la vio detenerse y tensar los hombros, y eso le dijo que lo había oído.

Se apoyó en la pared y sonrió. Un hombre tiene que darse esos simples placeres donde y cuando puede.

Al día siguiente Francesca se sentía francamente fatal. Y peor aún, no lograba acallar un sentimiento de culpa muy molesto, aun cuando fue Michael el que habló de manera tan insultante esa noche pasada.

Porque, de verdad, ¿qué le dijo ella para provocar una reacción tan cruel en él? Y ¿qué derecho tenía él para portarse tan mal con ella? Lo único que hizo ella fue expresarle su alegría por la posibilidad de que él deseara un matrimonio verdadero, por amor, en lugar de dedicar la vida a frívolas seducciones.

Pero al parecer, se había equivocado. Michael se pasó toda la noche, antes y después de la conversación entre ellos, hechizando a todas las mujeres de la fiesta. Llegó hasta tal punto que ella creyó que se iba a enfermar.

Pero lo peor de todo fue que no logró impedirse contar sus conquistas, tal como lo predijera. «Una, dos tres», musitó cuando lo vio hechizando a un trío de hermanas con su sonrisa. «Cuatro, cinco, seis», continuó, cuando él pasó a dos viudas y una condesa. Fue repugnante, y se sentía fastidiada consigo misma por haber estado tan obsesionada por eso.

Y de vez en cuando él la miraba a ella. Simplemente la miraba, con esa mirada burlona, con los párpados entornados, y ella no podía dejar de pensar que él sabía lo que estaba haciendo, que pasaba de una mujer a otra y a otra sólo para que ella pudiera seguir contando hasta llegar a la siguiente decena o más.

¿Por qué le dijo que las iba a contar? ¿Cómo se le ocurrió decirle eso? ¿En qué estaba pensando?

¿O tal vez no estaba pensando? Esa parecía ser la única explicación. No había tenido la intención de decirle que no podría impedirse contar los corazones que él dejara rotos. Las palabras le salieron de los labios antes de darse cuenta que lo estaba pensando.

E incluso en ese momento no sabía qué significaba eso.

¿Por qué le importaba? ¿Por qué demonios le importaba cuántas mujeres caían bajo su hechizo? Antes nunca le había importado.

Y eso sólo iba a empeorar, además. Las mujeres estaban locas por Michael. Si se invirtieran las reglas de la sociedad, pensó, irónica, el salón de la casa Kilmartin estaría a rebosar de flores, todas enviadas al Gallardo Conde.

Iba a ser horroroso. Ese día se agolparían las visitas, de eso estaba segura. Todas las mujeres de Londres irían a visitarla con la esperanza de que Michael entrara en el salón. Tendría que soportar infinitas preguntas, ciertas insinuaciones y...

—¡Santo cielo! —Paró en seco y miró el salón sin poder dar crédito a sus ojos—. ¿Qué es esto?

Flores. Flores por todas partes.

Era su pesadilla hecha realidad. ¿Es que alguien había cambiado las reglas de la sociedad y olvidado decírselo?

Violetas, lirios, margaritas, tulipanes importados, orquídeas de invernadero. Y rosas. Rosas por todas partes. De todos los colores. El olor era casi abrumador.

—¡Priestley! —llamó, al ver a su mayordomo poniendo sobre una mesa un florero alto con bocas de león—. ¿Qué son todas estas flores?

Él hizo un último arreglo al florero, girando un tallo para que la flor no quedara hacia la pared y se volvió a mirarla.

—Son para usted, milady.

—¿Para mí?

—Sí. ¿Quiere leer las tarjetas? Las he dejado en los ramos, para que vea quiénes se los envían.

—Ah.

No se le ocurrió qué decir. Se sentía como una idiota, con una mano sobre la boca abierta, moviendo la cabeza de un lado a otro, mirando todas las flores.

—Si quiere —continuó Priestley—, podría sacar cada tarjeta y anotar atrás de qué ramo la saqué. Así podría leerlas todas de una vez. —Al ver que ella no contestaba nada, sugirió—: ¿Preferiría retirarse a su escritorio? Yo tendría mucho gusto en llevarle ahí las tarjetas.

—No, no —dijo, sintiéndose terriblemente inquieta por todo eso.

Era una viuda, por el amor de Dios. Los hombres no debían enviarle flores. ¿A que no?

—¿Milady?

—Esto... —Enderezando la espalda, se volvió hacia Priestley, y se obligó a pensar con claridad, o por lo menos a intentarlo—. Creo que voy a, eh... a echarles una mirada...

Eligió el ramo que tenía más cerca, un delicado arreglo de jacintos nazarenos y jazmines de Madagascar, y leyó la tarjeta. «Pálida comparación con sus ojos», decía. La firmaba el marqués de Chester.

—¡Oh! —exclamó.

La mujer de lord Chester había muerto hacía dos años. Todo el mundo sabía que él andaba buscando otra esposa.

Casi incapaz de contener la extraña sensación de vértigo que empezaba a apoderarse de ella, avanzó hacia un ramo de rosas y sacó la tarjeta, esforzándose por no parecer demasiado ilusionada delante del mayordomo.

—Me gustaría saber de quién es este —dijo, con estudiada indiferencia.

Un soneto. De Shakespeare, si no recordaba mal. Firmado por el vizconde Trevelstam.

¿Trevelstam? Había estado con él una sola vez, cuando los presentaron. Era joven, muy apuesto, y se rumoreaba que su padre había derrochado la mayor parte de la fortuna de la familia. El nuevo vizconde tendría que casarse con una mujer rica. Al menos eso decían todos.

—¡Santo cielo!

Francesca se giró y se encontró ante Janet.

—¿Qué es esto?

—Creo que esas fueron exactamente mis palabras cuando entré aquí —contestó Francesca.

Le pasó las dos tarjetas y le observó atentamente la cara mientras Janet leía las líneas pulcramente escritas.

Con la muerte de John Janet había perdido a su único hijo. ¿Cómo reaccionaría al verla a ella cortejada por otros hombres?

—Caramba —dijo Janet al levantar la vista—. Parece que eres la Incomparable de la temporada.

—Vamos, no seas tonta —repuso Francesca, ruborizándose. ¿Ruborizándose? Buen Dios, pero ¿qué le pasaba? Ella no se ruborizaba. Ni siquiera se ruborizó durante su primera temporada, cuando de verdad fue una Incomparable—. Estoy muy vieja para eso.

—Al parecer no —dijo Janet.

—Hay más en el vestíbulo —dijo Priestley.

—¿Has visto todas las tarjetas? —preguntó Janet.

—Todavía no, pero me imagino...

—¿Que son más de lo mismo?

Francesca asintió.

—¿Te molesta?

Janet sonrió tristemente, pero con sus ojos amables y sabios.

—¿Querría que siguieras casada con mi hijo? Por supuesto. ¿Deseo que pases el resto de tu vida casada con su recuerdo? Por supuesto que no. —Le cogió una mano—. Eres una hija para mí, Francesca. Deseo que seas feliz.

—Nunca deshonraría el recuerdo de John —dijo Francesca.

—Claro que no. Si fueras el tipo de mujer que haría eso, él no se habría casado contigo, para empezar. O yo no se lo habría permitido —añadió con expresión guasona.

—Quiero tener hijos —explicó Francesca.

Sentía la necesidad de explicarlo, de lograr que Janet entendiera que lo que realmente deseaba era ser madre, no necesariamente una esposa.

Janet asintió y desvió la cara, pasándose las yemas de los dedos por los ojos.

—Deberíamos leer el resto de las tarjetas —dijo en tono enérgico, indicando así que quería cambiar de tema—, y tal vez prepararnos para una tanda de visitas esta tarde.

Francesca la siguió y se puso a su lado cuando Janet eligió un enorme arreglo de tulipanes y sacó la tarjeta.

—Yo creo que las visitas van a ser de mujeres —dijo Francesca—, para preguntar por Michael.

—Es posible que tengas razón —contestó Janet. Levantó la tarjeta—. ¿Puedo?

—Por supuesto.

Después de leer la tarjeta, Janet levantó la vista y dijo:

—Cheshire.

Francesca ahogó una exclamación.

—¿El duque?

—Él mismo.

Francesca se colocó la mano sobre el corazón.

—Caramba —exclamó—. El duque de Cheshire.

—Está claro, querida mía, que eres el mejor partido de la temporada.

—Pero yo...

—¿Qué diablos es esto?

Eso lo dijo Michael, cogiendo al vuelo un florero que estuvo a punto de volcar, y con el aspecto de estar muy fastidiado e irritado.

—Buenos días Michael —lo saludó Janet alegremente.

Él la saludó con una inclinación de la cabeza, y luego miró a Francesca y gruñó:

—Das la impresión de estar a punto de jurar lealtad a tu soberano señor.

—Y ese serías tú, me imagino —replicó ella, bajando rápidamente la mano al costado; no se había dado cuenta de que todavía la tenía sobre el corazón.

—Si tienes suerte —masculló él.

Francesca se limitó a mirarlo mal.

Él sonrió burlón.

—Y ¿vamos a abrir una floristería?

—No, pero está claro que podríamos —contestó Janet—. Son para Francesca —añadió amablemente.

—Claro que son para Francesca —masculló él—, aunque, buen Dios, no sé quién sería tan idiota para enviar rosas.

—Me gustan las rosas —dijo Francesca.

—Todos envían rosas —dijo él, despectivo—. Son vulgares, trilladas y... —señaló las de Trevelstam—, ¿quién envió esas?

—Trevelstam —contestó Janet.

Él emitió un bufido y se giró a mirar a Francesca.

—No te irás a casar con él, ¿verdad?

—Probablemente no, pero no veo qué...

—No tiene ni dos chelines para frotar.

—¿Cómo lo sabes? Aun no llevas un mes aquí.

Michael se encogió de hombros.

—He estado en mi club.

—Bueno, puede que eso sea cierto, pero no es culpa suya —rebatió Francesca.

Se sintió obligada a decirlo. No sentía una tremenda lealtad hacia lord Trevelstam, pero siempre intentaba ser justa. Era de conocimiento público que el joven vizconde se había pasado todo el año tratando de reparar los daños que su derrochador padre había hecho a la fortuna de la familia.

—No te vas a casar con él y eso es concluyente —declaró Michael.

Ella debería haberse sentido molesta por su arrogancia, pero, la verdad, se sentía más que nada divertida.

—Muy bien —dijo, sonriendo—, elegiré a otro.

—Estupendo —gruñó él.

—Tiene muchísimos para elegir —terció Janet.

—Efectivamente —acotó Michael, mordaz.

—Voy a tener que ir a buscar a Helen —dijo Janet—. No querrá perderse esto.

—No creo que las flores vayan a salir volando por la ventana antes que se levante —dijo Michael.

—Noo, claro que no —contestó Janet dulcemente, dándole una maternal palmadita en el brazo.

Francesca se tragó la risa. Michael detestaba que le hicieran eso, y Janet lo sabía.

—Es que le encantan las flores —dijo Janet—. ¿Puedo llevarle uno de los ramos a su habitación?

—Por supuesto —contestó Francesca.

Janet alargó las manos para coger las rosas de Trevelstam, y de pronto detuvo el movimiento.

—Oh, no, será mejor que no. —Se giró a mirar a Francesca y a Michael—. Él podría venir y no nos convendría que creyera que despreciamos sus flores poniéndolas en el último rincón de la casa.

—Ah, claro, tienes razón —musitó Francesca.

—De todos modos, subiré a contarle esto —dijo Janet, y salió a toda prisa en dirección a la escalera.

Michael estornudó y se quedó mirando un ramo de gladiolos particularmente inofensivos.

—Vamos a tener que abrir una ventana —gruñó.

—Y ¿congelarnos?

—Me pondré un abrigo.

Francesca sonrió. Deseaba sonreír.

—¿Estás celoso? —le preguntó, traviesa.

Él se giró bruscamente y casi la derribó con su expresión de asombro.

—No por mí —se apresuró a decir ella, casi ruborizándose por esa idea—. No eso, caramba.

—¿Por qué, entonces? —preguntó él, en tono abrupto.

—Bueno, sólo quiero decir... —Apuntó a las flores, clara exhibición de su repentina popularidad—. Bueno, los dos tenemos más o menos el mismo objetivo esta temporada, ¿no?

Él la miró sin comprender.

—El matrimonio —explicó ella. Buen Dios, estaba especialmente obtuso esa mañana.

—Y ¿quieres decir...?

Ella exhaló un suspiro de impaciencia.

—No sé si lo habías pensado, pero yo naturalmente supuse que serías tú el perseguido sin piedad. Nunca soñé que yo... Bueno...

—¿Surgirías como un premio que hay que ganar?

No era esa la manera más agradable de expresarlo, pensó ella, pero no era totalmente inexacto, de modo que dijo:

—Bueno, sí, supongo.

Él estuvo un momento en silencio, pero mirándola con una expresión extraña, casi sarcástica, y luego dijo, en voz baja:

—Un hombre tendría que ser un tonto de remate para no desear casarse contigo.

Francesca notó que su boca formaba un óvalo, por la sorpresa.

—Ooh —dijo, sin saber qué decir—. Eso es... eso es... lo más simpático que podrías haberme dicho en este momento.

Él suspiró y se pasó la mano por el pelo. Ella decidió no decirle que se había dejado una raya amarilla de polen en el pelo.

—Francesca —dijo él entonces, con cara de sentirse cansado, agotado y algo más.

¿Arrepentido?

No, eso era imposible. Michael no era el tipo de persona que se arrepintiera de algo.

—Jamás te envidiaría esto —continuó él—. Debes... —Se aclaró la garganta—. Debes ser feliz.

—Esto... —Ese era un momento extrañísimo, sobre todo después de la tensa conversación entre ellos la noche anterior. No sabía qué decirle, qué contestarle, por lo tanto simplemente cambió de tema—. Ya te llegará la hora.

Él la miró perplejo.

—En realidad ya ha llegado —continuó ella—. Anoche. Me asediaron más admiradoras interesadas por tu mano que admiradores míos. Si las mujeres pudieran enviar flores, estaríamos totalmente inundados.

Él sonrió, pero la sonrisa no le llegó a los ojos. No parecía enfadado sino... vacío.

Y la asombró lo extraña que era esa observación.

—Eh, hablando de anoche —dijo él, tironeándose la corbata—. Si te dije algo que te dolió...

Ella le observó la cara. Le era tan querida, y la conocía en todos sus detalles. Al parecer, cuatro años no bastaban para borrar un recuerdo. Pero veía algo diferente. Él había cambiado, pero no sabía en qué.

Y no sabía por qué.

—Todo está bien —le aseguró.

—De todos modos, perdona, lo siento —dijo él con voz bronca.

Todo el resto del día, Francesca no dejó de pensar si él sabría acerca de qué le había pedido disculpas. Y no logró quitarse la sensación de que ella tampoco lo sabía.

# Capítulo 12

*... bastante ridículo escribirte, pero supongo que después de tantos meses en Oriente mi perspectiva sobre la muerte y la vida después de la muerte se ha transformado en algo que haría correr al párroco MacLeish chillando por las colinas. Tan lejos de Inglaterra, es casi posible simular que todavía estás vivo y puedes recibir esta carta, como recibías las muchas que te enviaba de Francia. Pero entonces alguien me llama y me recuerda que yo soy Kilmartin, y que tú estás en un lugar al que no llega el Correo Real.*

*De una carta del conde de Kilmartin
a su difunto primo, el conde anterior,
un año y dos meses después de su llegada a la India,
escrita entera y luego quemada lentamente
en la llama de una vela.*

No era que le gustara sentirse como un imbécil, reflexionaba Michael haciendo girar una copa de coñac sentado a una mesa del salón de su club, pero parecía que últimamente no podía evitar actuar así, al menos cuando estaba con Francesca.

En la fiesta de cumpleaños de su madre ella había estado tan condenadamente feliz por él, tan encantada de que hubiera pronunciado la palabra «amor» en su presencia, y él sólo le había ladrado.

Porque sabía cómo le funcionaba la mente a ella, y sabía que ya estaba pensando por adelantado, tratando de elegirle la mujer perfecta, y la verdad era...

Bueno, la verdad era tan patética que sencillamente no había palabras para expresarla.

Pero le pidió disculpas, y aunque podía jurar y rejurar que no volvería a portarse como un idiota, lo más seguro era que tuviera que volver a pedirle disculpas en algún momento del futuro próximo, y casi con toda seguridad ella lo atribuiría todo a su naturaleza rara, por mucho que hubiera sido un modelo de humor y ecuanimidad cuando John estaba vivo.

Se bebió todo el coñac. Al cuerno con todo.

Bueno, pronto acabaría toda esa tontería. Ella encontraría un hombre, se casaría con él y se marcharía de la casa. Continuarían siendo amigos, lógicamente. Francesca no era el tipo de persona que fuera a permitir otra cosa, pero él no la vería todos los días en la mesa del desayuno. Ni siquiera la vería con la frecuencia que la veía antes de la muerte de John. Su marido no le permitiría pasar mucho tiempo en su compañía, por muy primos que fueran.

—¡Stirling! —gritó alguien, y a eso siguió una tosecita que precedía a—: Kilmartin, quiero decir, lo siento.

Michael levantó la vista y vio a sir Geoffrey Fowler, conocido suyo desde su época de Cambridge.

—No tiene importancia —dijo, invitándolo a sentarse en la silla del otro lado de la mesa.

—Espléndido verte —dijo sir Geoffrey, sentándose—. Espero que tu viaje a casa haya sido tranquilo.

Estuvieron unos minutos hablando de trivialidades, hasta que sir Geoffrey fue al grano:

—Entiendo que lady Kilmartin anda buscando marido.

Michael se sintió como si le hubieran dado un puñetazo. A pesar de la atroz exhibición de flores en su salón, continuaba encontrando de mal gusto ese comentario salido de la boca de un hombre.

De un hombre joven, bastante guapo y claramente en el mercado del matrimonio en busca de esposa.

—Eeh, sí —contestó al fin—. Creo que sí.

—Excelente —dijo sir Geoffrey, frotándose las manos, expectante, lo que le produjo a Michael un abrumador deseo de romperle la cara.

—Será muy selectiva —dijo, irritado.

Al parecer eso no le importó nada a sir Geoffrey.

—¿La vas a dotar?

—¿Qué? —ladró Michael.

Buen Dios, ahora él era su pariente más cercano, ¿no? Igual tendría que entregarla en la boda.

Demonios.

—¿Sí? —insistió sir Geoffrey.

—Por supuesto.

Sir Geoffrey hizo una corta inspiración, encantado.

—Su hermano ha ofrecido dotarla también.

—Los Stirling nos ocuparemos de ella —repuso Michael, fríamente.

—Parece que los Bridgerton también —dijo sir Geoffrey, encogiéndose de hombros.

Michael notó que se estaba moliendo los dientes, de tanto hacerlos rechinar.

—No te irrites tanto, hombre —dijo sir Geoffrey—. Con una doble dote no tardarás nada en quitártela de encima. Seguro que estarás impaciente por librarte de ella.

Michael ladeó la cabeza, tratando de calcular en qué lado de la nariz del hombre conectaría mejor un puñetazo.

—Tiene que ser una carga para ti —continuó el otro, alegremente—. Sólo la ropa tiene que costar una fortuna.

Michael pensó cuáles serían las consecuencias judiciales por estrangular a un caballero del reino. Seguro que no serían nada con lo que no pudiera vivir.

—Y cuando te cases —continuó sir Geoffrey, sin darse cuenta de que Michael estaba flexionando los dedos y calculando el grosor de su cuello—, tu condesa no la va a querer en la casa. No puede haber dos gallinas al mando en una casa, ¿verdad?

—Verdad —contestó Michael, entre dientes.

—Muy bien, entonces —dijo sir Geoffrey, levantándose—. Encantado de haber hablado contigo, Kilmartin. Debo irme. Tengo que darle la noticia a Shively. No es que quiera competidores, lógicamente, pero este asunto no se mantendrá en secreto mucho tiempo. Bien puedo ser yo quien se lo diga.

Michael le dirigió una mirada como para congelarlo, pero sir Geoffrey estaba tan entusiamado por el chisme que no se fijó.

Entonces Michael miró su copa. Muy bien, entonces. Apuró la copa. Condenación.

Le hizo un gesto al camarero para que le trajera otra y se repantigó en la silla para leer el diario que había cogido al entrar, pero antes de que pudiera leer los titulares, oyó su nombre otra vez. Hizo el esfuerzo necesario para ocultar su irritación y levantó la vista.

Trevelstam, el de las rosas amarillas. Sintió arrugarse el diario entre sus manos.

—Kilmartin —dijo el vizconde.

—Trevelstam —saludó Michael inclinando la cabeza. Se conocían; no muy bien, pero lo suficiente para poder entablar una conversación amistosa. Señaló la silla que acababa de desocupar sir Geoffrey—. Toma asiento.

Trevelstam se sentó y dejó en la mesa su copa a medio beber.

—¿Cómo estás? —preguntó—. No te he visto mucho desde tu regreso.

—Bastante bien —gruñó Michael.

Bueno, tomando en cuenta que se veía obligado a estar sentado con un bobo que deseaba casarse con la dote de Francesca, no, con su doble dote. Sí que se había propagado rápido el chisme; probablemente Trevelstam se lo había oído a sir Geoffrey.

Trevelstam era ligeramente más educado que sir Geoffrey; se las arregló para hablar de trivialidades durante tres minutos enteros, preguntándole por su estancia en la India, por el viaje de regreso, etcétera, etcétera. Pero claro, finalmente llegó a su verdadero propósito.

—Fui a visitar a lady Kilmartin esta tarde —dijo.

—¿Sí? —musitó Michael.

No había vuelto a casa desde que salió esa mañana. Lo último que deseaba era estar presente durante el desfile de pretendientes de Francesca.

—Sí. Es una mujer encantadora.

—Sí —dijo Michael, contento de que hubiera llegado su copa de coñac.

Al instante se le acabó la alegría al darse cuenta de que había llegado dos minutos antes y ya se la había bebido.

Trevelstam se aclaró la garganta.

—No me cabe duda de que sabes que tengo la intención de cortejarla.

Michael miró su copa por si quedaban algunas gotas.

—Sin duda ahora lo sé —dijo.

—No sabía si informarte a ti o a su hermano de mis intenciones.

Michael sabía muy bien que Anthony Bridgerton, el hermano mayor de Francesca, era muy capaz de eliminar a los pretendientes inconvenientes, pero de todos modos contestó:

—Basta que me lo digas a mí.

—Estupendo, estupendo —musitó Trevelstam—. Yo...

—¡Trevelstam! —gritó una voz retumbante—. ¡Y Kilmartin también!

Era el alto y gordinflón lord Hardwick, que aunque no estaba borracho todavía, tampoco estaba lo que se dice sobrio.

—Hardwick —saludaron los dos al unísono.

Hardwick cogió una silla y la llevó arrastrando por el suelo hasta encontrar un lugar cerca de la mesa, y se sentó.

—Me alegra veros, me alegra veros —bufó—. Una noche importante, ¿no os parece? Muy excelente, muy excelente, en efecto.

Michael no tenía ni idea de qué hablaba, pero asintió de todos modos; eso era mejor que preguntarle qué quería decir. Carecía absolutamente de la paciencia para escuchar una explicación.

—Thistleswaite está ahí animando las apuestas por los perros de la reina y, ¡ah!, me enteré también de lo de lady Kilmartin. Excelente la conversación esta noche. Detesto cuando todo está en silencio aquí.

—Y ¿cómo les ha ido a los perros de la reina? —preguntó Michael.

—Se ha quitado el luto, tengo entendido.

—¿Los perros?

—¡No! ¡Lady Kilmartin! —exclamó Hardwick, riendo—. Je, je, je. Muy bueno ese, Kilmartin.

Michael hizo un gesto al camarero para que le trajera otra copa. La iba a necesitar.

—Iba de azul la otra noche —continuó Hardwick—. Todo el mundo la vio.

—Estaba muy hermosa —añadió Trevelstam.

—En efecto, en efecto —dijo Hardwick—. Yo le iría detrás si no estuviera ya encadenado a lady Hardwick.

Los pequeños favores y todo eso, pensó Michael.

—¿Cuánto tiempo llevó luto por el viejo conde? —preguntó Hardwick—. ¿Seis años?

Michael encontró bastante ofensivo el comentario, puesto que el «viejo» conde sólo tenía veintiocho años en el momento de su muerte, pero no le vio ningún sentido intentar cambiar el mal juicio y el mal comportamiento de Hardwick en esa última fase de su vida; a juzgar por su gordura y rubicundez, estaba claro que caería muerto en cualquier momento. En ese mismo momento, en realidad, si había suerte.

Lo miró. Seguía vivo.

Maldición.

—Cuatro años —dijo—. Mi primo murió hace cuatro años.

—Cuatro, seis, lo que sea —dijo Hardwick, encogiéndose de hombros—. De todas maneras es mucho tiempo para ennegrecer las ventanas.

—Creo que llevó medio luto durante un tiempo —terció Trevelstam.

—¿Eh? ¿Sí? —Hardwick bebió un buen trago de su licor, y se limpió ruidosamente la boca con un pañuelo—. Eso da igual para el resto de nosotros, si lo piensas. No ha buscado marido hasta ahora.

—No —dijo Michael, principalmente porque Hardwick cerró la boca unos segundos.

—Los hombres le van a ir detrás como abejas a la miel —predijo Hardwick, arrastrando tanto la jota que pareció que la palabra tenía cuatro jotas—. Como abejas a la miel, os lo digo. Todo el mundo sabe que estaba consagrada al viejo conde. Todos.

Le trajeron la copa a Michael. Gracias a Dios.

—Y no ha habido ni el más leve soplo de escándalo adherido a su nombre desde que él murió —añadió Hardwick.

—Yo diría que no —dijo Trevelstam.

—No como algunas viudas que vemos por ahí —continuó Hardwick, bebiendo otro trago. Se rió lascivamente y le dio un codazo a Michael—. Si sabes lo que quiero decir.

Michael se limitó a beber.

—Es como... —Hardwick se inclinó, y le colgaron las mejillas al hacerse más salaz su expresión—. Es como...

—Por el amor de Dios, hombre, suéltalo —masculló Michael.

—¿Eh?

Michael lo miró ceñudo.

—Te diré como es —dijo Hardwick, sonriendo malicioso—. Es como tener una virgen que sabe qué hacer.

Michael lo miró fijamente.

—¿Qué has dicho? —preguntó, en tono muy tranquilo.

—Yo en tu lugar no lo repetiría —se apresuró a decir Trevelstam, echando una temerosa mirada a la sombría cara de Michael.

—¿Eh? No es un insulto —gruñó Hardwick, bebiéndose el resto de su copa—. Ha estado casada, así que sabemos que no está intacta, pero no ha ido y...

—Basta —gruñó Michael.

—¿Eh? Todo el mundo lo dice.

—No en mi presencia —gruñó Michael—, si valoran su salud.

—Bueno, eso es mejor que decir que no es como una virgen —rió Hardwick—. Si sabes lo que quiero decir.

Michael se abalanzó sobre él.

—¡Buen Dios, hombre! —aulló Hardwick, cayendo de espaldas al suelo—. ¿Qué diantres te pasa?

Michael no supo cómo llegaron sus manos a rodear el cuello de Hardwick, pero notó que le gustaba tenerlas ahí.

—Jamás vas a volver a pronunciar su nombre —siseó—. Jamás, ¿entiendes?

Hardwick asintió enérgicamente, desesperado, pero el movimiento le cortó aún más la entrada de aire, y empezaron a ponérsele moradas las mejillas.

Michael lo soltó, se enderezó y se frotó las manos, como para limpiárselas de suciedad.

—No permitiré que se hable de esa manera tan irrespetuosa de lady Kilmartin —dijo entre dientes—. ¿Está claro?

Hardwick asintió. Y también asintieron un buen número de mirones que se habían agrupado ahí.

—Estupendo —gruñó Michael, decidiendo que era un buen momento para largarse de allí.

Francesca ya estaría en la cama cuando llegara a casa. O estaría fuera. Cualquier cosa le iba bien siempre que no tuviera que verla.

Se dirigió a la salida, pero mientras se dirigía al vestíbulo, volvió a oír pronunciar su nombre. Se giró, pensando quién podría ser el idiota que se atrevía a importunarlo encontrándose él en este estado.

Era Colin Bridgerton, el hermano de Francesca. Condenación.

—Kilmartin —dijo Colin, con su bella cara decorada por su habitual media sonrisa.

—Bridgerton.

—Eso ha sido todo un espectáculo —comentó Colin, haciendo un leve gesto hacia la mesa que estaba volcada.

Michael guardó silencio. Colin Bridgerton siempre lo amilanaba. Los dos tenían el mismo tipo de reputación, la de libertino «a quién diablos le importa». Pero mientras Colin era el chico favorito de las madres de la sociedad, que arrullaban alabando su encantador comportamiento, a él siempre lo habían tratado con más cautela (al menos antes que entrara en posesión del título).

Pero desde hacía tiempo él sospechaba que había bastante sustancia bajo la superficie siempre jovial de Colin; tal vez eso se debía a que en muchos sentidos eran parecidos, pero él siempre había temido que si alguien era capaz de percibir sus sentimientos por Francesca, sería ese hermano.

—Estaba bebiendo una copa muy tranquilo cuando oí la con-moción —dijo Colin, invitándolo con un gesto a entrar en un salón privado—. Acompáñame un rato.

Michael no deseaba otra cosa que marcharse corriendo del club, pero Colin era hermano de Francesca, lo que los hacía parientes en cierto modo y exigía por lo menos un simulacro de amabilidad. Por lo tanto apretó los dientes y entró en el salón, con toda la intención de beber una copa y marcharse antes de diez minutos.

—Está agradable la noche, ¿no te parece? —dijo Colin cuando Michael ya aparentaba sentirse cómodo—. Aparte de Hardwick y todo eso. Es un imbécil.

Michael se limitó a asentir, tratando de no fijarse en que el her-mano de Francesca lo estaba observando como hacía siempre, con su aguda mirada encubierta por un aire de encantadora inocencia. Y más aún, pensó Michael amargamente, tenía levemente ladeada la ca-beza, como si estuviera buscando un ángulo para mirarle mejor el alma.

—Maldición —masculló en voz baja y tiró del cordón para lla-mar a un camarero.

—¿Qué pasa? —preguntó Colin.

Michael se volvió lentamente a mirarlo a la cara.

—¿Te apetece otra copa? —le preguntó, con la voz más clara que pudo, puesto que tuvo que hacerla salir por en medio de los dientes apretados.

—Creo que sí —contestó Colin, muy amigable y animado.

Claro que eso no engañó en absoluto a Michael: sólo era una fa-chada.

—¿Tienes algún plan para el resto de la noche? —preguntó en-tonces Colin.

—No.

—Yo tampoco, da la casualidad.

Maldición. Otra vez. ¿Es que era demasiado desear una maldita hora de soledad?

—Gracias por defender el honor de Francesca —dijo Colin, tranquilamente.

El primer impulso de Michael fue gruñir que no había ningún motivo para darle las gracias, puesto que a él le correspondía defender el honor de Francesca tanto como a cualquier Bridgerton; pero los ojos verdes de Colin se veían especialmente penetrantes esa noche, de modo que simplemente asintió.

—Tu hermana se merece que la traten con respeto —dijo al fin, procurando que la voz le saliera tranquila y pareja.

—Por supuesto —dijo Colin, inclinando la cabeza.

Llegaron las bebidas. Michael resistió el deseo de bebérsela de un trago, pero sí bebió uno largo, para que le quemara la garganta.

Colin, en cambio, bebió apenas un sorbo, exhaló un suspiro de satisfacción y se reclinó en su sillón.

—Excelente whisky —dijo, con mucho sentimiento—. Es lo mejor de Gran Bretaña, en realidad. O una de las mejores cosas. No se puede conseguir nada parecido en Chipre.

Michael se limitó a contestar con un gruñido; eso fue lo único que le pareció necesario.

Colin bebió otro sorbo y estuvo un momento saboreándolo.

—Aahh —exclamó, dejando el vaso en la mesa—. Casi tan bueno como una mujer.

Michael volvió a gruñir y se llevó el vaso a los labios.

—Deberías casarte con ella, ¿sabes? —dijo Colin entonces.

Michael casi se atragantó.

—Perdón, ¿que has dicho?

—Cásate con ella —repuso Colin, encogiéndose de hombros—. Creo que es algo muy sencillo.

Era demasiado suponer que Colin se refiriera a otra que no fuera Francesca, pero de todos modos, desesperado, Michael probó, diciendo en el tono más glacial que pudo:

—¿A quién te refieres, si puedo preguntarlo?

Colin arqueó las cejas.

—¿De veras tenemos que jugar a esto?

—No puedo casarme con Francesca —soltó Michael.

—¿Por qué no?

—Porque... —Se interrumpió. Eran cientos los motivos que le impedían casarse con Francesca, y de ninguno de ellos podía hablar en voz alta, así que se limitó a decir—: Estaba casada con mi primo.

—La última vez que leí las leyes y normas al respecto, no había nada ilegal en eso.

No, pero sería absolutamente inmoral. Deseaba y amaba a Francesca desde hacía tanto tiempo que le parecía una eternidad, y cuando John todavía estaba vivo. Había engañado a su primo de la manera más ruin posible; no podía agravar la traición robándole a su mujer.

Eso completaría el horrible círculo que lo había llevado a ser el conde de Kilmartin, título que no debería haber sido suyo jamás. Nada de eso debería ser suyo. Y a excepción de esas malditas botas que ordenó a Reivers guardar en un ropero, Francesca era lo único que quedaba de John que no había hecho suyo.

La muerte de John le había dado una fabulosa riqueza; le había dado poder, prestigio y el título de conde.

Si le daba a Francesca también, ¿cómo podría aferrarse al hilillo de esperanza de que no había deseado nunca, ni siquiera en sueños, que ocurriera todo eso?

¿Cómo podría vivir consigo mismo entonces?

—Tiene que casarse con alguien —dijo Colin.

Michael levantó la cabeza, consciente de que llevaba un rato sumido en sus pensamientos, y de que Colin lo había estado observando todo ese tiempo. Se encogió de hombros, tratando de fingir un aire desdeñoso, despreocupado, aunque estaba casi seguro de que no lograría engañar al hombre que lo estaba observando.

—Hará lo que desee —dijo—. Siempre lo hace.

—Podría casarse precipitadamente —musitó Colin—. Desea tener hijos antes de hacerse vieja.

—No es vieja.

—No, pero tal vez ella cree que lo es. También podría pensar que los demás la considerarán vieja. Al fin y al cabo no concibió con tu primo. Bueno, no con éxito.

Michael tuvo que agarrarse del borde de la mesa para no levantarse. Podría tener a Shakespeare a su lado, sirviéndole de intérprete, y ni aún así lograría explicar por qué lo enfurecía tanto ese comentario de Colin.

—Si se precipita al elegir —añadió Colin, con la mayor naturalidad—, podría elegir a un hombre que sería cruel con ella.

—¿Francesca? —dijo Michael, despectivo.

Tal vez otra mujer sería tan tonta, pero no su Francesca.

Colin se encogió de hombros.

—Podría ocurrir —dijo.

—Aun en el caso de que ocurriera —replicó Michael—, ella no continuaría en ese matrimonio.

—¿Qué opciones tendría?

—Estamos hablando de «Francesca» —dijo Michael.

Y eso debía explicarlo todo.

—Supongo que tienes razón —convino Colin, bebiendo otro sorbo de su whisky—. Siempre encontraría refugio con los Bridgerton. Nosotros no la obligaríamos jamás a volver con un marido cruel. —Dejó su vaso en la mesa y se reclinó en su sillón—. En todo caso, no tiene sentido hablar de esto, ¿verdad?

Michael detectó algo raro en el tono de Colin, algo oculto e irritante. Levantó bruscamente la vista, sin poder resistir el deseo de escrutarle la cara, por si adivinaba qué se proponía.

—Y ¿eso por qué? —preguntó.

Colin bebió otro sorbo. Michael observó que el volumen del licor en el vaso prácticamente no bajaba.

Después Colin estuvo un rato haciendo girar el vaso, hasta que levantó la vista y fijó la mirada en su cara, con una expresión que a cualquiera le parecería sosa, aunque en sus ojos había algo que hizo que Michael deseara revolverse en el asiento. Sus penetrantes ojos parecían perforarlo y, aunque eran de un color distinto a los de Francesca, tenían exactamente la misma forma.

Era casi espeluznante.

—¿Que por qué no tiene sentido hablarlo? —musitó Colin pensativo—. Bueno, porque está muy claro que no deseas casarte con ella.

Michael abrió la boca para hacer una rápida réplica, y se apresuró a cerrarla al darse cuenta, no sin una tremenda conmoción, de que había estado a punto de decir «Sí que lo deseo».

Y lo deseaba.

Deseaba casarse con Francesca.

Simplemente no podría vivir con su conciencia si lo hacía.

—¿Te sientes mal? —le preguntó Colin.

Michael lo miró sorprendido.

—Estoy muy bien, ¿por qué?

Colin ladeó ligeramente la cabeza.

—No sé, por un momento me pareció que estabas... —Negó con la cabeza—. No, nada.

—¿Qué, Bridgerton? —preguntó Michael, casi ladrando.

—Sorprendido. Me pareció que estabas sorprendido. Lo encontré bastante extraño.

Dios santo, un momento más con Colin Bridgerton y ese maldito cabrón le sacaría a la luz todos sus secretos. Echó atrás el sillón.

—Tengo que irme —dijo bruscamente.

—Ah, muy bien —dijo Colin, con tanta afabilidad como si hubieran estado hablando de caballos y del tiempo.

Michael se levantó e inclinó secamente la cabeza. No era una despedida muy cálida, teniendo en cuenta que en cierto modo eran parientes, pero fue lo único que logró hacer, dadas las circunstancias.

—Piensa en lo que te he dicho —insistió Colin, cuando él ya estaba en la puerta.

Se le escapó una risita áspera cuando abrió la puerta y salió al vestíbulo. Como si fuera a ser capaz de pensar en otra cosa.

Todo el resto de su vida.

# Capítulo 13

*... todo va bien en casa, todo es agradable, y Kilmartin prospera con la esmerada administración de Francesca. Ella continúa lamentando la muerte de John, pero claro, todos sentimos lo mismo, como lo sientes tú, sin duda. Podrías ver la posibilidad de escribirle directamente a ella. Sé que te echa de menos. Yo le transmito las historias que me cuentas, pero estoy segura de que a ella se las relatarías de manera distinta a como se las relatas a tu madre.*

*De una carta de Helen Stirling a su hijo,*
*el conde de Kilmartin, dos años después*
*de su marcha a India.*

*E*l resto de la semana transcurrió en medio del tremendamente fastidioso desfile de una multitud de ramos de flores y caramelos, a los que vinieron a sumarse poemas recitados en voz alta en la escalinata de la puerta principal, que Michael recordaba estremeciéndose de consternación.

Por lo visto, Francesca estaba dejando pequeñas a todas las jovencitas debutantes de cara lozana. No se podía decir que cada día se duplicaba el número de hombres que rivalizaban por su mano, aunque eso era lo que le parecía a él, que vivía tropezándose con algún pretendiente enamorado en el vestíbulo.

Era como para ponerse a vomitar, de preferencia encima del pretendiente.

Claro que él tenía sus admiradoras también, pero puesto que no era socialmente aceptable que una dama visitara a un caballero, él se encontraba con ellas cuando le iba bien y no cuando ellas decidían presentarse en su casa sin anunciarse y sin otro motivo aparente que el de comparar sus ojos con...

Bueno, con lo que fuera que se pudieran comparar unos ojos del gris más corriente. Esa era una analogía estúpida, en todo caso, aunque él se había visto obligado a escuchar a más de un hombre cantando las alabanzas de los ojos de Francesca.

Buen Dios, ¿es que ninguno de ellos tenía una sola idea original en su cabeza? Todos, todos, hacían referencia a sus ojos; por lo menos alguno de ellos podría compararlos con algo diferente del mar o el cielo.

Bufó de fastidio. Cualquiera que se tomara el tiempo para mirarle los ojos a Francesca comprendería que tenían su propio color.

Como si el cielo pudiera compararse con ellos.

Además, lo que le hacía aún más difícil soportar el nauseabundo desfile de pretendientes de Francesca era su total incapacidad para dejar de pensar en la reciente conversación con su hermano.

¿Casarse con Francesca? Jamás se había permitido ni siquiera pensar en algo así.

Pero ahora la idea lo atenazaba con un ardor y una intensidad que lo hacía tambalearse.

Matrimonio con Francesca. Buen Dios, todo, todo, sería incorrecto.

Pero lo deseaba angustiosamente.

Era un infierno mirarla, un infierno hablar con ella, un infierno vivir en la misma casa. Le había resultado difícil antes, amarla sabiendo que nunca podría ser de él, pero eso...

Eso era cien veces peor.

Y Colin lo sabía.

Tenía que saberlo. ¿Por qué, si no, le había sugerido el matrimonio?

Todos esos años había conseguido conservar la cordura por un solo motivo, sólo uno: nadie sabía que estaba enamorado de Francesca.

Pero ahora lo sabía Colin, o al menos lo sospechaba, condenación, y él no lograba calmar esa creciente sensación de terror que le oprimía el pecho.

Colin lo sabía, y él tendría que hacer algo al respecto.

Dios santo, y ¿si Colin se lo decía a Francesca?

Esa pregunta estaba siempre en un primer plano de su mente, incluso en esos momentos, cuando estaba en el salón de baile de los Burwick, ligeramente alejado del centro, casi una semana después de ese importantísimo encuentro con Colin.

—Está muy hermosa esta noche, ¿verdad? —dijo la voz de su madre en su oído.

Había olvidado simular que no estaba mirando a Francesca. Se giró y le hizo una ligera inclinación de la cabeza.

—Madre.

—¿Verdad? —insistió Helen.

—Sí —convino al instante, para que ella creyera que sólo deseaba ser cortés.

—El verde le sienta muy bien.

Todo le sentaba bien a Francesca, pero él no le iba a decir eso a su madre, de modo que simplemente asintió y emitió un murmullo para manifestar su acuerdo.

—Deberías bailar con ella —continuó Helen.

—Sí, seguro que bailaré con ella —dijo él, llevándose a los labios la copa de champán y bebiendo un sorbo. Lo que deseaba era atravesar el salón y sacarla de un solo tirón de ese molesto grupo de admiradores, pero no podía demostrar esa emoción delante de su madre, así que concluyó—: Después que me haya bebido mi copa.

Helen frunció los labios.

—Entonces ya tendrá llena su tarjeta de baile. Deberías ir ahora.

Él la miró y le sonrió, con esa sonrisa diabólicamente pícara suya destinada a desviarle la mente de lo que fuera aquello en que la tenía fijada.

—Pero ¿para qué voy a hacer eso si puedo bailar contigo? —dijo, dejando su copa en una mesa cercana.

—Eres un pícaro —dijo ella, pero no protestó cuando él le cogió la mano y la llevó a la pista de baile.

Sabía que tendría que pagar eso al día siguiente; ya iban cerrando el círculo alrededor de él las señoras mayores para cazarlo para sus hijas, y no había nada que les gustara más que un libertino que adoraba a su madre.

La danza era bastante animada, por lo que no permitía mucha conversación. Entre giros y movimientos, reverencias y venias, no dejaba de mirar a Francesca, que estaba radiante con su vestido color esmeralda. Al parecer nadie notaba que la miraba, lo que le iba muy bien, pero cuando la música llegó a su crescendo final, se vio obligado a girarse y quedó dándole la espalda.

Y cuando volvió a girarse para mirarla, ella ya no estaba.

Frunció el ceño. Algo no iba bien. Podría suponer que ella había salido para ir al tocador de señoras, pero, como el patético idiota que era, la había estado observando tan bien que sabía que no hacía ni veinte minutos que ella había ido allí.

Terminó la danza con su madre, la acompañó fuera de la pista y se despidió, y echó a caminar, fingiendo despreocupación, hacia el lado norte del salón, donde había estado Francesca. Tenía que caminar rápido, no fuera a detenerlo alguien para conversar. Mantuvo los oídos atentos mientras se abría paso por entre el gentío. Al parecer nadie estaba hablando de ella.

Cuando llegó al lugar donde la había visto, se dio cuenta que había unas puertas cristaleras, que supuso daban al jardín de atrás. Estaban cerradas y con las cortinas corridas, lógicamente; sólo era abril, y todavía no hacía tanto calor como para dejar entrar el aire nocturno, aun cuando trescientas personas estuvieran calentando el salón. Al instante sintió desconfianza; había tentado a muchas mujeres a salir al jardín como para no saber lo que podía ocurrir en la oscuridad de la noche.

Abrió la puerta lo justo, discretamente, para no llamar la atención, y salió con el mayor sigilo. Si Francesca estaba en el jardín con un caballero, lo último que deseaba era que lo siguiera un grupo de mirones.

El ruido del salón parecía hacer vibrar las puertas, pero aún así, fuera estaba todo silencioso.

Entonces oyó su voz.

Le pareció que le rebanaba las entrañas.

Parecía feliz, muy contenta por estar en compañía de cual fuera el hombre que la tentó a salir a la oscuridad. No lograba distinguir las palabras, pero se notaba que se estaba riendo. Era un sonido musical, cristalino, que terminó en un murmullo coqueto como para desgarrarle el alma.

Volvió a poner la mano en el pomo de la puerta. Debería marcharse. Ella no lo querría allí.

Pero se quedó como si estuviera clavado en el suelo.

Jamás, nunca, la había espiado cuando estaba con John. Ni una sola vez había prestado atención a una conversación entre ellos que no estuviera destinada a sus oídos. Si por casualidad oía algo, inmediatamente se alejaba. Pero en ese momento, la cosa era diferente. No sabía explicarlo, pero era distinto, y no logró obligarse a volver al salón.

Un minuto más, se prometió. Sólo eso. Un minuto más para asegurarse de que ella no estaba en una situación peligrosa, y...

—No, no.

Era la voz de ella.

Alertó más los oídos y avanzó unos cuantos pasos en dirección a su voz. Ella no parecía molesta, pero había dicho no. Claro que podría estar riéndose de un chiste, o tal vez de un trivial cotilleo.

—De verdad, debo... ¡No!

Y eso bastó para que Michael avanzara.


Francesca era consciente de que no debería haber salido al jardín con sir Geoffrey Fowler, pero él se había mostrado muy educado y encantador y ella se sentía acalorada en el abarrotado salón. Eso era algo que no habría hecho jamás cuando estaba soltera, pero las viudas no se ceñían a los mismos criterios; además, sir Geoffrey le dijo que dejaría la puerta entreabierta.

Todo fue muy agradable los primeros minutos. Sir Geoffrey la hacía reír y la hacía sentirse hermosa, y era casi doloroso comprender lo mucho que había echado de menos eso. Por lo tanto se reía y coqueteaba, dándose permiso para entregarse al momento. Deseaba volver a sentirse mujer, tal vez no en todo el sentido de la palabra, pero de todos modos, ¿qué tenía de malo disfrutar de la embriaguez de saber que era deseada?

Tal vez lo único que deseaban todos era su maldita doble dote, tal vez deseaban emparentarse con dos de las familias más notables de Gran Bretaña; ella era Bridgerton y Stirling después de todo. Pero por una hermosa noche se permitiría creer que todo era por ella.

Pero entonces sir Geoffrey se le acercó más. Ella tuvo que retroceder lo más discretamente que pudo, pero él avanzó un paso, luego otro y antes de darse cuenta se encontró apoyada en el ancho tronco de un árbol y él la dejó encerrada ahí apoyando las manos en el tronco, muy cerca de su cabeza.

—Sir Geoffrey —dijo, tratando de continuar siendo amable mientras pudiera—, creo que ha habido un malentendido. Ahora quiero volver al salón —añadió, en tono amistoso, pues no quería provocarlo a hacer algo que luego ella tuviera que lamentar.

Él acercó más la cara a la de ella.

—Vamos, ¿por qué querría eso? —susurró.

—No, no —dijo, tratando de agacharse para salir de ahí—. Me van a echar de menos.

Porras, tendría que darle un pisotón, o peor aún, reducirlo golpeándolo de la manera que le enseñaron sus hermanos cuando todavía era una niña.

—Sir Geoffrey —dijo, haciendo un último intento de ser educada—, de verdad, debo...

Y entonces él le plantó la boca en la suya, toda mojada, los labios blandengues, asquerosos.

—¡No! —logró gritar.

Pero él estaba resuelto a aplastarle la boca con los labios. Giró la cabeza hacia uno y otro lado, pero él era más fuerte de lo que se había imaginado y no tenía la menor intención de dejarla escapar. Sin dejar de debatirse, logró poner la pierna en posición para levantar la rodilla y enterrársela entre las ingles, pero antes que pudiera hacerlo, sir Geoffrey simplemente... desapareció.

—¡Oh!

El sonido de sorpresa le salió sólo de los labios. Sintió agitarse el aire, como por una ráfaga de movimientos; un ruido que parecía ser de puños sobre un cuerpo y un muy sentido aullido de dolor. Cuando logró hacerse una idea de lo que ocurría, sir Geoffrey ya estaba tendido de espaldas en el suelo y un hombre corpulento se hallaba medio inclinado sobre él con una bota firmemente plantada en su pecho.

—¿Michael? —preguntó, sin poder dar crédito a sus ojos.

—Dilo —dijo Michael, con una voz que ella ni habría soñado que oiría salir de sus labios—, y le aplastaré las costillas.

—¡No! —se apresuró a decir.

No se habría sentido en absoluto culpable por darle un rodillazo en la entrepierna a sir Geoffrey, pero no quería que Michael lo matara. Y a juzgar por la expresión que veía en su cara, estaba segura de que lo haría alegremente.

—Eso no es necesario —dijo, corriendo a su lado. Entonces retrocedió, al ver el feroz brillo de sus ojos—. Eh... ¿tal vez podríamos simplemente pedirle que se marche?

Michael estuvo un momento sin decir nada, simplemente mirándola. Mirándola fijamente, a los ojos, y con una intensidad que a ella casi le quitó la capacidad de respirar. Despues enterró otro poco la bota en el pecho de sir Geoffrey. No con mucha fuerza, pero la suficiente para hacer gemir de dolor al hombre.

—¿Estás segura? —preguntó entonces, entre dientes.

—Sí, por favor, no hay ninguna necesidad de hacerle daño —contestó ella. Cielo santo, sería una pesadilla si alguien los soprendía así. Su reputación quedaría manchada y a saber qué dirían de Michael, que atacaba así a un muy respetado baronet—. No debería haber salido al jardín con él —añadió.

—No, no debiste salir —dijo él en tono duro—, pero eso no le da permiso para obligarte a aceptar sus atenciones.

Entonces retiró la bota del pecho del tembloroso sir Geoffrey y de un tirón lo puso de pie; cogiéndolo por las solapas de la chaqueta, lo aplastó contra el árbol y se le acercó hasta que estuvieron nariz con nariz.

—Es desagradable estar atrapado así, ¿verdad? —le dijo.

Sir Geoffrey no contestó, simplemente lo miró, aterrado.

—¿Tienes algo que decirle a la dama?

Sir Geoffrey negó enérgicamente con la cabeza.

Michael le golpeó la cabeza en el árbol

—¡Piénsalo mejor! —gruñó.

—¡Lo siento! —chilló el hombre.

Como una niña, pensó Francesca, objetivamente. Ya sabía que no sería un buen marido, pero eso se lo confirmó.

Pero Michael no había acabado con él.

—Si alguna vez te acercas a diez yardas de distancia de lady Kilmartin, te arrancaré personalmente las entrañas.

Incluso Francesca se encogió.

—¿Me has entendido?

Sir Geoffrey emitió otro chillido y dio la impresión de que podría echarse a llorar de lo aterrado que estaba.

—Fuera de aquí —gruñó Michael, dándole un fuerte empujón—. Y de paso, arréglatelas para ausentarte de la ciudad un mes o más.

Sir Geoffrey lo miró espantado.

Michael se mantuvo inmóvil, peligrosamente inmóvil, y luego encogió un hombro, insolente.

—No se te echará de menos —dijo en voz baja.

Francesca cayó en la cuenta de que tenía retenido el aliento. Michael era aterrador, pero también magnífico, y la estremecía hasta el fondo del alma comprender que jamás lo había visto así.

Jamás se imaginó que él podría ser así.

Sir Geoffrey echó a correr por el jardín de césped, en dirección a la puerta de atrás. Y así Francesca se quedó a solas con él, sola y, por primera vez desde que lo conocía, sin saber qué decir.

—Lo siento —logró decir.

Él se giró a mirarla con una ferocidad que casi la hizo tambalearse.

—No pidas disculpas.

—No, claro que no, pero debería haber tenido más prudencia.

—Él debería haberse comportado —gruñó él, vehemente.

Eso era cierto, y ella no se iba a echar la culpa del ataque, pero pensó que sería mejor no atizarle la furia, por lo menos no en ese momento; jamás lo había visto así; en realidad, nunca había visto a nadie así, tan tenso por la furia que daba la impresión de que podría estallar en trocitos. Ella pensó que estaba descontrolado, pero viéndolo tan inmóvil que casi le daba miedo respirar, comprendió que era todo lo contrario.

Michael estaba tan controlado como si estuviera aferrado por unas tenazas; de lo contrario, sir Geoffrey ahora estaría tendido en el suelo sobre un charco de sangre.

Abrió la boca para decir algo más, algo apaciguador, o incluso divertido, pero descubrió que no se le ocurría nada, no tenía capacidad para hacer nada que no fuera mirarlo, mirar a ese hombre que creía conocer tan bien.

El momento le producía una especie de parálisis, un atontamiento; no podía desviar los ojos de él. Él tenía la respiración agitada; era evidente que seguía esforzándose por dominar la rabia y, curiosamente, parecía no estar del todo presente ahí; estaba mirando a lo lejos, como hacia el horizonte, con la mirada desenfocada, y daba la impresión de que estaba...

Sufriendo.

—¿Michael? —dijo, tímidamente.

Él no reaccionó.

—¿Michael? —repitió, alargando la mano y tocándolo.

Él se encogió, y se giró tan rápido a mirarla que ella casi se cayó de espaldas.

—¿Qué pasa? —preguntó, con la voz ronca.

—Nada —balbuceó ella, sin saber qué debía decir, sin saber siquiera si tenía algo que decirle aparte de su nombre.

Él cerró los ojos y estuvo así un momento, y luego los abrió, como esperando que ella dijera algo más.

—Creo que me iré a casa —dijo ella entonces.

La fiesta ya no tenía ningún atractivo para ella; lo único que deseaba era refugiarse en un lugar seguro y conocido.

Porque de repente Michael no le parecía ni seguro ni conocido.

—Yo presentaré tus disculpas en el salón —dijo él fríamente.

—Enviaré el coche de vuelta para que os lleve a ti y a Janet y Helen —añadió Francesca.

La última vez que las vio, Janet y Helen estaban disfrutando inmensamente. No quería acortarles la velada.

—¿Te acompaño a la puerta de atrás, o prefieres pasar por el salón?

—Creo que por la puerta de atrás.

Y él la acompañó, toda la distancia hasta el coche, quemándole la espalda con la mano todo el camino. Pero cuando llegaron al coche, en lugar de aceptar su ayuda para subir, se giró hacia él con una repentina pregunta quemándole los labios.

—¿Cómo supiste que yo estaba en el jardín?

Él guardó silencio. O tal vez le habría contestado, aunque no con la rapidez que ella quería.

—¿Me estabas observando?

A él se le curvaron los labios, aunque no en una sonrisa, y ni siquiera en el comienzo de una sonrisa.

—Siempre te estoy observando —dijo tristemente.

Y ella se quedó con esa respuesta para pensar el resto de la noche.

# Capítulo 14

*... ¿Francesca te ha dicho que me echa de menos? ¿O tú simplemente lo supones o deduces?*

*De una carta del conde de Kilmartin a su madre, Helen Stirling, dos años y dos meses después de su llegada a la India.*

*T*res horas después, Francesca estaba sentada en su dormitorio cuando oyó volver a Michael. Janet y Helen habían llegado un poco antes, y cuando ella se las encontró en el corredor (a propósito) le explicaron que Michael había decidido completar esa noche yendo a su club.

Para eludirla a ella, lo más probable, pensó, aun cuando no había ningún motivo para que él supusiera que la iba a ver a esas horas, tan tarde. De todos modos, cuando se marchó del baile esa noche tuvo la clara impresión de que él no deseaba su compañía. Había defendido su honor con todo el valor y la firmeza de un héroe, pero ella no podía evitar pensar que lo había hecho casi a regañadientes, como si fuera algo que debía hacer, no algo que deseara.

Y peor aún, como si ella fuera una persona cuya compañía tenía que soportar, y no la querida amiga que ella siempre se decía que era.

Y eso, comprendió, le dolía.

Se dijo que cuando él volviera a la casa Kilmartin lo dejaría en paz. No haría nada aparte de escuchar en la puerta cuando pasara

por el corredor en dirección a su dormitorio (era lo bastante since-
ra consigo misma para reconocer que no estaba por encima de..., en
realidad era incapaz de resistir la tentación de escuchar). Después
iría silenciosamente a pegar la oreja en la maciza puerta de roble que
comunicaba sus dormitorios (cerrada con llave por ambos lados desde su regreso de la casa de su madre; no le tenía miedo a Michael,
pero el decoro es el decoro) y escucharía unos minutos más.

No sabía qué esperaba oír, y ni siquiera sabía por qué sentía la
necesidad de oír sus pasos cuando pasara en dirección a su habitación, pero sencillamente tenía que oírlo. Algo había cambiado esa
noche. O tal vez no había cambiado nada, lo cual podría ser peor.
¿Sería posible que Michael nunca hubiera sido el hombre que ella
creía que era? ¿Podía ser que ella hubiera sido tan íntima amiga de
él tanto tiempo, que lo hubiera contado como uno de sus más que-
ridos amigos, incluso cuando él estaba tan lejos, y aun así no lo conociera?

Jamás se le había ocurrido pensar que él le ocultara secretos. ¡A
ella! A todos los demás, tal vez, pero no a ella.

Y eso la hacía sentirse bastante desequilibrada, desmañada. Era
como si alguien hubiera ido a poner un montón de ladrillos en la pared sur de la casa Kilmartin, de cualquier manera, dejándole el mundo ladeado. Hiciera lo que hiciera, pensara lo que pensara, seguía
sintiéndose como si se fuera deslizando; hacia dónde, no lo sabía, y
no se atrevía a hacer suposiciones.

Su dormitorio daba a la fachada de la casa, y cuando todo estaba en silencio oía cerrarse la puerta principal, siempre que la persona la cerrara con bastante fuerza; no era necesario que diera un portazo, pero...

Bueno, fuera cual fuera la fuerza necesaria, sin duda Michael la
empleó, porque oyó el revelador ruido de la puerta abajo, seguido
por un murmullo de voces, posiblemente de Priestley que estaba
charlando con él mientras le quitaba la chaqueta.

Michael estaba en casa, lo que significaba que por fin podía irse
a la cama y al menos simular que dormía. Él había llegado, lo que
significaba que era el momento de declarar oficialmente terminada

la velada de esa noche. Debería olvidarlo todo, continuar con su vida y tal vez simular que no había ocurrido nada.

Pero cuando oyó sus pasos por la escalera, hizo lo único que jamás habría esperado hacer...

Abrió la puerta y salió precipitadamente al corredor.

No sabía lo que hacía; no tenía ni idea. Así, cuando sus pies descalzos tocaron la alfombra, ya estaba tan asombrada por lo que acababa de hacer que se quedó inmóvil y sin aliento.

Michael se veía agotado. Y sorprendido. Y pasmosamente guapo con su corbata algo suelta y unos mechones rizados de pelo negro como la noche sobre la frente. Y eso la hizo pensar... ¿en qué momento comenzó a fijarse en lo guapo que era? Su belleza siempre había sido algo que estaba ahí, que ella conocía en un sentido intelectual, aunque nunca se hubiera fijado especialmente.

Pero en ese momento...

Se le quedó atrapado el aliento en la garganta. En ese momento su belleza parecía impregnar el aire, revolotear por su piel, haciéndola estremecerse de frío y calor al mismo tiempo.

—Francesca —dijo Michael, en un tono de inmenso cansancio.

Y, claro, ella no tenía nada que decirle. Era absolutamente impropio de ella salir corriendo sin pensar en lo que iba hacer, pero esa noche no se sentía ella misma. Se sentía inquieta, desasosegada, desequilibrada, y el único pensamiento que le pasó por la cabeza (si es que le pasó alguno) antes de salir fue que tenía que verlo. Simplemente verlo, y tal vez oír su voz. Si lograba convencerse de que él era realmente la persona que ella creía que era, entonces tal vez ella también sería la misma de antes.

Porque no se sentía la misma.

Y eso la estremecía hasta el alma.

—Michael —dijo, cuando por fin le salió la voz—. Esto... Buenas noches.

Él se limitó a mirarla, arqueando una ceja ante ese saludo tan sin sentido.

Ella se aclaró la garganta.

—Quería asegurarme de que estabas... eh... bien.

El final de la frase sonó algo débil, incluso a sus oídos, pero ese fue el mejor adjetivo que se le ocurrió con tan poco tiempo.

—Estoy bien —repuso él, con voz bronca—. Solamente cansado.

—Claro —dijo ella—. Claro, claro.

Él sonrió, pero sin humor.

—Claro.

Ella tragó saliva y trató de sonreír, pero la sonrisa le resultó forzada.

—No te he dado las gracias.

—¿De qué?

—Por acudir en mi ayuda —contestó ella, pensando que eso tendría que ser evidente—. Habría... bueno, me habría defendido sola.

—Al ver su sonrisa sarcástica, añadió, algo a la defensiva—: Mis hermanos me enseñaron.

Él se cruzó de brazos y la miró de una manera un tanto paternalista.

—En ese caso, seguro que lo habrías dejado convertido en soprano al instante.

Ella frunció los labios.

—De todos modos —dijo, resuelta a no comentar su sarcasmo—. Me alegra mucho no haber tenido que... eh...

Se ruborizó. Ay, Dios, detestaba ruborizarse.

—¿Darle un rodillazo en los testículos? —terminó él amablemente, esbozando su sonrisa sesgada.

—Sí —dijo ella entre dientes, convencida de que ya tenía las mejillas de un rojo subido, habiendo pasado por todos los matices de rosa y fucsia.

—No hay de qué —dijo él, haciendo un gesto de asentimiento que indicaba el final de la conversación—. Ahora, si me disculpas...

Continuó caminando en dirección a su dormitorio, pero ella aún no estaba preparada (sólo el diablo sabía por qué) para poner fin a la conversación.

—¡Espera! —exclamó.

Entonces tragó saliva, al darse de cuenta de que tendría que decir algo.

Él se giró muy lentamente, como si se lo estuviera pensando, y ella tuvo la curiosa impresión de que él quería ser... prudente.

—¿Sí?

—Sólo quería... quería...

Él esperó mientras ella buscaba qué decir, y al final dijo:

—¿Puede esperar hasta mañana?

—¡No! ¡Espera! —Y le cogió el brazo.

Él se quedó inmóvil.

—¿Por qué estás tan enfadado conmigo?

Él movió la cabeza como si no pudiera creer lo que le estaba preguntando. Pero no apartó la vista de la mano de ella en su brazo.

—¿De qué hablas?

—¿Por qué estás tan enfadado conmigo? —repitió ella.

Y entonces comprendió que ni siquiera sabía que se sentía así hasta que le salieron las palabras. Pero algo no estaba bien entre ellos y tenía que saber por qué.

—No seas ridícula —dijo él—. No estoy enfadado contigo. Simplemente estoy cansado y deseo acostarme.

—Estás enfadado. Estoy segura de que lo estás —dijo, y la voz se le fue elevando, por la convicción.

Una vez dicho, sabía que era cierto. Él trataba de ocultarlo, y se había convertido en un experto en pedir disculpas cuando el enfado salía a la superficie, pero había rabia dentro de él, y dirigida a ella.

Michael puso la mano encima de la suya. Francesca ahogó una exclamación al sentir el calor del contacto, pero lo único que hizo él fue quitarle la mano de su brazo y soltársela.

—Me voy a la cama —declaró.

Diciendo eso le dio la espalda y echó a andar.

—¡No! ¡No puedes irte!

Corrió tras él, sin pensar, sin hacer caso...

Y entró en su dormitorio.

Si él no estaba enfadado antes, en ese momento sí lo estaba.

—¿Qué haces aquí?

—No puedes echarme —protestó ella.

Él la miró fijamente.

—Estás en mi dormitorio —dijo, en voz baja, grave—. Te sugiero que te marches.

—No, mientras no me expliques qué pasa.

Michael se quedó absolutamente inmóvil. Todos sus músculos se inmovilizaron, formando un contorno duro, tieso, y eso fue una ventaja, en realidad, porque si se permitiera moverse, si se sintiera capaz de moverse, se abalanzaría sobre ella. Y lo que haría si la cogiera cualquiera lo sabía.

Lo habían empujado hasta el límite. Primero Colin, luego sir Geoffrey y ahora la propia Francesca, sin tener la menor idea.

Su mundo se había vuelto del revés con una simple sugerencia: «¿Por qué no te casas con ella?»

La idea estaba colgando ante él como una manzana madura, una perversa posibilidad que no debía coger.

«John —gritó su conciencia—. John. Recuerda a John.»

—Francesca —dijo, con voz dura, controlada—, es bien pasada la medianoche y estás en el dormitorio de un hombre que no es tu marido. Te recomiendo que te marches.

Pero ella no salió. Condenación, ni siquiera se movió. Continuó donde estaba, a dos palmos de la puerta abierta, mirándolo como si no lo hubiera visto nunca.

Trató de no fijarse en que llevaba el pelo suelto. Trató de no ver que sólo llevaba el camisón y la bata de seda. Eran prendas recatadas, sí, pero estaban hechas para quitarlas, y al bajar la mirada hasta la orilla, que le rozaba los empeines, tuvo un seductor atisbo de los dedos de sus pies.

Buen Dios, le estaba mirando los dedos de los pies. De sus pies. ¿En qué se había convertido su vida?

—¿Por qué estás enfadado conmigo? —repitió ella.

—No estoy enfadado —contestó él bruscamente—. Sólo quiero que te lar... —Se contuvo justo a tiempo—. Sal de mi habitación.

—¿Es porque me voy a volver a casar? —preguntó ella, con la voz embargada por la emoción—. ¿Es por eso?

Él no supo qué contestar, por lo tanto se limitó a mirarla.

—Piensas que voy a traicionar a John —continuó ella, en tono acusador—. Crees que debería pasar el resto de mi vida llevando luto por él.

Michael cerró los ojos.

—No, Francesca —dijo, cansinamente—. Nunca...

Pero ella no lo escuchaba.

—¿Crees que no lo lamento? ¿Crees que no pienso en él todos los días? ¿Crees que encuentro agradable saber que cuando me case voy a burlar el sacramento?

Él abrió los ojos y la miró. Tenía la respiración agitada, atrapada en su rabia y tal vez en su aflicción.

—Lo que tuve con John —continuó ella, temblando toda entera—, no lo voy a encontrar con ninguno de los hombres que me envían flores. Siento que es una profanación, una profanación egoísta el sólo hecho de considerar la posibilidad de volverme a casar. Si no deseara un bebé tan... condenadamente tanto...

Se interrumpió, tal vez por exceso de emoción, tal vez por la conmoción de haber dicho una palabrota. Se quedó callada, parpadeando, con los labios entreabiertos y temblorosos, con el aspecto de que podría quebrarse con el más leve contacto.

Debería ser más compasivo, pensó él. Debería intentar consolarla. Y habría hecho ambas cosas si hubieran estado en cualquiera otra habitación, no en su dormitorio. Pero estando ahí, lo único que podía hacer era controlar su respiración.

Y controlarse él.

Ella volvió a mirarlo, con los ojos agrandados y pasmosamente azules, incluso a la luz de las velas.

—No lo sabes —dijo, pasando por su lado y echando a caminar. Llegó hasta una cómoda larga y baja, se apoyó en ella y aplastó los dedos en la superficie, dándole la espalda—. No lo sabes —repitió en un susurro.

Y hasta ahí logró soportar él. Ella había irrumpido allí, exigiendo respuestas cuando ni siquiera entendía las preguntas; había invadido su dormitorio, empujándolo hasta el límite, y ¿ahora simplemente lo descartaba? ¿Le volvía la espalda diciendo que él no sabía?

—¿No sé qué? —preguntó justo antes de atravesar la habitación.

Sus pies avanzaron silenciosos pero rápidos y antes de darse cuenta estaba detrás de ella, tan cerca que podía tocarla, tan cerca que podía coger lo que deseaba y...

—Tú... —dijo ella, girándose.

Y se interrumpió, no le salió ningún otro sonido de la boca. No hizo nada aparte de mirarlo a los ojos.

—¿Michael? —musitó al fin.

Y él no supo qué quería decir. ¿Era eso una pregunta? ¿Una súplica?

Ella continuó así, absolutamente inmóvil, y el único sonido que hacía era el de su respiración. Y no desviaba la vista de su cara.

A él le hormiguearon los dedos. Le ardió el cuerpo. Ella estaba cerca. Más cerca de lo que había estado nunca. Y si hubiera sido cualquier otra mujer, habría jurado que deseaba que la besara.

Tenía los labios entreabiertos, la mirada desenfocada. Y pareció que levantaba el mentón, como si estuviera esperando, deseando, pensando en qué momento él inclinaría la cabeza por fin y sellaría su destino.

Él se oyó susurrar algo, su nombre tal vez. Se le oprimió el pecho, le retumbó el corazón y, de repente, lo imposible se hizo inevitable; comprendió que esta vez no había forma de parar; ese no era un momento para autodominarse, ni para sacrificarse ni para sentirse culpable.

Ese era un momento para él.

Y la besaría.


Cuando lo pensaba después, la única disculpa que se le ocurría era que no sabía que él estaba detrás de ella. La alfombra era gruesa y mullida, y no oyó sus pasos debido a la sangre que sentía rugir en los oídos. No lo sabía, no podría haberlo sabido, porque si lo hubiera sabido no se habría girado con toda la intención de silenciarlo con una réplica mordaz. Le iba a decir algo espantoso e hiriente, con la intención de hacerlo sentirse culpable y horrible, pero cuando se giró...

Él estaba ahí.

Cerca, muy cerca, a unas pocas pulgadas. Hacía años que nadie estaba tan cerca de ella, y nunca, nunca, Michael.

No pudo hablar, no pudo pensar, no pudo hacer nada aparte de respirar y mirarle la cara, comprendiendo que deseaba, con una horrorosa intensidad, que la besara.

Michael.

Buen Dios, deseaba a Michael.

Era como si la estuvieran rebanando con un cuchillo. No debía sentir eso; no debía desear a nadie. Pero a Michael...

Debería haberse alejado. Demonios, debería haber salido corriendo. Pero algo, no sabía qué, la dejó clavada en el lugar. No podía apartar los ojos de los suyos; no pudo evitar mojarse los labios, y cuando él colocó las manos en sus hombros, no protestó.

Ni siquiera se movió.

Y tal vez, sólo tal vez, incluso se le acercó un poco más, tal vez algo dentro de ella reconoció ese momento, ese sutil baile entre hombre y mujer.

Hacía muchísimo tiempo que no se mecía así para recibir un beso, pero al parecer hay ciertas cosas que el cuerpo no olvida.

Él le tocó el mentón y le levantó ligeramente la cara.

Y ella no dijo no.

Simplemente continuó mirándolo, se lamió los labios y esperó...

Esperó el momento, el primer contacto, porque por aterrador e incorrecto que fuera, sabía que lo sentiría perfecto.  ·

Y fue perfecto.

Él le rozó los labios con los suyos en una suavísima caricia. Era el tipo de beso que seduce con sutileza, que le produjo sensaciones en todo el cuerpo haciéndola desesperar por más. En algún nebuloso recoveco de su mente sabía que eso estaba mal, que era más que incorrecto, era una locura. Pero no podría haberse apartado ni aunque las llamas del infierno le estuvieran lamiendo los pies.

Estaba atontada, transportada por su caricia. No se habría atrevido a hacer ningún movimiento, a invitarlo de alguna manera distinta a mecer suavemente el cuerpo, pero tampoco hizo ningún intento de romper el contacto.

Simplemente esperó, con el aire atrapado en la garganta, que él hiciera algo más.

Y él lo hizo. Deslizó la mano por su cintura y la abrió en su espalda, tentándola con su embriagador calor. No la atrajo hacia sí exactamente, pero ella sentía la presión, y disminuyó el espacio entre ellos hasta que ella sintió el roce de su traje de noche a través de la seda de su camisón y bata.

Y se calentó, se sintió derretida.

Inicua.

Los labios de él exigieron más y ella los abrió, dándole acceso a su boca para que la explorara. Y él lo aprovechó, introduciendo la lengua y moviéndola en un peligroso baile, tentándola, seduciéndola, atizando su deseo hasta que sintió las piernas débiles y tuvo que cogerse de sus brazos, aferrarse a él, acariciarlo también, reconocer que estaba presente en el beso, participando en él.

Que lo deseaba.

Él musitó su nombre, con la voz ronca por el deseo, la necesidad, y algo más, algo doloroso, pero ella no pudo hacer otra cosa que aferrarse a él, dejarse besar y, Dios la amparara, corresponderle el beso.

Subió la mano hasta su cuello, disfrutando del suave calor de su piel. Por entonces, llevaba el pelo ligeramente largo y unos gruesos rizos se le enrollaron en los dedos y... ay, Dios, deseó sumergirse en su pelo.

Él subió la mano por su espalda dejándole una estela de fuego. Deslizó la mano por su hombro, acariciándoselo, la bajó por el brazo y la detuvo en su pecho.

Francesca se quedó inmóvil, paralizada.

Pero Michael estaba tan inmerso en el beso que no se fijó; ahuecó la mano en su pecho y se lo apretó suavemente, emitiendo un ronco gemido.

—No —musitó ella.

Eso era demasiado, demasiado íntimo.

Era demasiado... Michael.

—Francesca —musitó él, deslizando los labios por su mejilla hasta la oreja.

—No —repitió ella, apartándose, liberándose de sus brazos—. No puedo.

No quería mirarlo, pero no pudo dejar de mirarlo. Y cuando lo miró, lo lamentó.

Él tenía la cabeza gacha y la cara ligeramente desviada, pero seguía mirándola, perforándola con sus ojos penetrantes, intensos.

Y ella se sintió quemada.

—No puedo hacer esto —susurró.

Él no dijo nada.

Entonces le salieron más rápidas las palabras, a borbotones, aunque las mismas.

—No puedo, no puedo, no puedo. No...

—Entonces vete —dijo él entre dientes—. Ahora mismo.

Ella echó a correr.

Huyó hasta su dormitorio y al día siguiente huyó a casa de su madre.

Y al día subsiguiente, huyó hasta Escocia.

# Capítulo 15

*... Me alegra mucho que te vaya tan bien en la India, pero
me gustaría que consideraras la posibilidad de volver a casa.
Todos te echamos de menos, y aquí tienes responsabilidades
que no se pueden atender desde el extranjero.*

*De una carta de Helen Stirling a su hijo,
el conde de Kilmartin, dos años y cuatro meses
después de su marcha a India.*

*F*rancesca siempre había sido buena para mentir, pensaba Michael
mientras leía la corta carta que le dejó a Helen y Janet, pero era mejor aún cuando podía evitar decir las cosas cara a cara y lo hacía por
escrito.

Había surgido algo urgente en Kilmartin, escribía, que hacía
necesaria su atención inmediata, y luego pasaba a explicar, con ad-
mirables detalles, el brote de fiebre moteada entre las ovejas. No tenían por qué preocuparse, les decía, pues no tardaría mucho en volver y les prometía traer provisiones de la espléndida mermelada de
frambuesas que preparaba la cocinera, y que, como todos sabían,
no tenía igual en Londres.

Michael jamás había oído que una oveja contrajera fiebre moteada, ni ningún animal de granja, en realidad. Cualquiera podía preguntarse: ¿cómo se les ven las manchas en la piel a las ovejas?

Todo le salió muy pulcro, muy fácil. Michael pensó si incluso Francesca no habría organizado las cosas para que Helen y Janet estuvieran fuera de la ciudad ese fin de semana para poder escapar sin tener que despedirse de ellas personalmente.

Porque era una escapada. De eso no cabía la menor duda. Él no se creía ni por un momento que hubiera una urgencia en Kilmartin. Si eso fuera cierto, ella habría considerado su deber informarlo. Podía haber estado años administrando la propiedad, pero él era el conde, y ella no era el tipo de persona que usurparía o socavaría su puesto ahora que estaba de vuelta.

Además, él la besó, y más aún, le vio la cara después de besarla.

Si Francesca hubiera podido huir a la luna, lo habría hecho.

Ni Janet ni Helen mostraron mucha preocupación por su marcha, aunque sí hablaban (sin parar, en realidad) de lo mucho que echaban de menos su compañía.

Él simplemente estaba sentado en su despacho sopesando métodos de autoflagelación.

La había besado. Besado, a ella.

No era esa, pensó irónico, la mejor manera de actuar de un hombre que desea ocultar sus verdaderos sentimientos.

Seis años hacía que la conocía. Seis años, durante los cuales lo había mantenido todo bajo la superficie, y representado su papel a la perfección. Y a los seis años lo había estropeado todo con un simple beso.

Aunque en realidad el beso no tuvo nada de simple.

¿Cómo era posible que un beso pudiera superar todas sus fantasías? Y habiendo tenido seis años para fantasear, se había imaginado besos verdaderamente supremos.

Pero ese... había sido mucho más. Había sido mejor... Había...

Se lo había dado a Francesca.

Era curioso cómo eso lo cambiaba todo. Se puede pensar en una mujer todos los días durante años, imaginarse cómo sería tenerla en los brazos, pero nada, nada puede igualar a la realidad.

Y ahora estaba peor que antes. Sí, la había besado; sí, había sido el beso más espectacular de su vida.

Pero ya había acabado todo.

Y no iba a volver a ocurrir.

Ahora que había ocurrido por fin, ahora que había probado la perfección, sufría más que nunca. Ahora sabía exactamente lo que se perdía; comprendía con dolorosa claridad qué era lo que no sería jamás suyo.

Y nada sería igual.

No volverían a ser amigos. Francesca no era el tipo de mujer que pudiera tomarse a la ligera un acto de intimidad. Y puesto que detestaba cualquier tipo de situación que la hicieara sentirse incómoda o violenta, se desviviría por eludir la presencia de él.

Demonios, se había marchado a Escocia para librarse de él. Una mujer no puede dejar más claros sus sentimientos.

Y estaba la nota que le dejó a él, que, bueno, era mucho menos explicativa que la que les dejó a Janet y Helen:

Estuvo mal. Perdóname.

De qué diablos creía necesitar ser perdonada, escapaba a su entendimiento. Fue él quien la besó a ella. Sí, ella entró en su dormitorio en contra de su voluntad, pero él era lo bastante hombre para saber que no lo hizo suponiendo que él podría tratarla así. Estaba preocupada porque creía que él estaba enfadado con ella, por el amor de Dios.

Actuó con precipitación, sí, pero sólo porque le tenía cariño y valoraba su amistad.

Y ahora él había estropeado justamente eso.

Todavía no entendía bien cómo había ocurrido todo. Él la estaba mirando, sin poder apartar los ojos de ella. El momento le quedó grabado a fuego en el cerebro: su bata de seda rosa, la forma como apretó los dedos mientras le hablaba. Llevaba el pelo suelto, colgando sobre un hombro, y tenía los ojos agrandados y húmedos de emoción.

Y entonces le dio la espalda.

Entonces fue cuando ocurrió; eso lo cambió todo. Él sintió subir algo por su interior, algo que no lograba identificar, y se le movieron los pies. De pronto se encontró al otro lado de la habitación, a poca distancia de ella, tan cerca que podía tocarla, cogerla.

Entonces ella se giró.

Y él estuvo perdido.

En ese momento le fue imposible parar, escuchar la voz de la razón. Simplemente se le evaporó el autodominio con que había envuelto su deseo durante años, y tuvo que besarla.

Fue así de sencillo. No tuvo otra opción, ni voluntad propia. Tal vez si ella hubiera dicho no, tal vez si se hubiera apartado y alejado. Pero ella no hizo ninguna de esas cosas; se quedó donde estaba, en silencio, simplemente respirando, y esperó.

¿Esperaba que él la besara? ¿O esperaba que él recuperara la sensatez y se apartara?

Eso no importaba, pensó amargamente, arrugando una hoja de papel en la mano. El suelo alrededor de su escritorio estaba lleno de papeles arrugados. Estaba de un humor de perros, y las hojas de papel eran un blanco fácil para descargarlo. Cogió una tarjeta color crema claro que reposaba en el papel secante y la miró con la intención de arrugarla. Era una invitación.

Detuvo el movimiento y la leyó. Era una invitación para esa noche, y probablemente había contestado que iría. Estaba casi seguro de que Francesca había pensado ir; la anfitriona era amiga suya desde hacía mucho tiempo.

Tal vez debería arrastrar su patética persona hasta su dormitorio para vestirse para la noche. Tal vez debería salir y buscar esposa. Eso no le curaría el mal que lo afligía pero tendría que hacerlo, tarde o temprano. Y eso tenía que ser mejor para el alma que quedarse sentado ante su escritorio bebiendo.

Se levantó y volvió a mirar la invitación. Exhaló un suspiro. La verdad, no deseaba pasar la noche haciendo vida social, hablando con cien personas que le preguntarían por Francesca. Con la suerte que tenía, seguro que el salón estaría lleno de Bridgertons, o peor aún, de mujeres Bridgerton, que tenían un diabólico parecido con

Francesca, con su pelo castaño y sus anchas sonrisas. Ninguna de ellas estaban a la altura de Francesca, por cierto; sus hermanas eran demasiado amistosas, alegres y francas. Carecían del misterio que rodeaba a Frannie, de ese destello irónico que iluminaba sus ojos.

No, no quería pasar la noche en compañía de gente fina.

Por lo tanto, decidió atender a su problema como había hecho tantas veces antes.

Buscándose una mujer.


Tres horas más tarde, Michael llegó a la puerta de su club de un humor espantosamente horroroso.

Había ido a La Belle Maison, que, a decir verdad, no era otra cosa que un burdel, pero en cuanto burdel, era de buen tono y discreto, y se podía estar seguro de que las mujeres eran limpias y estaban ahí por propia voluntad. Él había sido cliente ocasional durante los años que viviera en Londres; muchos de sus conocidos visitaban La Belle, como les gustaba llamarlo, con más o menos frecuencia. Incluso John había ido allí antes de casarse con Francesca.

La madame lo recibió con mucho cariño, tratándolo de hijo pródigo; él tenía ahí su fama, le explicó, y habían echado de menos su presencia. Las mujeres siempre lo habían adorado, le dijo, y comentaban con frecuencia que era uno de los pocos a los que les importaba el placer de ellas además del suyo.

Ese elogio le dejó un regusto amargo en la boca; en esos momentos no se sentía un amante legendario; estaba harto de su reputación de libertino y no le importaba si daba placer a alguien esa noche. Simplemente deseaba una mujer que pudiera dejarle la mente en blanco de satisfacción, aunque sólo fuera unos minutos.

Tenían justo la chica adecuada para él, arrulló la madame. Era nueva y estaba muy buscada; le encantaría. Él se encogió de hombros y se dejó llevar hasta una beldad rubia y menuda, que, le aseguraron, era la «mejor».

Él empezó a alargar la mano hacia ella, pero la dejó caer. No estaba bien. Era demasiado rubia. No quería una rubia.

Muy bien, le dijeron, y apareció una bellísima morena.

Demasiado exótica.

¿Una pelirroja?

No, tampoco.

Y así fueron apareciendo una tras otra, pero o eran demasiado jóvenes, o demasiado viejas, o demasiado pechugonas, o demasiado planas, hasta que al fin eligió al azar, resuelto a cerrar sus malditos ojos y acabar con eso de una vez.

Duró dos minutos.

La puerta acababa de cerrarse y se sintió enfermo, casi aterrado, y comprendió que no podría hacerlo.

No era capaz de hacerle el amor a una mujer. Qué apabullante, qué humillante, qué castrante. Demonios, igual podría coger un cuchillo y convertirse en eunuco él mismo.

Antes hacía el amor y obtenía placer con mujeres con el fin de «borrar» de su mente a una. Pero ahora que la había saboreado, aunque sólo fuera con un fugaz beso, estaba estropeado.

Así pues, se fue, a su club, donde podía tener la seguridad, y la tranquilidad, de que no vería a nadie del sector femenino. El objetivo, lógicamente, era borrar de la mente la cara de Francesca, y tenía una cierta esperanza de que el alcohol conseguiría lo que las deliciosas chicas de La Belle Maison no consiguieron.

—Kilmartin.

Levantó la vista. Colin Bridgerton.

Maldición.

—Bridgerton —gruñó.

Maldición, maldición, maldición. Colin Bridgerton era la última persona que habría deseado ver en ese momento. Habría sido preferible el fantasma de Napoleón, enterrándole el estoque en el gaznate.

—Toma asiento —dijo Colin, indicando la silla del otro lado de la mesa.

No había manera de librarse de esa; podría mentir diciendo que tenía una reunión con alguien, pero no tenía disculpa para no sentarse con Colin mientras esperaba. Así pues, apretó los dientes y se sentó, con la esperanza de que Colin tuviera otro compromiso y tuviera que marcharse dentro de... unos tres minutos.

Colin cogió su copa, la hizo girar varias veces, observando con curiosa diligencia el líquido ámbar, y luego bebió un pequeño sorbo.

—Tengo entendido que Francesca ha vuelto a Escocia.

Michael se limitó a asentir y gruñir.

—Es sorprendente, ¿no te parece? Ahora que acaba de comenzar la temporada.

—No pretendo conocer la mente femenina.

—No, no, claro que no —dijo Colin, afablemente—. Ningún hombre mínimamente inteligente pretendería conocer la mente femenina.

Michael guardó silencio.

—De todos modos, sólo hace... ¿qué, dos semanas? desde que llegó.

—Más —contestó Michael.

Francesca había llegado a Londres el mismo día que él.

—Sí, claro, por supuesto. Sí, tú tienes que saberlo, ¿verdad?

Michael lo miró fijamente. ¿Qué demonios se proponía?

—Ah, bueno —dijo Colin, encogiendo un hombro, con la mayor despreocupación del mundo—. Seguro que volverá pronto. No es probable que encuentre marido en Escocia, después de todo, y ese es su objetivo esta primavera, ¿no?

Michael asintió secamente, mirando una mesa del otro extremo de la sala. Estaba desocupada. Absolutamente desocupada. Maravillosamente desocupada.

Se imaginó muy feliz en esa mesa.

—No estamos en ánimo conversador esta noche, ¿eh? —comentó Colin, interrumpiendo su sosa fantasía.

—No —contestó Michael, algo fastidiado por la vaga insinuación de condescendencia de Colin al decir «estamos».

Colin se rió, y luego bebió el último sorbo de su copa.

—Sólo quería ponerte a prueba —dijo, apoyando la espalda en el respaldo.

—¿Para ver si me dividía espontáneamente en dos seres distintos?

—No, eso no —contestó Colin, sonriendo, con una sonrisa sospechosamente llana—. Eso lo veo claramente. Sólo quería comprobar de qué humor estabas.

Michael arqueó una ceja, en gesto formidable.

—Y ¿mi humor está...?

—Más o menos como siempre —contestó Colin, sin amilanarse.

Michael se limitó a mirarlo ceñudo pues en ese momento llegó el camarero con las bebidas.

—Por la felicidad —dijo Colin levantando el vaso.

«Lo voy a estrangular —decidió Michael entonces, para sus adentros—. Simplemente alargo las manos por encima de la mesa, le cojo el cuello y se lo aprieto hasta que le salgan de las órbitas esos malditos ojos verdes.»

—¿No vas a brindar por la felicidad? —le preguntó Colin.

A Michael se le escapó un gruñido incoherente y se bebió el whisky de un trago.

—¿Qué estás bebiendo? —preguntó Colin, con toda naturalidad. Se inclinó a mirarle el vaso—. Este whisky tiene que ser muy bueno.

Michael resistió el deseo de golpearle la cabeza con el vaso ya vacío.

—Muy bien —dijo Colin, encogiéndose de hombros—. Entonces brindaré por mi felicidad.

Bebió un trago, echó atrás la cabeza y volvió a llevarse el vaso a los labios.

Michael miró el reloj.

—¿No es fantástico que no tenga ningún lugar donde estar? —musitó Colin.

Michael dejó el vaso sobre la mesa haciéndolo sonar.

—¿Qué sentido tiene esto? —preguntó.

Por un momento pareció que Colin, que, según todos los informes, era capaz de hablar hasta tumbar a alguien debajo de la mesa, si quería, no iba a decir nada. Pero justo cuando Michael estaba listo para renunciar a todo fingimiento de educación y levantarse para salir, dijo:

—¿Has decidido qué vas a hacer?

Michael se quedó muy quieto.

—¿Es decir...?

Colin sonrió, justo con esa condescendencia por la que Michael deseaba asestarle un puñetazo.

—Acerca de Francesca, por supuesto —dijo.

—¿No acabas de decir que se ha marchado del país?

—Escocia no está muy lejos —contestó Colin, encogiéndose de hombros.

—Está bastante lejos —masculló Michael.

Lo bastante lejos para dejar lo suficientemente claro que ella no quería tener nada que ver con él.

—Estará totalmente sola —añadió Colin, suspirando.

Michael entrecerró los ojos y lo miró, fijamente.

—Sigo pensando que deberías... —Colin se interrumpió, adrede, seguro—. En fin, ya sabes lo que pienso —concluyó, bebiendo otro trago.

Michael simplemente renunció a ser educado.

—No sabes ni una maldita cosa, Bridgerton.

Colin arqueó las cejas, al detectar el gruñido en su voz.

—Es extraño —musitó—. Oigo decir eso todo el santo día. Generalmente a mis hermanas.

Michael ya conocía esa táctica. El salto limpio a un lado de Colin era exactamente la maniobra que empleaba él con mucha facilidad. Y tal vez fue por ese motivo que cerró una mano en un puño debajo de la mesa. Nada irrita tanto como ver reflejado el propio comportamiento en otra persona.

Pero, ay, Dios, tenía tan cerca la cara de Colin.

—¿Otro whisky? —preguntó Colin, estropéandole la hermosa visión de unos ojos morados.

Michael estaba de excelente humor para beber hasta perder el conocimiento, pero no en compañía de Colin Bridgerton, de modo que echó atrás la silla y contestó secamente:

—No.

—Te das cuenta, Kilmartin —dijo Colin entonces, en un tono tan amable que casi le produjo un escalofrío a Michael—, que no hay ningún motivo para que no te cases con ella. Ninguno en absoluto. A excepción, claro —añadió, como si acabara de ocurrírsele—, de los que te inventas tú.

Michael sintió que se le rompía algo en el pecho; el corazón, probablemente, pero ya estaba tan acostumbrado a sentir eso que era una maravilla que siguiera notándolo.

Y Colin, malditos sus ojos, no pensaba quedarse callado.

—Si no quieres casarte con ella —continuó, pensativo—, pues no quieres casarte con ella. Pero...

—Ella podría decir no —se oyó decir Michael; su voz le sonó áspera, ahogada, extraña a sus oídos.

Pero bueno, santo cielo, si hubiera saltado sobre la mesa a declarar a gritos su amor por Francesca, no habría podido dejarlo más claro.

Colin ladeó levemente la cabeza, lo suficiente para expresar que había entendido lo que había debajo de esas palabras.

—Podría —dijo—. En realidad, es probable que diga que no. Las mujeres suelen hacerlo la primera vez que se lo pides.

—¿Y cuántas veces les has propuesto tú matrimonio?

Colin sonrió.

—Sólo una vez, en realidad. Esta misma tarde, por cierto.

Eso era lo único, realmente lo único, que podría haber dicho Colin para disipar totalmente las revueltas emociones de Michael. Lo miró boquiabierto por la sorpresa. Ese era Colin Bridgerton, el mayor de los hermanos Bridgerton solteros. Prácticamente había hecho una profesión de evitar el matrimonio.

—¿He oído bien?

—Es cierto —repuso Colin, mansamente—. Pensé que ya era hora, aunque creo que, para hacer honor a la verdad, debo reconocer que ella no me obligó a pedírselo dos veces. Pero si te hace sentirte mejor, me llevó varios minutos sacarle el sí.

Michael se limitó a mirarlo.

—Su primera reacción a mi proposición fue caerse a la acera de la sorpresa —explicó Colin.

Michael resistió el impulso de mirar alrededor, no fuera que sin saberlo se hubiera metido en una farsa de teatro.

—Eh... ¿está bien?

—Ah, sí, muy bien —contestó Colin, cogiendo su vaso.

Michael se aclaró la garganta.

—¿Puedo preguntar por la identidad de la afortunada dama?

—Penelope Featherington.

«¿La que no habla?», estuvo a punto de soltar Michael. Bueno, esa sí que era una unión rara si había visto una.

—Bueno, sí que estás sorprendido —dijo Colin, afortunadamente, de buen humor.

—No sabía que desearas establecerte —improvisó Michael a toda prisa.

—Yo tampoco —dijo Colin, sonriendo—. Es extraño como funcionan estas cosas.

Michael abrió la boca para felicitarlo, pero en lugar de hacer eso se oyó preguntar:

—¿Alguien se lo ha dicho a Francesca?

—Me comprometí esta tarde —dijo Colin, algo confundido.

—Querrá saberlo.

—Eso supongo. Yo la atormenté muchísimo de pequeña, así que seguro que deseará inventar para mí algún tipo de tortura relacionada con la boda.

—Es necesario que alguien se lo diga —dijo Michael enérgicamente, desentendiéndose del paseo de Colin por los recuerdos de su infancia.

Colin se echó hacia atrás, suspirando despreocupado.

—Me imagino que mi madre le escribirá una nota.

—Tu madre estará muy ocupada. Eso no será lo prioritario en su programa.

—No sabría decirlo.

—Alguien debe comunicárselo —dijo Michael, ceñudo.

—Sí, alguien debería —convino Colin sonriendo—. Iría yo personalmente. Hace mucho tiempo que no he estado en Escocia. Pero, claro, voy a estar un poquitín ocupado aquí, haciendo los preparativos para casarme. Lo cual es, por supuesto, todo el motivo de esta conversación, ¿no?

Michael lo miró fastidiado. Detestaba que Colin Bridgerton creyera que lo estaba manipulando inteligentemente, pero no veía cómo podía desengañarlo de esa idea sin reconocer que deseaba angustiosamente viajar a Escocia para ver a Francesca.

—¿Cuándo será la boda?

—No lo sé muy bien. Espero que pronto.

—Entonces hay que comunicárselo a Francesca inmediatamente.

Colin sonrió perezosamente.

—Sí, ¿verdad?

Michael lo miró enfurruñado.

—No tienes por qué casarte con ella mientras estás allí —añadió Colin—; sólo infórmala de mis inminentes nupcias.

Michael volvió a su fantasía de estrangular a Colin Bridgerton y encontró la imagen más seductora que antes.

—Nos veremos —dijo Colin cuando Michael iba en dirección a la puerta—. ¿Tal vez dentro de un mes o algo así?

Con lo que quería decir que no esperaba verlo en Londres muy pronto.

Michael soltó una maldición en voz baja, pero no hizo nada para contradecirlo. Podría odiarse por eso, pero ahora que tenía un pretexto para seguir a Francesca, no podía resistirse a hacer el viaje.

La pregunta era, ¿sería capaz de resistirse a ella?

Y más todavía, ¿deseaba resistirse?


Varios días después, Michael se encontraba ante la puerta principal de Kilmartin, el hogar de su infancia. Hacía años que no estaba allí, más de cuatro para ser exactos, y no logró evitar del todo que se le oprimiera la garganta al caer en la cuenta de que todo eso (la casa, los terrenos, el legado) era suyo. Eso no lo había asimilado; tal vez con el cerebro sí, pero no con el corazón.

Daba la impresión de que todavía no llegaba la primavera a los condados de ese rincón de Escocia; si bien el aire no era gélido, estaba frío, y lo obligaba a frotarse las manos enguantadas. Había un poco de neblina y el cielo estaba nublado, pero había un algo en la atmósfera que lo llamaba, recordándole a su alma cansada que eso, y no Londres ni la India, era su hogar.

Pero la agradable sensación de hogar que le producía el lugar no lo tranquilizaba mucho en su preparación para lo que le aguardaba. Era el momento de enfrentarse a Francesca.

Había ensayado mil veces ese momento desde su última conversación con Colin Bridgerton. Lo que le diría, los argumentos que expondría, en fin, y creía tenerlo solucionado. Porque antes de convencer a Francesca tuvo que convencerse él mismo.

Se casaría con ella.

Tendría que lograr que ella aceptara, lógicamente; no podía obligarla a casarse. Lo más probable era que ella inventara infinitas razones para explicar que eso era una idea loca, pero al final, la convencería.

Se casarían.

Se casarían.

Ese era el único sueño que nunca se había permitido considerar una posibilidad.

Pero cuanto más lo pensaba, más lógica le encontraba. Olvidaría que la amaba, olvidaría que la había amado durante años. Ella no necesitaba saber nada de eso; decírselo sólo la haría sentirse violenta y él se sentiría como un tonto.

Pero si se lo presentaba todo desde el punto de vista práctico, si le explicaba por qué era «sensato» que se casaran, seguro que lograría que a ella le fuera entusiasmando la idea. Bien podría no entender las emociones, si ella no las sentía, pero era objetiva para considerar las cosas, y entender las razones.

Y ahora que por fin se había dado permiso para imaginarse una vida con ella, no podía dejar que eso se le deslizara por entre los dedos. Tenía que hacerlo ocurrir. Debía.

Y sería estupendo. Tal vez no la tendría toda entera (sabía que su corazón nunca sería de él), pero tendría su mayor parte, y eso sería suficiente.

Ciertamente sería más de lo que tenía en esos momentos.

E incluso la mitad de Francesca... bueno, sería el éxtasis.

¿No?

# Capítulo 16

*... pero, como me has escrito, Francesca lleva los asuntos de Kilmartin con admirable habilidad. No es mi intención hurtarle el cuerpo a mis obligaciones, y te aseguro que si no tuviera una suplente tan capaz regresaría inmediatamente.*

*De una carta del conde de Kilmartin a su madre, Helen Stirling, dos años y medio después de su llegada a India, escrita luego de mascullar:* «Y no ha contestado a mi pregunta».

*A* Francesca no le hacía ninguna gracia tenerse por una cobarde, pero cuando la única otra opción era ser una tonta, prefería la cobardía. Alegremente.

Porque sólo una tonta se quedaría en Londres, incluso en la misma casa, con Michael Stirling, después de experimentar su beso.

Ese beso había sido...

No, no quería pensar en eso. Cuando lo pensaba no podía evitar sentirse culpable y avergonzada, porque no debería sentir eso por Michael.

Por Michael, no.

No estaba en sus planes sentir deseo por nadie. Realmente, lo más que había esperado sentir por un marido era una moderada sensación de agrado, experimentar besos que le resultaran agradables en los labios pero que no la afectaran para nada en otros sentidos.

Eso le habría bastado.

Pero ahora... pero eso...

Michael la había besado. La besó y, peor aún, ella le correspondió el beso, y desde ese momento no podía evitar imaginarse sus labios en los suyos, y luego imaginárselos en todas las partes de su cuerpo. Y por la noche, cuando estaba acostada sola en su enorme cama, los sueños se le hacían más vívidos y se le deslizaba la mano por el cuerpo, hasta detenerse justo antes de llegar a su destino final.

No. No debía fantasear con Michael. Eso estaba mal. Se habría sentido terriblemente mal por sentir ese tipo de deseo por cualquier hombre, pero por Michael...

Era el primo de John. Era el mejor amigo de John. Y el mejor amigo de ella también. Y no debería haberlo besado.

Pero, pensaba, suspirando, que había sido magnífico.

Y por eso había preferido ser una cobarde y no una tonta, y huido a Escocia. Porque no creía tener la capacidad de resistírsele si volvía a presentarse la situación.

Ya llevaba casi una semana en Kilmartin, intentando sumergirse de lleno en la vida normal y cotidiana de la sede de la familia. Había muchísimo que hacer: llevar las cuentas, visitar a los aparceros, pero ya no encontraba la misma satisfacción que sentía antes al hacer esas tareas. La regularidad de sus obligaciones debería haberla calmado, tranquilizado, pero resultó todo lo contrario: la hacía sentirse desasosegada, y no lograba concentrarse, no lograba centrar la mente en nada.

Estaba nerviosa, agitada, distraída, y la mitad del tiempo se sentía como si no supiera qué hacer consigo misma, en el sentido más literal y físico. No lograba estarse quieta sentada, por lo tanto había tomado la costumbre de salir de la casa, con sus botas más cómodas, y caminar durante horas y horas por el campo hasta quedar totalmente agotada.

Eso no le servía mucho para dormir mejor por la noche, pero, de todos modos, al menos lo intentaba.

Y eso era lo que estaba haciendo en ese momento, con mucha energía; acababa de subir a la cima de la colina más alta de Kilmartin. Jadeante por el esfuerzo, miró los nubarrones oscuros en el cielo, tratando de calcular la hora y la probabilidad de que lloviera.

Era tarde, seguro, pensó, ceñuda.

Debería volver a la casa.

No era una gran distancia la que tenía que recorrer; simplemente bajar el cerro y atravesar un campo cubierto de hierba. Pero cuando llegó al majestuoso pórtico de la mansión, había comenzado a lloviznar y llevaba la cara ligeramente mojada por diminutas gotitas. Se quitó la papalina y la sacudió, agradeciendo haber recordado ponérsela, pues no siempre era tan diligente. Iba en dirección a la escalera para subir a su dormitorio, donde pensaba que podría disfrutar de un buen chocolate con galletas, cuando apareció Davies, el mayordomo, ante ella.

—¿Milady? —dijo, exigiendo claramente su atención.

—¿Sí?

—Tiene una visita.

—¿Una visita? —repitió ella, frunciendo el ceño, pensativa.

La mayoría de las personas que solían ir a visitarla en Kilmartin ya se habían trasladado a Edimburgo o a Londres para pasar la temporada.

—No es exactamente una visita, milady.

Michael, pensó. Tenía que ser él. Y no podía decir que eso la sorprendiera. Se había imaginado que él podría seguirla, aunque, en ese caso, supuso que sería inmediatamente. Pero al haber transcurrido ya una semana, había comenzado a considerarse a salvo de sus atenciones.

A salvo de su reacción a esas atenciones.

—¿Dónde está? —le preguntó a Davies.

—¿El conde?

Ella asintió.

—Esperándola en el salón rosa.

—¿Llegó hace mucho rato?

—No, milady.

Francesca hizo un gesto de asentimiento, indicándole que ya no lo necesitaba, y obligó a sus pies a llevarla por el corredor hacia el salón rosa. No debería temer tan intensamente ese encuentro. Sólo era Michael, por el amor de Dios.

Aunque tenía la deprimente sensación de que ya nunca volvería a ser «sólo Michael».

De todos modos, había ensayado mentalmente un millón de veces lo que podría decirle. Pero todas las perogrulladas y explicaciones le parecían bastante inadecuadas en ese momento, en que estaba a punto de tener que decirlas en voz alta.

«Qué alegría verte, Michael», podría decir, simulando que no había ocurrido nada entre ellos.

O, «Tienes que comprender que eso no cambiará nada», aun cuando todo había cambiado.

O podría dejarse guiar por el buen humor y comenzar con algo trivial, por ejemplo, «¿Qué te parece la tontería que hicimos?»

Aunque claro, dudaba que alguno de ellos dos lo hubiera encontrado tonto.

Por lo tanto, aceptó que simplemente tendría que inventarse algo en el momento e improvisar, y entró en el famoso y hermoso salón rosa de Kilmartin.

Él estaba de pie junto a una ventana (¿observando si ella llegaba, tal vez?) y no se volvió cuando entró. Se veía fatigado por el viaje, y tenía la ropa algo arrugada y el pelo revuelto. No habría cabalgado todo el trayecto hasta Escocia, supuso; sólo un tonto o un hombre que persiguiera a alguien hasta Gretna Green haría eso. Pero había viajado con bastante frecuencia con él, por lo que sabía que lo más probable es que hubiera viajado con el cochero en el pescante una buena parte del camino; él siempre había detestado los coches cerrados para los viajes largos, y más de una vez había preferido viajar así aunque lloviznara o lloviera, antes que encerrarse con el resto de los pasajeros.

No lo llamó, aunque podría haberlo hecho. Con su silencio no iba a ganar mucho tiempo; él se volvería a mirarla muy pronto. Pero por el momento sólo deseaba tomarse el tiempo para acostumbrarse a su presencia, para comprobar que tenía la respiración controlada, que no iba a hacer algo realmente estúpido, como echarse a llorar, o a reír, con una risa nerviosa y tonta.

—Francesca —dijo él sin volverse.

Había percibido su presencia, entonces. Se le abrieron más los ojos, aunque eso no debería sorprenderla. Desde que estuvo en el ejército, él tenía una capacidad casi felina para percibir su entorno. Probablemente eso lo mantuvo vivo durante la guerra. Al parecer, nadie podía atacarlo por detrás.

—Sí —dijo, y luego, pensando que debía decir algo más, añadió—: Espero que hayas tenido un agradable viaje.

—Muy agradable —dijo él, volviéndose.

Ella tragó saliva, tratando de no fijarse en lo guapo que era. Prácticamente la había dejado sin aliento en Londres, pero ahí se veía distinto. Más fiero, más primitivo.

Mucho más peligroso para su alma.

—¿Ha ocurrido algo en Londres? —preguntó, con la esperanza de que su visita tuviera algún motivo práctico.

Porque si no lo había, quería decir que había venido por ella, y eso la asustaba de muerte.

—No ha ocurrido nada —contestó él—, aunque sí traigo una noticia.

Ella ladeó la cabeza, esperando que continuara.

—Tu hermano se ha comprometido en matrimonio.

—¿Colin? —exclamó sorprendida.

Su hermano estaba tan comprometido con su vida de soltero que no le extrañaría si él le dijera que era su hermano menor Gregory, aun cuando era casi diez años menor que Colin.

Michael asintió.

—Con Penelope Featherington.

—¡Con Penel...! Ah, caramba, eso sí que es una sorpresa. Pero maravillosa, he de decir. Creo que ella le conviene tremendamente.

Michael avanzó un paso hacia ella, con las manos cogidas a la espalda.

—Pensé que desearías saberlo.

Y ¿no podía decírselo por carta?, pensó ella.

—Gracias —dijo—, agradezco tu consideración. Hace mucho tiempo que no hay una boda en la familia. Desde...

Se interrumpió, aunque los dos comprendieron que ella estuvo a punto de decir «la mía».

Se hizo el silencio en el salón como un huésped indeseado, que finalmente rompió ella, diciendo:

—Bueno, hace mucho tiempo. Mi madre debe de estar encantada.

—Mucho —confirmó él—. O al menos eso me dijo tu hermano. No tuve la oportunidad de conversar con ella.

Francesca carraspeó para aclararse la garganta y luego trató de fingir que se sentía muy cómoda en esa extraña situación haciendo un gesto despreocupado con la mano.

—¿Te quedarás un tiempo?

—No lo he decidido —repuso él, avanzando otro paso—. Depende.

Ella tragó saliva.

—¿De qué?

Él redujo a la mitad la distancia entre ellos.

—De ti —contestó dulcemente.

Ella entendió qué quería decir, o al menos creyó que lo entendía, pero lo último que deseaba en ese momento era reconocer lo que ocurrió en Londres, de modo que retrocedió un paso, que era lo más que podía hacer sin salir corriendo de la sala, y simuló que no entendía.

—No seas tonto —dijo—. Esta es tu casa. Puedes entrar y salir como te plazca. No tengo ningún control sobre tus actos.

Él esbozó una sonrisa irónica.

—¿Eso es lo que crees? —musitó.

Y ella vio que había vuelto a reducir la distancia a la mitad.

—Ordenaré que te preparen una habitación —se apresuró a decir—. ¿Cuál quieres?

—No me importa.

—El dormitorio del conde, entonces —dijo ella, muy consciente de que estaba parloteando—. Es lo correcto. Yo me trasladaré a otra habitación del corredor. O... esto... de otra ala —añadió, tartamudeando.

Él dio otro paso hacia ella.

—Eso podría no ser necesario.

Al oír eso, agrandó los ojos. ¿Qué quería sugerir? Seguro que no se creería que un solo beso en Londres le daba permiso para pasar por la puerta que comunicaba los dormitorios del conde y la condesa.

—Cierra la puerta —dijo él, haciendo un gesto hacia la puerta abierta detrás de ella.

Ella miró hacia atrás, aun sabiendo qué vería.

—No sé si...

—Yo sí. Ciérrala —añadió, con una voz que era terciopelo sobre acero.

Ella la cerró. Estaba bastante segura de que eso no era conveniente, pero la cerró de todos modos. Lo que fuera que él quisiera decirle, no le importaba que lo oyeran todos los criados.

Pero cuando soltó el pomo, pasó junto a él y se adentró en el salón, poniendo una distancia más cómoda, y un tresillo entero, entre ellos.

A él pareció divertirle eso, pero no se burló; simplemente dijo:

—He pensado muchísimo las cosas desde que te marchaste de Londres.

Igual que ella, pero no le veía sentido decirlo.

—No era mi intención besarte —continuó él.

—¡No! —exclamó ella, demasiado fuerte—. Es decir, no, claro que no.

—Pero ahora que te he... que nos hemos...

Ella se encogió ante su empleo del plural. O sea, que no le iba a permitir fingir que no había sido una participante bien dispuesta.

—Ahora que está hecho, sin duda entiendes que todo ha cambiado.

Entonces ella lo miró; había estado mirando resueltamente las flores de lis rosa y crema del tapiz de damasco del sofá.

—Por supuesto —dijo, tratando de desentenderse de la opresión que comenzaba a sentir en la garganta.

Él cerró las manos sobre el borde de caoba de un sillón Hepplewhite. Francesca le miró las manos; se le habían puesto blancos los nudillos.

Estaba nervioso, comprendió, sorprendida. No había esperado eso. No sabía si alguna vez lo había visto nervioso. Siempre era un modelo de elegancia, de tranquilidad, de sereno encanto, y parecía tener en la punta de la lengua alguna broma ingeniosa o perversa.

Pero en ese momento estaba distinto; despojado de su máscara. Nervioso. Eso la hacía sentirse..., no mejor exactamente sino tal vez..., no la única persona tonta que estaba en el salón.

—He pensado muchísimo las cosas —dijo él.

Bueno, se estaba repitiendo y eso sí que era extraño.

—Y he llegado a una conclusión que me sorprendió incluso a mí —continuó él—, aunque ahora que he llegado a ella, estoy convencido que es lo mejor que se puede hacer.

Con cada palabra de él, ella se iba sintiendo más dueña de sí misma, menos incómoda. Y no era que deseara que él se sintiera mal, bueno tal vez sí; era lo justo, después de cómo había pasado ella esa semana. Pero encontraba un cierto alivio al saber que la incomodidad o violencia no era unilateral; que él había estado tan perturbado y estremecido como ella.

O si no, por lo menos no había estado indiferente.

Él se aclaró la garganta y levantó ligeramente el mentón, enderezando el cuello. Y de repente sus ojos se clavaron en los de ella con un brillo extrordinario.

—Creo que deberíamos casarnos —dijo.

¿Qué? Lo miró boquiabierta. ¿Qué? Entonces lo dijo:

—¿Qué?

No dijo «Perdona, no he entendido», y ni siquiera «¿Perdón?». Simplemente dijo: «¿Qué?»

—Si escuchas mis argumentos, verás que tienen lógica.

—¿Estás loco?

Él se echó ligeramente hacia atrás.

—No, en absoluto.

—No puedo casarme contigo, Michael.

—¿Por qué no?

¿Por qué no? Porque... porque...

—¡Porque no puedo! —exclamó—. Por el amor de Dios, tú, justamente tú, deberías entender lo demencial que es esa sugerencia.

—Reconozco que en una primera reflexión parece descabellada, pero si escuchas mis argumentos, verás lo sensato que es.

Ella volvió a mirarlo boquiabierta.

—¿Cómo puede ser sensato? ¡No se me ocurre nada que pueda ser más insensato!

—No tendrás que mudarte de casa —dijo él, comenzando a contar con los dedos—, y conservarás tu título y posición.

Convenientes las dos cosas, pero no motivo suficiente para casarse con Michael, que... bueno... era Michael.

—Podrás entrar en el matrimonio sabiendo que se te tratará con cariño y respeto —continuó él—. Podría llevarte algunos meses llegar a la misma conclusión con otro hombre, e incluso entonces, ¿podrías estar segura? Después de todo, las primeras impresiones pueden ser engañosas.

Ella le escrutó la cara, tratando de ver si había algo, cualquier cosa, detrás de sus palabras. Tenía que tener algún motivo para decir eso, porque ella no lograba entender que él le estuviera proponiendo matrimonio. Era una locura. Era...

Buen Dios, no sabía qué era. ¿Existiría una palabra para definir algo que hacía que el suelo bajo sus pies desapareciera?

—Te daré hijos —dijo él dulcemente—. O al menos lo intentaré.

Ella se ruborizó. Lo notó al instante, le ardían las mejillas, tenían que estar de un rojo subido. No quería imaginarse en la cama con él. Se había pasado toda esa semana desesperada intentando no imaginárselo.

—¿Qué ganarás tú? —le preguntó en un susurro.

Él pareció sorprendido por la pregunta, pero se recuperó enseguida.

—Tendré una esposa que ha administrado mis propiedades durante años. Y no soy tan orgulloso que no quiera aprovechar tu conocimiento superior.

Ella asintió. Sólo una vez, pero bastó como señal para que él continuara:

—Ya te conozco y confío en ti. Y estoy seguro sabiendo que no te desviarás.

—No puedo pensar en esto ahora —dijo ella, cubriéndose la cara con las manos.

Le giraba la cabeza y tenía la horrible sensación de que no se recuperaría de eso jamás.

—Tiene lógica —dijo Michael—. Sólo tienes que considerar...

—No —dijo ella, desesperada por encontrar un tono resuelto—. No resultaría. Lo sabes. —Le dio la espalda, pues no quería mirarlo—. No puedo creer que hayas considerado...

—Yo tampoco lo creía cuando me vino la idea —admitió él—. Pero una vez que la tuve, no pude dejar de pensar en ella y pronto comprendí que tiene perfecta lógica.

Ella se presionó las sienes. Por Dios, ¿por qué seguía perorando de lógica? Si volvía a decir esa palabra una sola vez más, chillaría.

Y ¿cómo podía estar tan tranquilo? No sabía cómo creía que debía actuar él; ciertamente nunca se había imaginado ese momento. Pero la fastidiaba algo de su sosa recitación de una proposición. Estaba tan frío, tan tranquilo. Un poco nervioso, tal vez, pero sin emoción; no tenía comprometidas sus emociones.

Mientras que ella se sentía como si su mundo se hubiera salido de su eje.

No era justo.

Y en ese momento al menos, lo odió por hacerla sentirse así.

—Subiré a mi habitación —dijo bruscamente—. Mañana por la mañana tendré que hablar contigo acerca de esto.

Y casi lo consiguió. Ya iba a más de medio camino hacia la puerta cuando sintió su mano en el brazo, suave pero sujetándola con implacable firmeza.

—Espera —dijo él, y ella no pudo moverse.

—¿Qué quieres? —musitó.

No lo estaba mirando pero veía su cara en la mente, veía su pelo negro medianoche caído sobre la frente, sus ojos de párpados entornados, enmarcados por pestañas tan largas que podían hacer llorar de envidia a un ángel.

Y sus labios. Principalmente veía sus labios, perfectos, bellamente modelados, siempre curvados en esa expresión pícara de él, como si supiera cosas, como si entendiera el mundo de una manera que no podrían entenderlo nunca mortales más inocentes.

Él le subió la mano por el brazo hasta los hombros y se la deslizó suavemente, como una caricia de pluma, por el lado del cuello.

Y entonces habló, diciéndole con una voz grave y ronca que le llegó hasta el fondo de su ser:

—¿No deseas otro beso?

# Capítulo 17

*... sí, por supuesto. Francesca es una maravilla. Pero eso tú ya
lo sabías, ¿no?*

*De una carta de Helen Stirling a su hijo, el conde de Kilmartin,
dos años y nueve meses después de su marcha a India.*

*M*ichael no habría sabido decir en qué momento se le hizo evidente que tendría que seducirla. Había intentado convencerla apelando a su innato sentido práctico y juicio, sin resultado.

No podía recurrir a la emoción, porque eso era unilateral, sólo por parte de él.

Así pues, tendría que recurrir a la pasión.

La deseaba, ay Dios, cuánto la deseaba, y con una intensidad que nunca se había imaginado antes de besarla hacía una semana en Londres. Pero aun cuando la sangre le corría alborotada por el deseo y la necesidad y, sí, por el amor, su mente discurría con agudeza y cálculo; sabía que si quería atarla a él, debía hacerlo así; tenía que persuadirla de ser suya de una manera en que ella no pudiera negarse. Debía dejar de intentar convencerla con palabras, pensamientos e ideas. Ella intentaría salir de la situación con palabras, simulando que no había implicado ningún sentimiento.

Pero si la hacía suya, si dejaba su marca en ella de la manera más física posible, estaría para siempre siempre con él.

Y ella sería suya.

Ella se desprendió de su mano y, girándose, retrocedió hasta dejar unos cuantos pasos de distancia entre ellos.

—¿No quieres otro beso, Francesca? —musitó, avanzando hacia ella con agilidad felina.

—Fue un error —musitó ella, con la voz trémula.

Retrocedió otro paso y tuvo que detenerse porque chocó con el borde de una mesa.

—No si nos casamos —dijo él, acercándosele.

—No puedo casarme contigo, lo sabes.

Él le cogió la mano y se la acarició suavemente con el pulgar.

—Y eso ¿por qué?

—Porque yo... tú... eres tú.

—Cierto —dijo él, llevándose la mano de ella a la boca y besándole la palma. Luego deslizó la lengua por su muñeca, simplemente porque podía—. Y por primera vez en mucho, mucho tiempo —añadió, mirándola a través de las pestañas—, ya no hay ningún otro que yo quiera ser.

—Michael —susurró ella, arqueándose hacia atrás.

Lo deseaba, comprendió él. Lo notaba en su respiración.

—¿Michael no o Michael sí? —musitó, besándole el interior del codo.

—No lo sé —gimió ella.

—Muy justo.

Fue subiendo los labios hasta mordisquearle suavemente el mentón, hasta que ella no tuvo otra opción que echar atrás la cabeza. Y él no tuvo otra opción que besarle el cuello.

Continuó besándola, deslizando los labios lenta y concienzudamente, sin dejar ni una pulgada de su piel libre del asalto sensual. Subió la boca por el contorno de la mandíbula, le mordisqueó el lóbulo de la oreja y de allí bajó hasta el borde del escote, que cogió entre los dientes. La oyó ahogar una exclamación, pero no le dijo que parara, por lo que fue bajando y bajando el corpiño hasta que quedó libre un pecho.

Dios santo, cuánto le gustaba esa nueva moda femenina.

—¿Michael? —susurró ella.

—Chss.

No quería tener que contestar ninguna pregunta; no quería que ella pudiera pensar como para hacer una pregunta.

Deslizó la lengua por debajo del pecho, saboreando el aroma salado y dulce de su piel y luego ahuecó la mano en él. Había ahuecado la mano ahí por encima del vestido aquella vez que se besaron, y encontró que eso era el cielo, pero no era nada comparado con la sensación de su pecho cálido y desnudo en su mano.

—Oooh —gimió ella—. Ooh...

Él le sopló suavemente el pezón.

—¿Puedo besarte? —le preguntó, mirándola.

Eso era un riesgo, esperar su respuesta. Tal vez no debería haberle hecho esa pregunta, pero aunque toda su intención era seducirla, no lograba resignarse a hacerlo sin recibir por lo menos una respuesta afirmativa suya.

—¿Puedo? —repitió, y endulzó la petición lamiéndole ligeramente el pezón.

—¡Sí! —exclamó ella—. Sí, por el amor de Dios, sí.

Él sonrió, una sonrisa larga, lánguida, saboreando el momento. Y luego, dejándola estremecerse de expectación tal vez un segundo más de lo que era justo, se inclinó y se apoderó de su pecho con la boca, derramando años y años de deseo en ese pecho, centrándolo perversamente en ese inocente pezón.

Ella no tenía ni una mínima posibilidad.

—¡Oooh! —exclamó ella, cogiéndose del borde de la mesa para afirmarse y arquear todo el cuerpo—. Ohh. Ohh, Michael. Ohh, Dios mío.

Él aprovechó su pasión para cogerla por las caderas y levantarla hasta dejarla sentada en la mesa, con las piernas separadas para él, y se instaló entre ellas, en esa cuna femenina.

Sintió correr la satisfacción por sus venas, aun cuando su cuerpo gritaba, reclamando su propio placer. Le encantaba poder hacerle eso a ella, hacerla exclamar, gemir y gritar de deseo. Ella era muy fuerte, siempre fría y serena, pero en ese momento era simple y puramente de él, esclavizada por sus necesidades, cautiva de las expertas caricias de él.

Le besó el pecho, le lamió, mordisqueó y tironeó el pezòn. La torturó hasta que creyó que ella iba a estallar. Tenía la respiración agitada y entrecortada, y sus gemidos eran cada vez más incoherentes.

Y mientras tanto él deslizaba las manos por sus piernas, primero cogiéndole los tobillos, luego las pantorrillas, subiéndole más y más la falda y las enaguas, hasta que quedaron arrugadas sobre sus rodillas.

Y sólo entonces se apartó y le permitió tener una insinuación de alivio.

Ella lo estaba mirando con los ojos empañados, los labios rosados y entreabiertos. No dijo nada; él comprendió que era incapaz de decir algo. Pero vio la pregunta en sus ojos. Bien podía estar sin habla, pero aún estaba algo lejos del desquiciamiento total.

—Me pareció que sería cruel torturarte más tiempo —dijo, cogiéndole suavemente el pezón entre el pulgar y el índice.

Ella emitió un gemido.

—Te gusta esto —dijo. Era una afirmación, no una particularmente elegante, pero ella era Francesca, no una mujer anónima a la que iba a dar un revolcón rápido cerrando los ojos e imaginándose su cara. Y cada vez que ella gemía de placer el corazón le vibraba de alegría—. Te gusta —repitió, sonriendo satisfecho.

—Sí —musitó ella—. Sí.

Él se inclinó a rozarle la oreja con los labios.

—Esto también te gustará.

—¿Qué? —preguntó ella, sorprendiéndolo. Había creído que ella estaba tan sumergida en la pasión que no podría hacerle preguntas.

Le subió otro poco las faldas, lo suficiente para que no se deslizaran y cayeran hacia abajo.

—Deseas oírlo, ¿verdad? —musitó, subiendo las manos hasta dejarlas apoyadas en sus rodillas—. Le apretó suavemente los muslos, trazándole círculos con los pulgares—. Quieres saber.

Ella asintió.

Él se le acercó más otra vez, y le rozó suavemente los labios con los suyos, pero dejándose espacio para poder continuar hablando:

—Me hacías muchas preguntas —susurró, deslizando los labios hacia su oreja—. Michael, cuéntame algo pícaro. Cuéntame algo inicuo.

Ella se ruborizó. Él no le vio el rubor, pero lo percibió, sintió en su piel cómo le subía la sangre a las mejillas.

—Pero yo nunca te dije lo que deseabas oír, ¿verdad? —continuó, mordisqueándole suavemente el lóbulo de la oreja—. Siempre te dejaba fuera de la puerta del dormitorio.

Se interrumpió, no porque deseara oír una respuesta sino porque deseaba oírla respirar.

—¿Te quedabas con la curiosidad? —musitó—. ¿Después te quedabas con la curiosidad de saber lo que no te había dicho? —Nuevamente la rozó con los labios, sólo para sentirlos deslizándose por su oreja—. ¿Querías saber lo que hacía cuando me portaba mal?

No le exigiría contestar, eso no sería justo, pero no pudo impedir que su mente retrocediera a esos momentos, a las incontables veces que la atormentaba con insinuaciones respecto a sus proezas sexuales.

Sin embargo, nunca había logrado hablar de eso, aun cuando ella siempre preguntaba.

—¿Quieres que te lo diga? —susurró. Notó que ella se movía ligeramente por la sorpresa y se echó a reír—. No sobre ellas, Francesca. Sobre ti. Sólo de ti.

Ella desvió ligeramente la cara, por lo que sus labios se deslizaron por su mejilla. Se apartó un poco para verle la cara y vio su pregunta claramente en sus ojos.

«¿Qué quieres decir?»

Él deslizó las manos sobre sus muslos, ejerciendo la presión necesaria para separárselos otro poco.

—¿Quieres que te diga lo que voy a hacer ahora? —Se inclinó y le pasó la lengua por el pezón, que ya estaba duro y tenso con el aire frío de la tarde—. ¿A ti?

Ella tragó saliva, convulsivamente. Él decidió interpretar eso como un sí.

—Hay muchas opciones —dijo, con la voz ronca, subiendo otro poco las manos por sus muslos—. No sé muy bien por dónde empezar.

Se detuvo a mirarla un momento. Ella tenía la respiración agitada, rápida, los labios entreabiertos e hinchados por sus besos. Y estaba como atontada, totalmente bajo su hechizo.

Se inclinó nuevamente, hacia la otra oreja, procurando que sus palabras le llegaran ardientes y húmedas hasta el alma:

—Pero creo que debería comenzar por donde me necesitas más. En primer lugar te besaría... —le presionó con los pulgares la blanda piel de la entrepierna— aquí.

Guardó silencio un momento, el suficiente para que ella se estremeciera de deseo.

—¿Te gustaría eso? —continuó, con toda la intención de atormentarla y seducirla—. Sí, veo que sí. Pero eso no sería suficiente, para ninguno de los dos. —Deslizó los pulgares hasta tocarle le hendedura de la entrepierna y los presionó suavemente, para que ella supiera exactamente a qué se refería—. Creo que te gustaría mucho un beso ahí —añadió—, casi tanto —deslizó hacia abajo los pulgares por los bordes, acercándolos más y más a su centro— como un beso en la boca.

Ella estaba respirando más rápido.

—Tendría que estar un buen rato ahí —musitó él—, y tal vez cambiar los labios por la lengua, pasarla por este borde. —Empleó la uña para indicar el lugar—. Y mientras tanto te iría abriendo más y más. ¿Así, tal vez?

Se apartó, para examinar su obra. Lo que vio era pasmosamente erótico. Ella estaba sentada en el borde de la mesa, con las piernas abiertas, aunque no tanto para lo que deseaba hacer. La orilla de la falda le seguía colgando entre los muslos, ocultando su abertura, pero en cierto modo eso la hacía más tentadora. No necesitaba verle eso, no todavía en todo caso. Su posición ya era lo bastante seductora, todavía más por su pecho, todavía desnudo a su vista, con el pezón duro, suplicando más caricias.

Pero nada, nada podría haberle azuzado más el deseo que su cara. Los labios entreabiertos, los ojos oscurecidos a un azul cobalto por la pasión. Cada respiración de ella parecía decirle: «Tómame».

Y eso casi bastó para obligarlo a renunciar a su perversa seducción y enterrarse en ella ahí mismo y en ese instante.

Pero no, tenía que hacerlo lento. Tenía que atormentarla, torturarla, llevarla a las alturas del éxtasis y mantenerla ahí todo el tiempo que pudiera. Tenía que asegurarse de que los dos comprendieran que eso era algo de lo que no podrían prescindir jamás.

De todos modos, eso era difícil; no, era difícil para él, pues estaba tan excitado que le resultaba condenadamente difícil contenerse.

—¿Qué te parece, Francesca? —musitó, apretándole nuevamente los muslos—. Creo que no te hemos abierto mucho, ¿no crees?

Ella emitió un sonido. Él no supo qué era, pero lo encendió.

—Tal vez más de esto —dijo, y se le acercó más hasta que sus piernas quedaron totalmente abiertas.

La falda le quedó tirante sobre los muslos.

—Pst, pst, esto tiene que ser muy incómodo. A ver, déjame que te ayude.

Cogió la orilla del vestido y la tironeó hasta dejarla suelta sobre su cintura. Y esa parte de ella quedó totalmente al descubierto.

Él no la veía todavía, teniendo sus ojos fijos en su cara. Pero saber en qué posición estaba ella los hizo estremecerse a los dos, a él de deseo y a ella de expectación, y él tuvo que enderezar los hombros y acerarlos para conservar su autodominio. Todavía no era el momento. Lo sería, y pronto, seguro; estaba seguro de que se moriría si no la hacía suya esa noche.

Pero por el momento, seguía siendo Francesca. Y lo que él lograra hacerla sentir.

—No tienes frío, ¿verdad? —le susurró con la boca pegada al oído.

Ella sólo contestó con una respiración temblorosa.

Él puso un dedo en su centro femenino y comenzó a acariciárselo.

—Jamás permitiría que sintieras frío. Eso sería muy poco caballeroso. —Comenzó a acariciarla ahí en círculos, ardientes, lentos—. Si estuviéramos al aire libre, te ofrecería mi chaqueta. Pero aquí —le introdujo un dedo, lo suficiente para hacerla ahogar una exclamación—, sólo puedo ofrecerte mi boca.

Ella emitió otro sonido incoherente, que sonó apenas como un gritito ahogado.

—Sí —dijo él, perversamente—, eso es lo que te haría. Te besaría ahí, justo donde sentirías el mayor placer.

Ella no pudo hacer otra cosa que respirar.

—Creo que comenzaría con los labios —continuó él—, pero luego tendría que continuar con la lengua para poder explorarte más en profundidad. —Le introdujo más los dedos para demostrarle lo que pensaba hacer con la lengua—. Más o menos así, creo, pero sería más ardiente. —Le pasó la lengua por el interior de la oreja—. Y más mojado.

—Michael —gimió ella.

Ah, dijo su nombre, y nada más. Estaba acercándose al borde.

—Lo saborearía todo —susurró—. Hasta la última gota de ti. Y entonces, cuando estuviera seguro de que te había explorado totalmente, te abriría más. —Le abrió los pliegues con los dedos, introduciéndolos y abriéndola de la manera más perversa posible, y luego le atormentó la piel con la uña—. Por si me hubiera dejado algún rincón secreto.

—Michael —volvió a gemir ella.

—¿Quién sabe cuánto tiempo te besaría? —susurró él—. Podría no ser capaz de parar. —Movió un poco la cara para poder mordisquearle el cuello—. Podría ser que tú no quisieras que parara. —Le introdujo otro dedo—. ¿Quieres que pare?

Jugaba con fuego cada vez que le hacía una pregunta, cada vez que le daba la oportunidad de decir no. Si estuviera más frío, más calculador, simplemente continuaría con la seducción y la poseería antes que ella comenzara a considerar sus actos. Ella estaría tan inmersa en la oleada de pasión que antes de que se diera cuenta él estaría dentro de ella y sería, por fin e indeleblemente suya.

Pero había algo en él que no le permitía ser tan implacable; ella era Francesca, y necesitaba su aprobación aún cuando esta no fuera otra cosa que un gemido o un gesto de asentimiento. Era probable que después lo lamentara, pero él no quería que pudiera decir, ni siquiera para sí misma, que había sido sin pensarlo, que no había dicho sí.

Necesitaba el sí de ella. La amaba desde hacía tantos años, había soñado tanto tiempo con acariciarla, y ahora que había llegado el momento, simplemente no sabía si podría soportar que ella no lo deseara. El corazón de un hombre se puede romper de muchas maneras, y no sabía si podría sobrevivir a otra rotura más.

—¿Quieres que pare? —repitió.

Esta vez sí paró. No retiró las manos, pero dejó de moverlas; se quedó quieto y le dio tiempo para contestar. Y apartó la cabeza, lo justo para que ella le mirara la cara, o si no eso, lo justo para poder mirarla él.

—No —susurró ella, sin levantar los ojos hacia los de él.

A él le dio un vuelco el corazón.

—Entonces será mejor que haga lo que he dicho —musitó.

Y lo hizo. Se arrodilló y la besó ahí. La besó mientras ella se estremecía; siguió besándola mientras ella gemía. Continuó besándola ahí cuando ella le cogió el pelo y se lo tironeó, y continuó cuando ella le soltó el pelo y movió las manos buscando desesperada un lugar para afirmarse.

La besó de todas las maneras que le había prometido, y continuó hasta que ella casi tuvo su orgasmo.

Casi.

Lo habría hecho, habría continuado, pero no lo consiguió. Tenía que tenerla. Había deseado eso tanto tiempo, había deseado hacerla gritar su nombre y estremecerse de placer en sus brazos... que cuando eso ocurriera, la primera vez al menos, deseaba estar dentro de ella. Deseaba sentirla alrededor de su miembro, y deseaba...

Demonios, simplemente lo deseaba así, y si eso significaba que estaba descontrolado, que así fuera.

Con las manos temblorosas se desabotonó la bragueta de las calzas y liberó su miembro, por fin.

—¿Michael? —musitó ella.

Había estado con los ojos cerrados, pero cuando él se apartó y la soltó, los abrió. Le miró el miembro y agrandó los ojos. No había forma de equivocarse respecto a lo que iba a ocurrir.

—Te necesito —le dijo él, con la voz ronca. Y al ver que ella no hacía otra cosa que mirarlo, repitió—. Te necesito, ahora mismo.

Pero no sobre la mesa. Ni siquiera él tenía ese talento, de modo que la cogió en los brazos, se estremeció de placer cuando ella lo rodeó con las piernas, y la depositó sobre la mullida alfombra. No era una cama, pero no había manera de hacerlo en una cama y, francamente, no creía que eso les importara ni a él ni a ella. Le subió las faldas hasta la cintura, y se echó encima.

Y la penetró.

Había pensado introducirse lentamente, pero ella estaba tan mojada y preparada que simplemente la penetró hasta el fondo, aun cuando ella ahogó una exclamación.

—¿Te ha dolido? —preguntó, en un gruñido.

Ella negó con la cabeza.

—No pares —gimió—, por favor.

—Nunca —prometió él—. Jamás.

Él se movió, y ella se movió debajo de él, y los dos estaban tan excitados que al cabo de un momento los dos llegaron al orgasmo, como un estallido.

Y él, que se había acostado con incontables mujeres, de repente comprendió que hasta ese momento sólo había sido un niño.

Porque jamás había sido así.

Todo lo anterior había sido su cuerpo. Esto era su alma.

# Capítulo 18

*... lo sabía, sí, absolutamente.*

*De una carta de Michael Stirling a su madre, Helen,
tres años después de su llegada a India.*

$L$a mañana siguiente fue la peor que podía recordar Francesca desde hacía un tiempo.

Lo único que deseaba era llorar, pero incluso eso le parecía imposible para ella. Las lágrimas eran para las inocentes, y ese era un adjetivo que no podía volver a emplear nunca más para definirse a sí misma.

Esa mañana se odiaba, se odiaba por haber traicionado a su corazón, haber traicionado hasta su último principio, y todo por un
momento de inicua pasión.

Detestaba haber sentido deseo de un hombre que no fuera John,
y detestaba aún más que ese deseo hubiera superado con creces todo
lo que había sentido con su marido. Su cama de matrimonio había
sido de risas y pasión, pero nada, nada de eso podría haberla preparado para la perversa excitación que sentía cuando Michael le susu-
rraba al oído todas las cosas pícaras que deseaba hacer con ella.

Ni para la explosión que siguió, cuando él cumplió sus promesas.

Detestaba que hubiera ocurrido todo eso, y detestaba que hubiera ocurrido con Michael, porque en cierto modo eso lo hacía tri-
plemente malo.

Y por encima de todo, lo odiaba a él por haberle pedido permiso, porque en cada paso, incluso cuando sus manos la seducían sin piedad, se aseguró de que ella estuviera bien dispuesta, y ahora ella no podía alegar que se había dejado llevar, que había sido impotente ante la fuerza de su pasión.

Y en ese momento, a la mañana siguiente, comprendía que ya no sabía diferenciar entre cobarde y tonta, al menos en lo que se refería a ella.

Estaba claro que era ambas cosas, y muy posiblemente podía añadir el adjetivo «inmadura» a la definición.

Porque lo único que deseaba era huir.

Era capaz de enfrentar las consecuencias de sus actos.

Ciertamente eso era lo que debía hacer.

Pero en lugar de hacer eso, igual que antes, huyó.

En realidad, no podía marcharse de Kilmartin; al fin y al cabo, casi acababa de llegar, y a no ser que estuviera preparada para continuar la huida hasta el norte, pasar por las Órcadas y seguir hasta Noruega, estaba clavada ahí.

Pero sí podía dejar la casa, y eso fue exactamente lo que hizo con las primeras luces del alba, y eso después de su patética actuación de esa noche, cuando salió tambaleante del salón rosa después de sus intimidades con Michael, mascullando frases incoherentes y disculpas, para luego ir a encerrarse en su habitación, de la que no salió el resto de la noche.

No deseaba enfrentarlo todavía.

El cielo sabía que no se creía capaz.

Ella, que siempre se había enorgullecido inmensamente de su sangre fría, de su serenidad, se había convertido en una idiota tartamuda, mascullando tonterías como una loca de atar, aterrada ante la sola idea de enfrentar al hombre que, estaba claro, no podía eludir eternamente.

Pero si lograba eludirlo un día, se decía, eso ya sería algo. Y en cuanto al mañana, bueno, ya se ocuparía del mañana en otro momento. Mañana, tal vez. Por el momento, lo único que deseaba hacer era huir de sus problemas.

El valor, ya estaba totalmente segura, era una virtud muy sobre-valorada.

No sabía adónde quería ir; a cualquier lugar que se pudiera lla-mar «fuera», cualquier lugar donde pudiera decirse que las posibili-dades de encontrarse con Michael eran mínimas.

Y entonces, dado que, como estaba convencida, ningún poder superior se inclinaría a mostrarle benevolencia nunca más, comen-zó a llover, cuando sólo llevaba una hora caminando. Comenzó con una suave llovizna, que no tardó en convertirse en verdadero agua-cero. Se cobijó debajo de la frondosa copa de un árbol y se resignó a esperar ahí que amainara la lluvia. Cuando ya llevaba veinte mi-nutos pasando el peso de un pie a otro, se sentó en el suelo mojado, sin importarle mancharse la ropa.

Puesto que iba a estar ahí un buen rato, bien podía estar cómo-da, ya que no seca ni abrigada.

Y, lógicamente, allí fue donde la encontró Michael dos horas des-pués.

Buen Dios, o sea, que la había buscado. ¿Es que no se podía con-tar con que un hombre se comportara como un canalla cuando era eso lo que se esperaba de él?

—¿Hay espacio para mí ahí? —gritó él, para hacerse oír por en-cima del ruido de la lluvia.

—No para ti y tu caballo —gruñó ella.

—¿Qué has dicho?

—¡No!

Lógicamente él no le hizo caso; puso al caballo debajo del árbol, lo ató flojamente a una rama baja y se apeó de un salto.

—Santo cielo, Francesca —dijo, sin ningún preámbulo—. ¿Qué haces aquí?

—Y buenos días tengas, también —masculló ella.

—¿Tienes una idea del rato que llevo buscándote?

—Todo el tiempo que he estado refugiada debajo de este árbol, me imagino.

Tal vez debería sentirse contenta de que él hubiera venido a res-catarla, y aunque sus temblorosas piernas le exigían saltar al caballo y alejarse, el resto de ella seguía de mal humor y muy dispuesto a llevar la contraria, simplemente por las ganas de llevar la contraria.

Nada pone a una mujer de peor ánimo que una buena paliza de desprecio por sí misma.

Aunque, pensó, bastante irritada, él tenía su parte de culpa en el desastre de esa noche. Y si suponía que toda su letanía de aterrados «Lo siento» de después del desastre significaban que lo eximía de culpa, estaba muy equivocado.

—Vamos, entonces —dijo él enérgicamente, haciendo un gesto hacia el caballo.

Ella no lo miró a la cara, mantuvo la mirada fija en su hombro.

—La lluvia está amainando.

—En China, tal vez.

—Estoy muy bien —mintió ella.

—Vamos, Francesca, por el amor de Dios —dijo él, en tono abrupto—, ódiame todo que quieras, pero no seas idiota.

—Es demasiado tarde para eso —musitó ella en voz baja.

—Es posible —convino él, lo que demostraba que tenía un oído fastidiosamente bueno—, pero tengo un frío terrible y deseo estar en la casa. Cree lo que quieras, pero en este momento siento mucho más deseo de beber una taza de té de lo que te deseo a ti.

Y eso debería haberla tranquilizado, pero lo único que deseó fue arrojarle una piedra a la cabeza.

Pero entonces, tal vez sólo para demostrar que su alma no iba en busca de un lugar calentito, la lluvia amainó, no del todo, pero lo suficiente para darle un cariz de verdad a su mentira.

—El sol no tardará en salir —dijo, haciendo un amplio gesto hacia la llovizna.

—Y ¿piensas quedarte en el campo seis horas hasta que se seque tu vestido? —preguntó él arrastrando la voz—. ¿O prefieres una fiebre pulmonar prolongada?

Entonces ella lo miró a los ojos.

—Eres un hombre horrendo.

—Vamos —rió él—, esa es la primera cosa veraz que has dicho esta mañana.

—¿Es posible que no entiendas que deseo estar sola? —replicó ella.

—¿Es posible que tú no entiendas que no deseo que te mueras de neumonía? Sube al caballo, Francesca —ordenó, en el tono que ella imaginaba que él empleaba con sus soldados en Francia—. Cuando estemos en casa te puedes sentir libre para encerrarte en tu habitación dos semanas completas si se te antoja, pero ahora, ¿no podemos escaparnos de la lluvia?

Era tentador, claro, pero más que eso, era horrorosamente irritante, porque lo que él decía no era otra cosa que de sentido común, y lo último que deseaba ella era que él tuviera razón en algo. Sobre todo porque tenía la deprimente sensación de que necesitaría más de dos semanas para dejar atrás lo ocurrido esa noche.

Necesitaría toda una vida.

—Michael —dijo, con la esperanza de apelar a alguna parte de él que se apiadara de las mujeres patéticas y temblorosas—. No puedo estar contigo en estos momentos.

—¿Durante una cabalgada de veinte minutos? —ladró él.

Y antes que ella tuviera la presencia de ánimo para gritar irritada, él la puso de pie de un tirón, la levantó en vilo y la montó en el caballo.

—¡Michael! —gritó.

—Por desgracia no lo has dicho en el tono que te oí anoche —dijo él, sarcástico.

Ella lo golpeó.

—Eso me lo merezco —dijo él, montando detrás de ella, y luego moviéndose diabólicamente hasta que ella se vio obligada, por la forma de la silla, a quedar parcialmente montada en su regazo—, pero no tanto como tú te mereces unos buenos azotes por tu estupidez.

Ella ahogó una exclamación.

—Si querías que me arrodillara a tus pies suplicando tu perdón —continuó él, con los labios escandalosamente cerca de su oído—, no deberías haberte portado como una idiota saliendo a la lluvia.

—No estaba lloviendo cuando salí —repuso ella, como una niñita, y se le escapó un «¡Oh!» de sorpresa cuando él azuzó al caballo y lo puso en marcha.

Entonces, claro, deseó tener algo distinto a los muslos de él para mantener el equilibrio.

O que él no la sujetara tan firme con el brazo, ni lo pusiera tan alto sobre su caja torácica. Buen Dios, sus pechos iban prácticamente apoyados en su antebrazo.

Eso sin tomar en cuenta que iba sentada entre sus muslos, con el trasero presionándole...

Bueno, por lo menos la lluvia servía para algo. Él tenía que estar tiritando de frío, lo cual podría ayudar muchísimo a su imaginación a mantener controlado su traicionero cuerpo.

Pero claro, esa noche lo había visto, visto a Michael de una manera que jamás se imaginó que lo vería, en toda su espléndida gloria masculina.

Y eso era lo peor de todo. Esa frase «espléndida gloria masculina» debería ser una broma, para decirla con sarcasmo y una sonrisa ladinamente perversa.

Pero a Michael le sentaba a la perfección.

Él sentaba a la perfección.

Y ella había perdido hasta el último vestigio de cordura que le quedaba.

Cabalgaban en silencio, o si no exactamente en silencio, al menos no hablaban. Pero había otros sonidos, mucho más peligrosos y amedrentadores. Ella iba totalmente consciente de cada respiración de él; la sentía pasar suave, susurrante por la oreja, y podía jurar que sentía los latidos de su corazón en la espalda. Además...

—Maldición —exclamó él.

—¿Qué pasa? —preguntó ella, tratando de girarse para verle la cara.

—Felix va cojeando —masculló él, saltando al suelo.

—¿Está muy mal? —preguntó ella, aceptando la mano que él le ofrecía en silencio para desmontar.

—Se pondrá bien —contestó él, arrodillándose a examinarle la pata izquierda delantera al castrado. Inmediatamente se le hundieron las rodillas en el barro, estropeándose los pantalones de montar—. Pero no nos puede llevar a los dos. Creo que ni siquiera podría llevarte a ti sola. —Se incorporó y oteó el horizonte, para determinar en qué parte de la propiedad estaban—. Tendremos que buscar cobijo en la antigua casa del jardinero —añadió, quitándose impaciente el pelo mojado de los ojos, que al instante le cayó sobre la frente.

—¿La casa del jardinero? —repitió ella, aunque sabía muy bien a qué se refería.

Era una casa pequeña, de una sola habitación, que estaba deshabitada desde que el actual jardinero se mudó a una casa más grande al otro lado de la propiedad, pues su mujer dio a luz a gemelos.

—¿No podemos irnos a casa? —preguntó algo desesperada.

Lo último que necesitaba era estar a solas con él, atrapada en una acogedora casita que, si no recordaba mal, tenía una cama bastante grande.

—A pie nos llevará más de una hora —dijo él, lúgubremente—, y la tormenta va a empeorar.

Y tenía razón, porras. El cielo había tomado un curioso tinte verdoso y las nubes tenían ese extraño resplandor que suele preceder a una tormenta de exquisita violencia.

—Muy bien —dijo, tratando de tragarse la aprensión.

No sabía qué la asustaba más, si estar clavada en un lugar bajo una tormenta o estar atrapada con Michael en una casa de una sola habitación.

—Si corremos podemos llegar ahí en unos minutos. O, mejor dicho, tú puedes correr. Yo tendré que llevar a Felix. No sé cuánto le llevará hacer el trayecto.

Francesca se giró a mirarlo con los ojos entrecerrados.

—No has hecho esto a propósito, ¿verdad?

Él se volvió hacia ella con una expresión atronadora, igualada de una manera terrible por el relámpago que atravesó el cielo.

—Lo siento —se apresuró a decir, lamentando al instante sus palabras. Había ciertas cosas de las que no se podía de ninguna manera, ni por ningún motivo, acusar jamás a un caballero británico, de las cuales, la primera y principal era lesionar intencionadamente a un animal—. Te pido disculpas —añadió, en el momento en que un trueno hizo estremecer la tierra—. De verdad, disculpa.

—¿Sabes llegar hasta allí? —gritó él, para hacerse oír por encima de los truenos.

Ella asintió.

—¿Puedes encender el fuego mientras me esperas?

—Puedo intentarlo.

—Ve, entonces —dijo él secamente—. Corre y caliéntate. Yo no tardaré en llegar.

Ella echó a correr, aunque no sabía muy bien si iba corriendo hacia la casita o huyendo de él.

Y tomando en cuenta que él llegaría ahí pocos minutos después que ella, ¿importaba en realidad?

Pero mientras corría, con las piernas doloridas y los pulmones a punto de reventar, la respuesta a esa pregunta no le parecía terriblemente importante. Se apoderó de ella el dolor del esfuerzo, sólo igualado por los pinchazos de la lluvia en la cara. Pero todo le parecía extrañamente apropiado, como si no se mereciera más.

Y probablemente no se lo merecía, pensó tristemente.


Cuando Michael abrió la puerta de la casa del jardinero, estaba empapado hasta los huesos y tiritaba como un loco. Le había llevado mucho más tiempo del que había creído conducir a Felix hasta la casita, y cuando llegó ahí, se encontró ante la tarea de encontrarle un lugar apropiado para atarlo, puesto que no podía dejarlo expuesto debajo de un árbol con esa tormenta. Finalmente logró improvisar un corral con techo en el lugar que antes ocupara el gallinero, aunque cuando entró en la casa llevaba las manos ensangrentadas y las botas manchadas con el asqueroso estiércol que la lluvia, inexplicablemente, no logró quitarle.

Francesca estaba arrodillada junto al hogar, intentando encender el fuego. A juzgar por lo que farfullaba, no tenía mucho éxito.

—¡Cielo santo! —exclamó al verlo—. ¿Qué te ha pasado?

—Tuve problemas para encontrar un sitio para atar a Felix —explicó con la voz áspera—. He tenido que construirle un refugio.

—¿Con tus manos?

—No tenía otras herramientas —dijo él, encogiéndose de hombros.

Ella miró nerviosa por la ventana.

—¿Estará bien?

—Eso espero —contestó él, sentándose en un taburete de tres patas a quitarse las botas—. No podía darle una palmada en el anca para enviarlo a casa con esa pata lesionada.

—No, claro que no —dijo ella, y entonces apareció en su cara una expresión de horror, y se levantó de un salto, exclamando—: Y ¿tú estarás bien?

Normalmente él habría agradecido su preocupación, pero le habría sido más fácil si supiera de qué hablaba.

—¿A qué te refieres? —preguntó amablemente.

—A la malaria —dijo ella, con cierta urgencia en la voz—. Estás empapado y acabas de tener un ataque. No quiero que te... —Se interrumpió, se aclaró la garganta y enderezó los hombros—. Mi preocupación no significa que me sienta más caritativa contigo que hace una hora, pero no quiero que sufras una recaída.

A él le pasó por la mente la idea de mentir para conquistarse su compasión, pero al final se limitó a decir:

—No funciona así.

—¿Estás seguro?

—Totalmente. Los enfriamientos no producen la enfermedad.

—Ah —dijo ella, y se tomó un momento para asimilar la información—. Bueno, en ese caso... —Apretó los labios de modo desagradable—. Continúa, entonces —concluyó.

Michael le hizo una insolente venia y reanudó la tarea de quitarse las botas; se quitó la segunda con un firme tirón y luego cogió las dos con sumo cuidado por el borde de las cañas y fue a dejarlas cerca de la puerta.

—No las toques —dijo, distraído, caminando hacia el hogar—. Están asquerosas.

—No he logrado encender el fuego —dijo ella, de pie cerca del hogar, con el aspecto de sentirse mal consigo misma—. Lo siento. Creo que no tengo mucha experiencia en eso. Pero encontré leña seca en el rincón —explicó indicando el par de leños que había puesto en el hogar.

Él se acuclilló y se puso a la tarea de encender el fuego; todavía le dolían las manos por los arañazos que se había hecho al limpiar de zarzas el gallinero para darle cobijo a Felix. Le venía bien el dolor en realidad. Aunque fuera poca cosa, de todos modos le daba algo en qué pensar que no fuera la mujer que estaba de pie detrás de él.

Estaba enfadada.

Debería haber esperado eso. Y en realidad lo esperaba, pero lo que no había esperado era lo mucho que eso le hería el orgullo y, con toda sinceridad, el corazón. Ya sabía, lógicamente, que ella no le declararía de repente un amor eterno después de un episodio de loca pasión, pero había sido lo bastante tonto para que una pequeña parte de él hubiera esperado ese resultado de todos modos.

¿Quién habría pensado que después de todos sus años de mala conducta, fuera a resurgir como un tonto romántico?

Pero Francesca entraría finalmente en razón, estaba bastante seguro. Tendría que aceptarlo. Se había comprometido, y muy a fondo, pensó, sintiendo bastante satisfacción. Y si bien no era virgen, eso de todos modos significaba algo para una mujer de principios como Francesca.

A él le correspondía tomar una decisión: ¿esperaba que se le pasara la rabia o la pinchaba y presionaba hasta que ella aceptara lo inevitable de la situación? Seguro que eso último lo dejaría magullado, pero creía que presentaba una mayor posibilidad de éxito.

Si la dejaba en paz, ella pensaría que el problema estaba olvidado, y tal vez encontraría una manera de fingir que no había ocurrido nada.

—¿Lo encendiste? —preguntó ella, desde el otro extremo de la habitación.

Él estuvo unos segundos más soplando una pequeña llamita y exhaló un suspiro de satisfacción cuando varias llamitas comenzaron a lamer los leños.

—Tendré que soplar y atizar un rato más —dijo, girándose a mirarla—. Pero sí, dentro de un momento arderá con fuerza.

—Estupendo —dijo ella. Retrocedió unos pasos hasta que quedó sentada en la cama—. Yo estaré aquí.

Él no pudo evitar una sonrisa al oírla. La casita sólo tenía esa habitación. ¿Dónde creía que podía ir?

—Tú puedes quedarte ahí —continuó ella, en un tono de institutriz antipática.

Él siguió la dirección de su brazo hacia el rincón opuesto.

—¿Sí?

—Creo que es mejor.

—Muy bien —contestó él, encogiéndose de hombros.

—¿Muy bien?

—Muy bien —repitió él y comenzó a quitarse la ropa.

—¿Qué haces? —exclamó ella, arreglándoselas para manifestar horror y altivez al mismo tiempo.

Él sonrió para su adentros, dándole la espalda.

—Te recomiendo que hagas lo mismo —dijo, frunciendo el ceño al ver la mancha de sangre que dejó en la manga de la camisa.

Condenación, tenía las manos hechas un desastre.

—De ninguna manera —dijo ella.

—Ten esto, por favor —dijo él, arrojándole la camisa.

Ella chilló cuando la camisa le cayó en el pecho, y eso le produjo no poca satisfacción a él.

—¡Michael! —exclamó ella, arrojándole la camisa.

—Lo siento —se disculpó él, con la mayor frescura que pudo—. Pensé que te gustaría usarla de toalla para secarte.

—Ponte la camisa —ordenó ella entre dientes.

Él arqueó una ceja, arrogante.

—¿Para congelarme? Aunque no me amenace la malaria, no tengo el menor deseo de coger un catarro. Además, esto no es nada que no hayas visto ya. —Al oírla ahogar una exclamación, añadió—: No, espera. Perdona. No me has visto esta parte. Anoche no logré quitarme nada aparte de los pantalones, ¿verdad?

—Fuera de aquí —dijo ella, furiosa.

Él se echó a reír e hizo un gesto con la cabeza hacia la ventana, que vibraba con el tamborileo de la lluvia sobre el cristal.

—Creo que no, Francesca. Estás clavada conmigo hasta que pase la tormenta, me parece.

Como para confirmar esa puntualización, la casa tembló hasta los cimientos con la fuerza de los truenos.

—Podría convenirte girar la cabeza hacia el otro lado —continuó él en tono amistoso. Y al ver que ella agrandaba ligeramente los ojos, sin comprender, añadió—: Me voy a quitar los pantalones.

Ella emitió un gruñido de horror, pero giró la cabeza.

—Ah, y quítate de ahí —gritó él, sin dejar de quitarse ropa—. Estás empapando las mantas.

Por un instante pensó que ella iba a plantar más firme el trasero en la cama, sólo para llevarle la contraria, pero debió ganar su sentido común, porque se levantó, sacó la colcha y la agitó para que cayeran las gotas que había dejado.

Él caminó hasta la cama; le bastaron cuatro pasos largos, y sacó la manta, para cubrirse. No era tan grande como la colcha que tenía ella, pero le iría bien.

—Estoy cubierto —avisó, cuando ya había vuelto a su rincón cerca del hogar.

Ella giró la cabeza, lentamente y solo con un ojo abierto.

Michael resistió la tentación de mover la cabeza de lado a lado. La verdad, todo eso lo encontraba exagerado, dado lo ocurrido la noche anterior. Pero si la hacía sentirse mejor aferrarse a los vestigios de su virtud de doncella, él estaba dispuesto a permitírselo, al menos el resto de la mañana.

—Estás tiritando —le dijo.

—Tengo frío.

—Cómo no vas a tener frío. Tienes el vestido empapado.

Ella no dijo nada; simplemente lo miró con una expresión que decía que no pensaba quitarse la ropa.

—Haz lo que quieras, pero ven a sentarte cerca del fuego.

Ella pareció vacilar.

—Por el amor de Dios, Francesca —dijo él, con la paciencia casi agotada—. Te juro que no te voy a violar. Al menos no esta mañana ni sin tu permiso.

Curiosamente, eso le hizo arder las mejillas a ella, con más ferocidad aún, pero todavía debía tenerle cierta consideración a él y a su palabra, porque fue a sentarse en el suelo cerca del hogar.

—¿Sientes más calor ahora? —le preguntó, simplemente para provocarla.

—Sí.

Él dedicó los minutos siguientes a atizar y soplar el fuego, vigilando que las llamas no se apagaran, y de tanto en tanto le miraba disimuladamente el perfil. Pasado un rato, cuando vio que ya se le había suavizado un poco la expresión, decidió probar suerte y le dijo, en tono bastante amable.

—Al final no me contestaste anoche.

Ella no se giró a mirarlo.

—¿A qué?

—Creo que te pedí que te casaras conmigo.

—No, no me lo pediste —contestó ella, con la voz bastante tranquila—. Me informaste que creías que deberíamos casarnos y luego me explicaste por qué.

—¿Sí? —musitó él—. Qué descuidado soy.

—No interpretes eso como una invitación a hacerme la proposición ahora —dijo ella secamente.

—Y ¿me vas a hacer desperdiciar este momento tan romántico? —dijo él arrastrando la voz.

No pudo estar seguro, pero creyó ver que ella estiraba los labios en una insinuación de sonrisa reprimida.

—Muy bien —dijo, en tono muy magnánimo—. No te pediré que te cases conmigo. Olvidaré que un caballero insistiría después de lo que ocurrió...

—Si fueras un caballero no habría ocurrido —interrumpió ella.

—Éramos dos, Francesca —dijo él amablemente.

—Lo sé —repuso ella, con tanta amargura que él lamentó haberla provocado.

Por desgracia, al tomar la decisión de no continuar acosándola, se quedó sin nada que decir; eso no hablaba en favor de él, pero así era. Así que se quedó callado, arrebujándose más la manta de lana alrededor del cuerpo, y mirándola disimuladamente de tanto en tanto, tratando de determinar si se estaría enfriando demasiado.

Pero se mordió la lengua, aunque de mala gana, para respetar sus sentimientos, aunque si estuviera poniendo en peligro su salud... bueno, eso lo anularía todo.

Pero no estaba tiritando y tampoco mostraba ningún signo de que sintiera un frío excesivo, aparte de la forma como tenía levantadas varias partes de la falda cerca del fuego, intentando inútilmente que se secara la tela. De tanto en tanto daba la impresión de que iba a hablar, pero luego cerraba la boca, mojándose los labios y exhalando suaves suspiros.

Y entonces, sin siquiera mirarlo, dijo:

—Lo consideraré.

Él arqueó una ceja, esperando que continuara.

—Lo de casarme contigo —aclaró ella, sin dejar de mirar fijamente el fuego—. Pero no te daré la respuesta ahora.

—Podrías estar embarazada —dijo él en voz baja.

—Eso lo sé muy bien. —Se rodeó las rodillas dobladas con los brazos—. Te daré la respuesta cuando tenga esa respuesta.

Michael se enterró las uñas en las palmas. Le había hecho el amor en parte para forzarle la mano, no podía pasar por alto ese desagradable hecho, pero no con la intención de dejarla embarazada. Su intención había sido atarla a él con la pasión, no con un embarazo no planeado.

Y ahora ella le decía, en esencia, que solamente se casaría con él por el bien de un bebé.

—Comprendo —dijo, pensando que la voz le salía muy tranquila, si tenía en cuenta la oleada de furia que le corría por las venas. Furia que tal vez no tenía derecho a sentir, pero la sentía de todas maneras, y no era tan caballero como para no hacerle caso—. Entonces es una lástima que haya prometido no violarte esta mañana —dijo en tono peligroso, sin poder resistirse a esbozar su sonrisa felina.

Ella giró la cabeza para mirarlo.

—Podría..., ¿cómo se dice? —continuó él, rascándose ligeramente el contorno de la mandíbula—, sellar el trato. O por lo menos disfrutar inmensamente intentándolo.

—Michael...

—Pero qué bien para mí que, según mi reloj —se interrumpió sacando el reloj del bolsillo de la chaqueta que había dejado sobre la mesa—, sólo faltan cinco minutos para el mediodía.

—No lo harías —susurró ella.

Él no estaba de buen humor, pero sonrió de todas maneras.

—Me dejas pocas opciones.

—¿Por qué?

Él no supo qué le preguntaba, pero de todos modos contestó, con la única verdad de la que no podía escapar:

—Porque tengo que hacerlo.

Ella agrandó los ojos.

—¿Me das un beso, Francesca?

Ella negó con la cabeza.

Estaba más o menos a yarda y media de distancia, y los dos estaban sentados en el suelo. Se le acercó arrastrándose, y el corazón se le aceleró al ver que ella no se alejaba.

—¿Me permites que te bese? —musitó.

Ella no se movió.

Se le acercó más.

—Te dije que no te seduciría sin tu permiso —dijo, con la voz ronca, con los labios a sólo unos dedos de los de ella—. ¿Me besas, Francesca? —repitió.

Ella se movió hacia él.

Y él supo que era suya.

# Capítulo *19*

*... creo que Michael podría estar pensando en volver a casa. No lo dice así, francamente, en sus cartas, pero no puedo descartar la intuición de una madre. Sé que no debo animarlo a dejar atrás todos sus éxitos en India, pero creo que nos echa de menos. Sería maravilloso tenerlo en casa, ¿verdad?*

*De una carta de Helen Stirling a la condesa de Kilmartin, nueve meses antes del regreso del conde de Kilmartin de India.*

Cuando sintió sus labios en los suyos, Francesca sólo pudo pensar que había perdido la cordura. Nuevamente Michael le había pedido permiso. Nuevamente le había dado la oportunidad de apartarse, de rechazarlo y mantenerse a una distancia prudente.

Pero otra vez su mente estaba esclavizada por su cuerpo, y simplemente no tenía la fuerza para impedir la aceleración de su respiración ni los retumbos del corazón.

Ni el ardiente hormigueo de expectación que sintió cuando sus manos grandes y fuertes bajaron por su cuerpo, acercándose poco a poco al centro de su feminidad.

—Michael —musitó, pero los dos sabían que su súplica no era de rechazo.

No le pedía que parara, le suplicaba que continuara, que le llenara el alma como lo hiciera esa noche pasada, que le recordara todos los motivos de que le encantara ser mujer, y le enseñara la embriagadora dicha de su propia capacidad sensual.

—Mmm —murmuró él.

Tenía las manos ocupadas en soltarle los botones del vestido, y aunque la tela estaba mojada y eso le hacía difícil la tarea, la desvistió en tiempo récord, dejándola solamente con la delgada camisola de algodón, que el agua de lluvia le pegaba al cuerpo y la hacía casi transparente.

—Qué hermosa eres —musitó, mirándole los contornos de los pechos, claramente definidos bajo la tela de algodón—. No puedo... No...

No dijo nada más, por lo que ella le miró la cara, desconcertada. Esas no eran simples palabras para él, comprendió, sorprendida; se le movía la nuez del cuello, con una emoción que ella nunca se imaginó que vería en él.

—¿Michael? —susurró.

El nombre le salió como para hacer una pregunta, aunque no sabía qué quería preguntarle. Y él, estaba bastante segura, no sabría qué contestarle; al menos con palabras. La levantó en los brazos y la llevó hasta la cama; allí se detuvo para quitarle la camisola.

Ahora podía parar, se dijo ella; podía ponerle fin a eso. Michael la deseaba, terriblemente, eso ella lo veía, su deseo era muy visible. Pero pararía si ella se lo decía.

Pero no pudo. Por mucho que su cerebro le presentara razones para aclararle los pensamientos, sus labios no podían hacer otra cosa que acercarse a los de él, esperando otro beso, ansiosos por prolongar el contacto.

Deseaba eso. Lo deseaba a él. Aun sabiendo que estaba mal, era tan mala que no podía parar.

Él la hacía perversa.

Y deseaba deleitarse en eso.

—No —dijo, y la palabra le salió de la boca con torpe brusquedad.

Él dejó las manos quietas.

—Yo lo haré —dijo ella.

Él la miró a los ojos y a ella le pareció que se ahogaba en esas profundidades color mercurio. Vio cien preguntas en esos ojos, ninguna de las cuales estaba preparada para contestar. Pero sí sabía una cosa, aun cuando no pudiera expresarlo en voz alta. Si iba a hacerlo, si era incapaz de negarse la satisfacción de su deseo, por Dios que lo haría de todas las maneras posibles. Tomaría lo que deseaba, robaría lo que necesitaba, y al terminar el día, si lograba recuperar la razón y poner fin a esa locura, habría tenido una tarde erótica, una relación sexual pasmosa, crepitante, durante la cual ella estaría al mando.

Él había despertado a la lujuriosa que dormía dentro de ella, y deseaba cobrarse su venganza.

Poniéndole una mano en el pecho lo empujó haciéndolo caer de espaldas en la cama, y él la miró incrédulo, con los ojos ardientes y los labios entreabiertos de deseo.

Entonces retrocedió un paso, bajó las manos y delicadamente se cogió el borde de la camisola.

—¿Quieres que me la quite?

Él asintió.

—Dilo.

Quería saber si él era capaz de hablar; quería saber si ella era capaz de volverlo loco, hacerlo esclavo de su deseo, tal como había hecho él con ella.

—Sí —dijo él, con la voz ronca, ahogada.

Ella no era ninguna inocente; había estado casada dos años con un hombre de deseos sanos y vigorosos, un hombre que le había enseñado a celebrar eso mismo en ella. Sabía ser descarada, desenfadada, sabía la manera de estimular su deseo, pero nada podría haberla preparado para la carga eléctrica que pasaba por ella en ese momento, para la fascinación de desnudarse para Michael.

Ni para la pasmosa oleada de excitación que sintió cuando levantó la vista hacia su cara y lo vio observándola.

Eso era poder.

Y le encantaba.

Con un movimiento lento a posta, se subió la orilla de la camisola justo hasta encima de las rodillas, y poco a poco la fue subiendo por los muslos hasta que casi le llegó a las caderas.

—¿Hasta aquí? —bromeó, mojándose los labios y esbozando una seductora media sonrisa.

Él negó con la cabeza.

—Más —exigió.

¿Exigió? Eso lo le gustó.

—Suplícamelo.

—Más —dijo él en tono más humilde.

Ella asintió aprobadora, pero justo antes de dejarle ver el triángulo de vello púbico, se dio media vuelta, subió la camisola por las nalgas y continuó hacia arriba hasta sacársela por la cabeza.

Él tenía la respiración agitada, fuerte, jadeante; ella oía el sonido del aliento al salir por sus labios y casi sentía que le acariciaba la espalda. Pero no se giró. Emitiendo un largo y seductor gemido, subió suavemente las manos por sus costados, siguiendo las curvas de las caderas y, al llegar a la altura de los pechos, las deslizó hacia delante. Y entonces, aunque sabía que él no lo veía, se los apretó.

Él adivinaría lo que estaba haciendo.

Y eso lo volvería loco.

Lo sintió moverse en la cama y oyó crujir la madera del armazón de la cama.

—No te muevas —le ordenó.

—Francesca —gimió él.

Su voz sonó más cerca. Debía de estar sentado, a punto de tocarla.

—Acuéstate —le dijo, con suave tono de advertencia.

—Francesca —repitió el, y ella detectó un deje de desesperación en su voz.

Le oyó la respiración agitada; comprendió que no se había movido, que seguía intentando decidir qué hacer.

—Acuéstate —le dijo, por última vez—. Si me deseas.

Al cabo de un segundo de silencio, lo oyó echarse en la cama. Pero también oyó su respiración, que ya sonaba áspera, muy agitada, con un matiz peligroso.

—Así, bien —susurró.

Lo atormentó otro poco, deslizando suavemente las manos por su cuerpo, rozándose la piel con las uñas, sintiendo que se le ponía la carne de gallina.

—Mmm —gimió, haciendo el sonido seductor—. Mmm.

—Francesca...

Ella se pasó las manos por el vientre y las bajó, sin llegar a tocarse ahí (no sabía si era tan perversa como para hacer eso), sólo lo suficiente para cubrirse el pubis, dejándolo en la ignorancia, sólo imaginándose qué podría estar haciendo ella con los dedos.

—Mmm —murmuró otra vez—. Oohhh.

Él emitió un sonido gutural, primitivo, sólo un sonido. Estaba llegando al punto de ruptura; no podría atormentarlo más.

Lo miró por encima del hombro, mojándose los labios.

—Deberías quitarte eso —dijo al ver los calzoncillos que le cubrían sus partes. No se había desvestido del todo cuando se quitó la ropa mojada y su miembro vibraba y movía la tela—. Parece que no estás muy cómodo —añadió, infundiendo en su voz una insinuación de coqueta inocencia.

Él gruñó algo y prácticamente se arrancó la prenda.

—Ah, caramba —dijo ella.

Aunque dijo eso como una parte de su torturante seducción, descubrió que lo decía muy en serio. Su miembro se veía enorme y potente, y comprendió que estaba metida en un juego peligroso, empujándolo hasta sus límites.

Pero no pudo parar. Se sentía gloriosa en su poder sobre él y de ninguna manera podía parar.

—Muy bonito —ronroneó, mirándole el cuerpo de arriba abajo y deteniendo la mirada en su miembro viril.

—Frannie, basta —dijo él.

Ella lo miró a los ojos.

—Estás a mis órdenes, Michael —dijo, en suave tono autoritario—. Si me deseas, puedes tenerme. Pero yo estoy al mando.

—Fra...

—Esas son mis condiciones.

Él se quedó quieto, hizo un leve gesto de asentimiento, como si se resignara. Pero no se tendió de espaldas; estaba sentado, con el cuerpo ligeramente echado hacia atrás, con las manos apoyadas detrás. Tenía todos los músculos tensos y en sus ojos destellaba una expresión felina, como si estuviera preparado para saltar.

Estaba sencillamente magnífico, pensó ella, estremeciéndose de deseo.

Y a su disposición.

—¿Qué debo hacer ahora? —se preguntó en voz alta.

—Ven aquí —contestó él, con la voz bronca.

—Todavía no —suspiró ella, medio girándose hacia él, dejando el cuerpo de perfil.

Vio cómo él bajaba la mirada a sus pezones endurecidos, vio cómo se le oscurecían los ojos y se lamía los labios. Y notó que ella se tensaba más aún, pues la imagen mental de su lengua sobre ella le hizo pasar otra oleada de excitación por todo el cuerpo.

Se tocó un pecho y curvó la mano por debajo, levantándolo, como si fuera una deliciosa ofrenda.

—¿Es esto lo que deseas? —preguntó, en un susurro.

—Sabes lo que deseo —dijo él, apenas en un ronco gruñido.

—Mmm, sí, pero... ¿y mientras tanto? ¿No son más dulces las cosas cuando nos vemos obligados a esperar?

—No tienes ni idea.

Ella se miró el pecho.

—Me gustaría saber qué ocurriría si... hago esto —dijo, cogiéndose el pezón entre los dedos y moviéndolo, y se le retorció el cuerpo al sentir bajar las vibraciones hasta el centro mismo de su ser.

—Frannie —gimió él.

Ella lo miró, y vio sus labios entreabiertos y sus ojos empañados de deseo.

—Me gusta —dijo, casi sorprendida. Jamás se había tocado así, y ni siquiera se le había ocurrido, hasta ese momento, teniendo a Michael como su cautivado público—. Me gusta —repitió.

Se puso la otra mano en el otro pecho y se tironeó los pezones dándoles placer al mismo tiempo. Luego se levantó los dos pechos, formando con las manos un seductor corsé.

—Ay, Dios —gimió Michael.

—No tenía idea de que podía hacer esto —dijo ella, arqueando la espalda.

—Yo lo puedo hacer mejor —dijo él, en un resuello.

—Mmm, es muy probable —convino ella—. Has practicado mucho, ¿verdad?

Y lo miró con una expresión de estudiada y elegante indiferencia, como si no la incomodara para nada que él hubiera seducido a veintenas de mujeres. Y la extraña verdad era que hasta ese momento había creído que así era.

Pero en ese momento...

Él era suyo. Suyo, para tentarlo, seducirlo y disfrutarlo, y mientras él hiciera exactamente lo que ella deseaba no pensaría en esas otras mujeres. No estaban ahí en la habitación. Sólo estaban ella y Michael, y la chisporroteante excitación que vibraba entre ellos.

Se acercó más a la cama, y le apartó las manos cuando él las alargó hacia ella.

—Si te dejo tocar uno, ¿me harás una promesa?

—Cualquier cosa.

—No cualquier cosa —dijo ella, en tono bastante benévolo—. Puedes hacer lo que yo te permita y nada más.

Él asintió bruscamente.

—Échate.

Él obedeció.

Ella se subió a la cama y se colocó apoyada en las manos y las rodillas, pero sin que sus cuerpos se tocaran por ninguna parte. Adelantó el cuerpo dejándolo suspendido sobre el suyo y le dijo dulcemente:

—Una mano, Michael. Puedes usar una mano.

Emitiendo un gemido que pareció salir como arrancado de su garganta, él le cogió todo el pecho con su enorme mano.

—Ohhh —exclamó, con todo el cuerpo estremecido, apretándole el pecho—. Deja que lo haga con las dos manos, por favor —suplicó.

Ella no pudo resistirse. Ese simple contacto la había convertido en llama pura, y aunque deseaba ejercer poder sobre él, no pudo negarse. Asintiendo, porque era absolutamente incapaz de hablar, arqueó la espalda y de pronto sintió las dos manos en sus pechos, amasando, acariciando, estimulando sus sentidos ya excitados hasta el frenesí.

—La punta —musitó ella—. Haz lo que yo hice.

Él sonrió furtivamente, y ella tuvo la impresión de que ya no estaba tan al mando como pensaba, pero él hizo lo que le ordenó y comenzó a torturarle los pezones con los dedos.

Y tal como le prometió, lo hacía mucho mejor que ella.

Le bajó el cuerpo solo, y ya casi no tenía fuerza para mantenerse apartada.

—Cógemelo con la boca —ordenó, pero la voz ya no sonaba tan autoritaria.

Era una súplica, y los dos lo sabían.

Pero lo deseaba. Ay, cuánto lo deseaba. Con todo su entusiasmo y ardor en la cama, John nunca le había acariciado los pechos de la manera en que lo había hecho Michael la noche anterior. Nunca le había succionado los pechos, nunca le había mostrado cómo los labios y dientes podían hacerle estremecer todo el cuerpo. Ni siquiera sabía que un hombre y una mujer podían hacer algo así.

Pero ya sabiéndolo, no podía dejar de fantasear con eso.

—Baja otro poco —dijo él en voz baja—, si quieres que siga tendido.

En la misma posición, apoyada en las manos y rodillas, ella bajó el cuerpo un poco más, dejando un pecho meciéndose cerca de su boca.

Él no hizo nada, obligándola a bajar más y más, hasta que el pezón quedó rozándole los labios.

—¿Qué deseas, Francesca? —preguntó él, entonces, con la respiración agitada, mojándole el pezón con el aliento.

—Lo sabes.

—Dilo otra vez.

Ya no estaba al mando. Lo sabía, pero no le importaba. La voz de él tenía el deje de autoridad, pero ella ya estaba tan sumergida en la pasión que no pudo hacer otra cosa que obedecer.

—Cógemelo con la boca —repitió.

Él levantó la cabeza y le cogió el pezón entre los labios, y comenzó a succionar y mordisquear obligándola a bajar más el cuerpo hasta que quedó en posición para que él hiciera lo que quisiera. Él continuó las caricias con la boca, torturándola, y ella fue cayendo más y más en su hechizo, perdió la voluntad y la fuerza, y lo único que deseaba era tenderse de espaldas y dejar que él le hiciera lo que fuera que deseaba hacerle.

—Y ¿ahora qué? —preguntó él, amablemente, sin soltarle el pezón—. ¿Más de esto? —Hizo girar la lengua sobre el pezón de una manera particularmente excitante—. ¿U otra cosa?

—Otra cosa —resolló ella, y no supo si lo dijo porque deseaba otra cosa o porque creía que ya no podría soportar un minuto más lo que le estaba haciendo.

—Tú estás al mando —dijo él, y su voz sonó levemente burlona—. Yo estoy a tus órdenes.

—Deseo... deseo...

Tenía la respiración tan agitada que no pudo terminar la frase. O igual fue que no sabía qué deseaba.

—¿Te hago algunas ofertas?

Ella asintió.

Él deslizó un dedo por su vientre hasta su centro femenino.

—Podría acariciarte aquí —dijo, con un pícaro susurro—, o, si lo prefieres, podría besarte ahí.

A ella se le tensó más el cuerpo ante esa idea.

—Pero eso plantea nuevas preguntas —continuó él—. ¿Te tiendes de espalda y me permites que me arrodille entre tus piernas, o continúas arriba y me acercas esa parte a la boca?

—¡Ooh!

No lo sabía. Simplemente no tenía ni idea de que fuera posible hacer esas cosas.

—O —añadió él, pensativo—, podrías cogerme el miembro con la boca. Seguro que a mí me gustaría, aunque, debo decir, realmente que eso no forma parte del juego preliminar.

Francesca se quedó boquiabierta por la sorpresa y no pudo evitar mirarle el miembro, que estaba grande, listo para ella. Había besado ahí a John una o dos veces, cuando se sentía particularmente osada, pero ¿metérselo en la boca?

Eso era demasiado escandaloso, incluso en su actual estado de lujuria.

—No —dijo Michael, sonriendo algo divertido—. En otra ocasión tal vez. Veo que serás una alumna muy aventajada.

Francesca asintió, sin poder creer que prometiera tanto.

—Entonces, por ahora —continuó él—, esas son tus opciones, o...

—¿O qué? —preguntó ella, con la voz apenas un ronco susurro.

Él le puso las manos en las caderas.

—O podríamos pasar directamente al plato principal —dijo, en tono autoritario; la levantó, la colocó a horcajadas sobre él y le presionó las caderas, bajándola hacia su miembro erecto—. Podrías cabalgarme. ¿Lo has hecho alguna vez?

Ella negó con la cabeza.

—¿Lo deseas?

Ella asintió.

Él le soltó una cadera, le puso la mano en la nuca y la hizo bajar hasta que quedaron tocándose las narices.

—No soy un poni manso —dijo, suavemente—. Te prometo que tendrás que trabajar para mantener el asiento.

—Lo deseo.

—¿Estás preparada para mí?

Ella asintió.

—¿Estás segura? —preguntó él, curvando levemente los labios, lo suficiente para atormentarla.

Ella no sabía qué había querido decir, y él lo sabía.

Simplemente lo miró y agrandó los ojos, interrogante.

—¿Estás mojada?

Ella sintió arder las mejillas, como si no las hubiera tenido ya ardiendo, pero asintió.

—¿Estás segura? Creo que debo comprobarlo, para estar seguro.

A Francesca se le quedó atrapado el aire en la garganta al verle cerrar la mano alrededor de su muslo y subirla hacia su centro. Él la deslizaba lentamente, produciéndole adrede la tortura de la expectación. Y entonces, justo cuando pensaba que se pondría a gritar, él la acarició ahí, frotándole en círculos con un dedo.

—Muy bonito —ronroneó, imitando lo que ella dijera antes.

—Michael...

Él estaba disfrutando tanto de su posición que no le permitió que apresurara las cosas.

—No estoy seguro —dijo—. Estás preparada aquí, pero... y ¿aquí?

Francesca casi gritó cuando él le introdujo un dedo.

—Ah, sí —musitó él—. Y te gusta también.

—Michael..., Michael...

Él introdujo otro dedo, junto al primero.

—Muy caliente —susurró—, en tu mismo centro.

—Michael...

Él la miró a los ojos.

—¿Me deseas? —preguntó, francamente.

Ella asintió.

—¿Ahora?

Ella volvió a asentir, y con más vigor.

Él retiró los dedos, volvió a cogerle las caderas y comenzó a bajarla, bajarla, hasta que ella sintió la punta de su miembro en su abertura. Trató de bajar más el cuerpo, pero él la sujetó firmemente.

—Despacio —musitó.

—Por favor...

—Deja que yo te mueva.

Presionándole suavemente las caderas, la fue bajando poco a poco, ensanchándola. El miembro era inmenso, y todo lo sentía distinto en esa posición.

—¿Bien? —preguntó él.

Ella asintió.

—¿Más?

Ella volvió a asentir.

Y él continuó la tortura, manteniéndose quieto pero bajándole el cuerpo, penetrándola pulgada a pulgada, quitándole el aliento, la voz y hasta la capacidad para pensar.

—Sube y baja —ordenó él.

Ella lo miró a los ojos.

—Puedes hacerlo —dijo él dulcemente.

Ella se movió, probando, y gimiendo por el placer de la fricción, y entonces ahogó una exclamación al sentir que seguía bajando y ni siquiera el miembro estaba entero dentro de ella.

—Introdúceme hasta la base.

—No puedo.

Y no podía. No podía, de ninguna manera. La noche anterior sí lo había hecho, pero eso era distinto. No le iba a caber.

Él aumentó la presión de las manos y se arqueó ligeramente, y de pronto, con una sola embestida, la dejó sentada sobre él, aplastándolo, piel con piel.

Y casi no podía respirar.

—Oohhh —gimió él.

Ella continuó sentada, meciéndose hacia delante y atrás, sin saber qué hacer.

Él tenía la respiración muy agitada, entrecortada, y empezó a mover el cuerpo. Ella se cogió de sus hombros, para sostenerse y mantener el asiento, y así fue como comenzó a subir y bajar, a tomar el mando, a buscar el placer para ella.

—Michael, Michael —gemía, sintiendo que el cuerpo se le iba a un lado y al otro, como por voluntad propia, y no tenía la fuerza para resistir las ardientes oleadas de excitación y placer que la recorrían toda entera.

Él simplemente gruñía, arqueándose y moviéndose, embistiendo. Tal como lo prometiera, no era suave, ni era manso. La obligaba a moverse para procurarse el placer, a aferrarse, a moverse con él, y luego a machacarlo, y entonces...

Se le escapó un grito, gutural.

Y el mundo simplemente se desintegró.

No supo qué hacer, no supo qué decir. Le soltó los hombros, enderezó el cuerpo y lo arqueó, con todos los músculos terriblemente tensos.

Y entonces él explotó. Se le contorsionó la cara, se arqueó violentamente, levantándolos a los dos, y ella sintió que se estaba vaciando en ella. Él repetía su nombre una y otra vez, disminuyendo el volumen hasta que fueron susurros apenas audibles. Y cuando se quedó quieto, solamente le dijo:

—Acuéstate conmigo.

Ella se tendió a su lado. Y se durmió.

Por primera vez en muchos días, durmió de verdad, profundamente.

Y nunca supo que él continuó despierto, con los labios posados en su sien y la mano en su pelo.

Susurrando su nombre.

Y susurrando otras palabras también.

# Capítulo 20

*... Michael hará lo que desee. Siempre hace lo que quiere.*

*De la carta de la condesa de Kilmartin
a Helen Stirling, tres días después
de recibir su carta.*

*E*l día siguiente no le trajo ninguna paz a Francesca. Cuando lo pensaba racionalmente, o al menos todo lo racionalmente de que era capaz, le parecía que si tenía que encontrar una respuesta debería percibir una cierta lógica en el aire, algo que le indicara qué debía hacer, cómo actuar, qué decisiones necesitaba tomar.

Pero no. No percibía nada.

Había hecho el amor con él dos veces.

Dos veces.

Con Michael.

Eso sólo debería haberle dictado sus decisiones, convencido de aceptar su proposición. Debería hacérselo claro. Se había acostado con él. Podría estar embarazada, aunque esa posibilidad la veía remota, dado que le llevó dos años enteros concebir con John.

Pero incluso sin esa consecuencia, su decisión debería ser evidente. En su mundo, en su sociedad, ese tipo de intimidades en que había participado sólo significaban una cosa.

Debía casarse con él.

Y sin embargo no lograba llevar el sí a sus labios. Cada vez que creía haberse convencido de que eso era lo que tenía que hacer, una vocecita interior le aconsejaba cautela, prudencia, y ella paraba, sin poder continuar adelante, con un miedo terrible de llegar al fondo de sus sentimientos e intentar descubrir por qué se sentía tan paralizada.

Michael no lo entendía, lógicamente. ¿Cómo podría entenderlo si ni ella se entendía?

La tarde anterior, cuando despertó en la casa del jardinero, estaba sola, y encontró una nota de él en la almohada, en la que le explicaba que llevaría a Felix al establo y no tardaría en volver con otro caballo.

Pero cuando llegó, sólo traía un caballo, con lo que la obligaba a compartir con él la silla, aunque esta vez ella montó detrás de él.

Y mientras la ayudaba a montar el otro caballo fuera de la casita del jardinero, le dijo al oído:

—Iré a ver al párroco mañana por la mañana.

—No estoy preparada —contestó al instante, invadido su pecho por el terror—. No vayas a verle todavía.

A él se le ensombreció la cara, pero controló el genio.

—Ya lo hablaremos —dijo simplemente.

Y cabalgaron hasta la casa en silencio.

Tan pronto como entraron en ella, Francesca trató de escapar a su habitación, alegando que necesitaba bañarse, pero él le cogió la mano, con suavidad pero firmeza al mismo tiempo, y de pronto se encontró sola con él, en el salón rosa, justamente ese, de todos los salones de la casa, con la puerta cerrada.

—¿De qué va esto?

—¿Qué quieres decir? —logró balbucear ella, tratando angustiosamente de no mirar la mesa que estaba detrás de él, la mesa en que la sentó la noche anterior y luego le hizo cosas indecibles.

Y el solo recuerdo la hacía estremecerse.

—Sabes qué quiero decir —dijo él, impaciente.

—Michael, yo...

—¿Te casarás conmigo?

Dios santo, ojalá no hubiera dicho eso. Todo le resultaba mucho más fácil de evitar cuando no estaban las palabras ahí, suspendidas entre ellos.

—Esto...

—¿Te casarás conmigo? —repitió él, esta vez en tono duro, con filo.

—No lo sé —contestó ella finalmente—. Necesito más tiempo.

—¿Tiempo para qué? —ladró él—. ¿Para que yo haga otros intentos de dejarte embarazada?

Ella se encogió como si la hubiera golpeado.

—Porque los haré —la advirtió él, acercándosele más—. Te haré el amor aquí mismo y ahora, y nuevamente esta noche, y mañana tres veces, si eso es lo que hace falta.

—Michael, basta...

—Me he acostado contigo —continuó él, en tono seco, aunque extrañamente urgente—. Dos veces. No eres una inocente, Francesca. Sabes qué significa eso.

Y justamente porque no era una inocente, y nadie esperaría que lo fuera, ella pudo decir:

—Lo sé. Pero eso no importa. No importa, si no concibo.

Michael siseó una palabrota que ella jamás se había imaginado que diría en su presencia.

—Necesito tiempo —repitió, rodeándose con los brazos.

—¿Para qué?

—No lo sé. Para pensar. Para decidir qué hacer. No lo sé.

—Y ¿qué diablos te queda por pensar? —preguntó él, mordaz.

—Bueno, en primer lugar —ladró ella, ya enfurecida—, sobre si vas a ser un buen marido.

Él retrocedió.

—¿Qué diablos debo entender con eso?

—Tu conducta del pasado, para empezar —replicó ella, entrecerrando los ojos—. No has sido lo que se dice un modelo de rectitud cristiana.

—Y ¿eso me lo dice la mujer que me ordenó que me quitara la ropa esta tarde?

—No seas horrendo —dijo ella en voz baja.

—Y tú no me incites la furia.

A ella empezó a dolerle la cabeza y tuvo que presionarse las sienes.

—Por el amor de Dios, Michael, ¿no puedes dejarme pensar? ¿No puedes darme un poco de tiempo para pensar?

Pero la verdad era que la aterraba pensar, porque, ¿qué descubriría? ¿Que era una lasciva, una desvergonzada? ¿Que con ese hombre había sentido sensaciones primitivas, sensaciones escandalosas, intensísimas, sensaciones que nunca había sentido con su marido, al que había amado con todo su corazón?

Con John había sentido placer, pero nada parecido a eso.

Jamás había soñado siquiera que eso existiera.

Y lo había descubierto con Michael.

Con Michael, que era su amigo también. Su confidente.

Su amante.

Dios santo, ¿en qué la convertía eso?

—Por favor —susurró al fin—. Por favor, necesito estar sola.

Michael la miró un largo rato, tanto que ella sintió deseos de encogerse, pero finalmente soltó una maldición en voz baja y salió pisando fuerte del salón.

Entonces ella se desmoronó en el sofá y bajó la cabeza hasta apoyarla en las manos. Pero no lloró.

No lloró. No derramó ni una sola lágrima. Y, por su vida, que no entendía por qué no pudo llorar.


Jamás entendería a las mujeres.

Soltando una sarta de maldiciones, Michael se quitó de un tirón las botas y las arrojó con todas sus fuerzas contra la puerta del ropero.

—¿Milord? —preguntó tímidamente su ayuda de cámara, asomando la cabeza por la puerta abierta del vestidor.

—Ahora no, Reivers.

—Muy bien —se apresuró a decir Reivers, entrando discretamente en el dormitorio a recoger las botas—. Sólo me llevaré esto. Las querrá limpias.

Michael volvió a maldecir.

Reivers tragó saliva.

—Eh..., o tal vez prefiere que las queme.

Michael se limitó a mirarlo y a gruñir.

Reivers salió corriendo, pero, en su torpeza, olvidó cerrar la puerta.

Michael se levantó y fue a cerrarla de una patada, y soltó otra maldición al no encontrar ninguna satisfacción en el portazo.

Por lo visto ahora se le negaban hasta los placeres más pequeños de la vida.

Empezó a pasearse desasosegado por la mullida alfombra color vino, deteniéndose de tanto en tanto ante la ventana.

¿Para qué intentar entender a las mujeres? Jamás había pretendido tener esa capacidad. Aunque había creído que entendía a Francesca. Por lo menos lo bastante para decirse que se casaría con un hombre con el que se hubiera acostado dos veces.

Una vez, tal vez. Una vez podría haberlo considerado un error. Pero dos veces...

Jamás permitiría que un hombre le hiciera el amor dos veces a menos que le tuviera un cierto aprecio.

Pero por lo visto estaba equivocado, pensó, haciendo una mueca.

Al parecer ella estaba dispuesta a utilizarlo para su placer, y lo había utilizado. Santo Dios, lo había utilizado. Asumió el mando, obtuvo de él lo que deseaba y sólo renunció al dominio cuando la pasión entre ellos se convirtió en llamas.

Lo utilizó.

Y él nunca se habría imaginado que pudiera tener eso en ella.

¿Habría sido así con John? ¿Asumía el mando? ¿Lo...?

Se paró en seco, con los pies inmóviles sobre la alfombra.

John.

Se había olvidado de John.

¿Cómo era posible?

Durante años, cada vez que veía a Francesca, cada vez que se le acercaba para aspirar su embriagador aroma, John estaba ahí, primero en sus pensamientos y después en su memoria.

Pero desde el momento en que ella entró en el salón rosa la noche anterior, cuando oyó sus pasos detrás de él y susurró para sí mismo las palabras «Cásate conmigo», se olvidó de John.

Su recuerdo no desaparecería jamás. Era demasiado querido, demasiado importante, para los dos. Pero en algún momento, en algún momento durante su viaje a Escocia, para ser exactos, se había dado permiso para pensar, «Podría casarme con ella; podría pedírselo. Podría».

Y cuando se dio el permiso, fue disminuyendo poco a poco la idea de que la iba a robar del recuerdo de su primo.

Él nunca aspiró a ocupar ese puesto. Jamás miró al cielo deseando el condado. Jamás deseó verdaderamente a Francesca; simplemente aceptaba que ella nunca podría ser suya.

Pero John murió. Murió.

Y eso no era culpa de nadie.

John murió, y a él le cambió la vida en todos los aspectos imaginables a excepción de uno.

Seguía amando a Francesca.

Dios santo, cuánto la amaba.

No había ningún motivo para que no pudieran casarse. No lo prohibía ninguna ley, ninguna costumbre ni ninguna tradición; nada, aparte de su conciencia, que de repente, guardó silencio sobre el asunto.

Entonces, por fin, se permitió hacerse, por primera vez, la única pregunta que no se había hecho.

¿Qué pensaría John de todo esto?

Y comprendió que su primo le habría dado su bendición. Así de grande era su corazón, y así de verdadero su amor por Francesca, y por él. Habría deseado que ella fuera amada y mimada tal como él la amaba y mimaba.

Y habría deseado que él fuera feliz.

La única emoción que él nunca había pensado que pudiera aplicarse a él: feliz.

Feliz.

Imagínate.

Francesca había estado esperando que Michael golpeara la puerta de su dormitorio, pero cuando sonó el golpe, de todos modos pegó un salto, sorprendida.

La sorpresa fue mucho mayor cuando abrió la puerta y tuvo que bajar considerablemente la vista, a mirar un pie, para ser exactos. Michael no estaba al otro lado de la puerta; sólo una de las criadas, con una enorme bandeja para ella.

Entrecerrando los ojos, desconfiada, asomó la cabeza y miró a uno y otro lado del corredor, suponiendo que él estaría al acecho en un rincón oscuro, esperando el momento oportuno para saltar.

Pero no estaba.

—Su señoría pensó que podría tener apetito —dijo la criada, dejando la bandeja en el escritorio.

Francesca examinó atentamente la bandeja en busca de una nota, una flor, en fin, de algo que indicara las intenciones de Michael, pero no encontró nada.

Y no hubo nada el resto de la noche, y tampoco nada a la mañana siguiente.

Nada fuera de una bandeja con el desayuno, otra reverencia de la criada y otro:

—Su señoría pensó que podría tener apetito.

Ella le había pedido tiempo para pensar y por lo visto eso era exactamente lo que le daba.

Y era horrible.

De acuerdo, tal vez sería peor si él no hubiera hecho caso de sus deseos y no le hubiera permitido estar sola. Estaba claro que no podía fiarse de sí misma en presencia de él; y no se fiaba particularmente de él tampoco, con su atractivo, sus miradas seductoras y sus preguntas susurradas. «¿Me das un beso, Francesca? ¿Me permites que te bese?»

Y ella era incapaz de negarse, teniéndolo tan cerca, con esos ojos, esos pasmosos ojos plateados de párpados entornados, mirándola con esa intensidad que la derretía.

La atontaba, la hechizaba. Tal vez esa era la única explicación.

Se puso un práctico vestido de diario que le serviría muy bien para estar al aire libre. No quería quedarse encerrada en su habitación, pero tampoco deseaba vagar por los corredores de Kilmartin, reteniendo el aliento al dar la vuelta a cada esquina esperando que Michael apareciera ante ella.

Si él se lo proponía, la encontraría, sin duda, pero por lo menos tendría que dedicar tiempo y esfuerzo a eso.

Cuando se tomó el desayuno la sorprendió comprobar que tenía bastante apetito, considerando las circunstancias. Después salió sigilosa y agitó la cabeza regañándose cuando miró furtivamente a un lado y otro del corredor, actuando como un vulgar ladrón, impaciente por escapar sin ser vista.

A eso estaba reducida, pensó, malhumorada.

Pero no lo vio cuando iba por el corredor ni tampoco cuando bajó la escalera.

Tampoco lo vio en ninguno de los salones ni salas de estar, y cuando llegó a la puerta principal, no pudo evitar fruncir el ceño.

¿Dónde estaría?

No deseaba verlo, lógicamente, pero eso lo encontraba bastante decepcionante, después de lo preocupada que había estado.

Colocó la mano en el pomo.

Debería salir a toda prisa. Debería salir inmediatamente, no había un alma por ninguna parte y podía escapar sin ser vista.

Pero se detuvo.

—¿Michael? —susurró.

En realidad, sólo moduló la palabra, lo cual no contaba para nada, pero no lograba quitarse la sensación de que él estaba ahí, y la estaba observando.

—¿Michael? —dijo entonces, en voz baja, mirando hacia todos lados.

Nada.

Agitó la cabeza. Buen Dios, ¿qué le pasaba? Se estaba volviendo muy fantasiosa, incluso paranoica.

Echando una última mirada hacia atrás, abrió la puerta y salió.

Y no lo vio, pues él estaba observándola oculto en el esconce bajo la curva de la escalera, con una leve y muy franca sonrisa en la cara.

Francesca perseveró al aire libre todo el tiempo que pudo, hasta que finalmente la derrotó una combinación de cansancio y frío. Había caminado sin rumbo por los campos tal vez unas seis o siete horas, y estaba cansada, tenía hambre y no deseaba otra cosa que una taza de té.

Además, no podía estar fuera de la casa eternamente.

Así que, volvió, y entró con el mismo sigilo con que había salido, con la idea de subir a su dormitorio, donde podría comer algo en privado. Pero aún no había llegado al pie de la escalera cuando oyó su nombre.

—¡Francesca!

Era Michael. Quién iba a ser si no él. No podría haber supuesto que la dejaría en paz eternamente.

Pero lo extraño era que no sabía muy bien si eso la molestaba o la aliviaba.

—Francesca —repitió él, asomándose a la puerta de la biblioteca—, ven a acompañarme.

Su voz sonaba afable, demasiado afable, si eso era posible. Además, ella sintió desconfianza ante la elección de la sala. ¿No era más lógico que hubiera deseado atraerla al salón rosa, donde la asaltarían los recuerdos de su tórrida unión sexual? ¿O por lo menos haber elegido el salón verde, que estaba decorado en un lujoso estilo romántico, con divanes acolchados y cojines muy mullidos?

¿Qué pretendía hacer en la biblioteca, que, estaba segura, era la sala de Kilmartin que menos se prestaba para una escena de seducción?

—¿Francesca? —repitió él, como si le divirtiera la indecisión de ella.

—¿Qué haces ahí? —le preguntó ella, tratando de no parecer desconfiada.

—Tomar té.

—¿Té?

—Hojas de una planta llamada té remojadas en agua hirviendo. Tal vez lo has probado.

Ella frunció los labios.

—¿En la biblioteca?

—Me pareció un lugar tan bueno como cualquier otro —repuso él, encogiéndose de hombros. Se hizo a un lado y con un amplio gesto con el brazo le indicó que debía entrar—. Un lugar tan inocente como otro cualquiera —añadió.

Ella trató de no ruborizarse.

—¿Ha sido agradable el paseo? —preguntó él, en tono amable y amistoso.

—Eh... sí.

—El día está precioso para estar fuera.

Ella asintió.

—Aunque me imagino que el suelo todavía está encharcado en muchas partes.

¿Qué se proponía?, pensó ella.

—¿Té? —ofreció él.

Ella asintió y agrandó los ojos al verlo servir una taza. Los hombres jamás hacían eso.

—En la India tenía que arreglármelas solo de vez en cuando —explicó él, leyéndole el pensamiento—. Ten.

Ella cogió la delicada taza de porcelana, se sentó y la rodeó con las manos para calentárselas. Sopló ligeramente el té y tomó un sorbo, para comprobar la temperatura.

—¿Galletas? —ofreció él, presentándole una bandeja llena de todo tipo de exquisiteces horneadas.

A ella le rugió el estómago, y cogió una sin decir nada.

—Son muy buenas —comentó él—. Me comí cuatro mientras te esperaba.

—¿Cuánto tiempo has esperado? —preguntó ella, casi sorprendida por el sonido de su voz.

—Una hora más o menos.

Ella bebió otro sorbo.

—Todavía está bastante caliente.

—Hice traer otra tetera hace diez minutos.

—Ah.

Esa consideración era, si no exactamente sorprendente, sí inesperada.

Él arqueó una ceja, aunque muy levemente, y ella no supo si lo había hecho a propósito. Él siempre controlaba muy bien sus expresiones; habría sido un excelente jugador si hubiera tenido esa inclinación. Pero su ceja izquierda era diferente; ella había observado hacía años que a veces se le movía sola cuando era evidente que quería mantener la expresión impasible. Siempre había considerado ese gesto su pequeño secreto, su ventana privada para ver el funcionamiento de su mente.

Aunque ya no estaba segura de si deseaba una ventana así; entrañaba una intimidad con la que ya no se sentía cómoda.

Por no decir que se había engañado al creer que alguna vez había entendido el funcionamiento de su mente.

Él cogió una galleta de la bandeja, contempló un momento la pequeña porción de mermelada de frambuesas del centro y se la echó a la boca.

—¿De qué va esto? —preguntó ella al fin, sin poder seguir conteniendo su curiosidad. Se sentía como una presa, bien cebada y lista para matar.

—¿El té? —preguntó él, después de tragar su bocado—. Principalmente de té, si necesitas saberlo.

—Michael.

—Pensé que podrías tener frío —explicó él, encogiéndose de hombros—. Has estado fuera un buen rato.

—¿Sabes a qué hora salí?

—Por supuesto —contestó él, mirándola sardónico.

Y ella no se sorprendió. En realidad, lo único que la sorprendió fue no haberse sorprendido.

—Te tengo una cosa —dijo él.

Ella entrecerró los ojos.

—¿Sí?

—¿Te parece tan extraordinario? —musitó él y alargó la mano para coger algo que estaba en el sillón de al lado.

Ella retuvo el aliento. «Un anillo no. Por favor, que no sea un anillo. Todavía no.»

No estaba preparada para decir sí.

Y tampoco estaba preparada para decir no.

Pero él dejó sobre la mesa un ramillete de flores, cada flor más delicada que la otra. Ella nunca había sido muy buena para reconocer las flores; no se había tomado el trabajo de aprenderse los nombres, pero había unas absolutamente blancas, otras lila y otras que eran casi azules. Todas estaban elegantemente atadas con una cinta plateada.

Se limitó a mirar el ramillete, sin lograr interpretar el significado de ese gesto.

—Puedes tocarlo —dijo él, con un asomo de diversión en la voz—. No te contagiará ninguna enfermedad.

—No, claro que no —se apresuró a decir ella, cogiendo el ramillete—. Sólo que...

Se acercó el ramillete a la cara, aspiró el aroma de las flores y lo dejó sobre la mesa, y rápidamente juntó las manos sobre la falda.

—¿Sólo que qué? —preguntó él.

—La verdad es que no lo sé —contestó ella. Y no lo sabía. No tenía ni idea de cómo pensaba terminar esa frase ni si había tenido la intención de terminarla. Miró el ramillete, pestañeó varias veces y preguntó—: ¿Qué es esto?

—Yo lo llamo flores.

Ella levantó la vista y lo miró a los ojos, profundo.

—No. ¿Qué es esto?

—¿El gesto, quieres decir? —preguntó él, y sonrió—. Vamos, te estoy cortejando.

Ella entreabrió los labios.

—¿Es tan sorprendente?

«¿Después de todo lo que ha ocurrido entre nosotros? —pensó ella—. Sí.»

—Te lo mereces, como mínimo.

—Creí oírte decir que tenías la intención de...

Se interrumpió, ruborizándose. Él había dicho que le iba a hacer el amor hasta que se quedara embarazada.

Tres veces ese día, en realidad. Tres veces, había prometido, y todavía estaban en cero, y...

Le ardieron las mejillas y no pudo evitar la sensación que le produjo el recuerdo de él entre sus piernas.

Santo Dios.

Pero, afortunadamente, la expresión de él continuó inocente y sólo dijo:

—He repensado mis estrategias.

Ella se llevó la galleta a la boca y le hincó el diente; cualquier pretexto para cubrirse un poco la cara con la mano y ocultar su azoramiento.

—Claro que sigo empeñado en conseguir mi objetivo en ese aspecto —continuó él, inclinándose hacia ella con una seductora mirada—. Sólo soy un hombre, después de todo. Y tú, como creo que lo hemos dejado más que claro, eres muy, muy mujer.

Ella se metió bruscamente el resto de la galleta en la boca.

—Pero pensé que te mereces más —concluyó él, echándose hacia atrás con expresión mansa, como si no acabara de enterrarle un dardo con ese insinuante comentario—. ¿No te parece?

Pues no, no se lo parecía. Al menos ya no. Lo cual era un buen problema.

Porque mientras se echaba comida a la boca desesperada, no podía apartar los ojos de sus labios. Esos labios magníficos, que le sonreían lánguidamente.

Se oyó suspirar. Esos labios le habían hecho cosas magníficas.

A toda ella, palmo a palmo, pulgada a pulgada.

Buen Dios, si prácticamente los estaba sintiendo en ese momento.

Y la hacían revolverse en el asiento.

—¿Te sientes mal? —preguntó él, solícito.

—Estoy muy bien —logró contestar ella, bebiendo un buen trago de té.

—¿Es incómodo el sillón?

Ella negó con la cabeza.

—¿Se te ofrece algo?

—¿Por qué haces esto? —logró preguntar ella al fin.

—¿Hago qué?

—Ser tan amable conmigo.

—¿No debería serlo? —preguntó él, arqueando una ceja, sorprendido.

—¡No!

—No debo ser amable —dijo él, no como una pregunta sino como si lo encontrara divertido.

—No es eso lo que quise decir —dijo ella, negando con la cabeza.

La confundía, y eso lo detestaba. No había nada que valorara más que tener la cabeza fría y despejada, y Michael había logrado despojarla de eso con un solo beso.

Y luego hizo más.

Mucho más.

Jamás volvería a ser la misma.

Jamás volvería a estar «cuerda».

—Pareces afligida.

Ella deseó estrangularlo.

Él ladeó la cabeza y le sonrió.

Ella deseó besarlo.

Él levantó la tetera.

—¿Más?

Dios santo, sí, y ese era el problema.

—¿Francesca?

Ella deseó saltar por encima de la mesa y caer en su regazo.

—¿De verdad te sientes bien?

Se le estaba haciendo difícil respirar.

—¿Frannie?

Cada vez que él hablaba, cada vez que movía la boca, aunque sólo fuera para respirar, a ella se le iban los ojos a sus labios.

Y sentía deseos de lamerse los suyos.

Y sabía que él sabía exactamente lo que estaba sintiendo, con toda su experiencia, con toda su pericia para seducir.

Podría cogerla en sus brazos en ese momento y ella no lo rechazaría.

Podría acariciarla y ella estallaría en llamas.

—Tengo que irme —dijo.

Pero no logró decirlo con firmeza y convicción. Y no la ayudaba nada no poder desviar los ojos de los suyos.

—¿Asuntos importantes que atender en tu dormitorio? —musitó él, curvando los labios.

Ella asintió, aun cuando sabía que él se estaba burlando.

—Ve, entonces —dijo él, con la voz suave, que en realidad sonó más como un seductor ronroneo.

Ella consiguió mover las manos y ponerlas sobre la mesa. Se cogió del borde, ordenándose levantarse para salir, hacer algo, moverse.

Pero estaba paralizada.

—¿Preferirías quedarte? —musitó él.

Ella negó con la cabeza, o al menos creyó que lo hacía.

Él se levantó, fue a ponerse detrás de su sillón y se inclinó a susurrarle al oído:

—¿Te ayudo a levantarte?

Ella volvió a negar con la cabeza y se levantó casi de un salto; paradójicamente su cercanía había roto el hechizo. Con el brusco movimiento, le enterró el hombro en el pecho, y retrocedió, aterrada de que otro contacto la hiciera hacer algo que podría lamentar.

Como si ya no hubiera hecho bastante.

—Necesito subir —dijo, a borbotones.

—Sí, claro —dijo él dulcemente.

—Sola —añadió.

—Ni soñaría con obligarte a soportar mi compañía un instante más.

Ella entrecerró los ojos. ¿Qué se proponía Michael? Y ¿por qué diablos se sentía tan decepcionada?

—Pero tal vez... —musitó él.

A ella le dio un vuelco el corazón.

—... tal vez debería darte un beso de despedida. En la mano, por supuesto; eso sería lo decoroso.

Como si no hubieran enviado al cuerno el decoro en Londres.

Él le cogió suavemente la mano.

—Estamos de cortejo, después de todo, ¿verdad?

Cuando él se inclinó sobre su mano, ella le miró la cabeza, sin poder apartar los ojos. Él apenas le rozó el dorso de la mano con los labios. Una vez, dos veces, y eso fue todo.

—Sueña conmigo —le dijo, entonces, dulcemente.

A ella se le entreabrieron solos los labios. No podía dejar de mirarle la cara. Él la atontaba, le cautivaba el alma. Y no pudo moverse.

—A no ser que desees algo más que un sueño —dijo él.

Y ella lo deseaba.

—¿Te quedas o te vas? —susurró él.

Ella se quedó. Dios la amparara, se quedó.

Y Michael le demostró lo romántica que puede llegar a ser una biblioteca.

# Capítulo 21

*... unas pocas letras para decirte que he llegado bien a Escocia. Debo decir que me alegra estar aquí. Londres estaba tan estimulante como siempre, pero creo que yo necesitaba un poco de silencio y quietud. Aquí en el campo me siento mucho más centrada y en paz.*

*De la carta de la condesa de Kilmartin*
*a su madre, la vizcondesa Bridgerton viuda,*
*al día siguiente de su llegada a Kilmartin.*

*T*res semanas después, Francesca seguía sin saber qué hacer.

Michael le había propuesto el tema del matrimonio otras dos veces, y cada vez ella había logrado evadir la respuesta. Si consideraba su proposición, tendría que pensar, de verdad. Tendría que pensar en él, tendría que pensar en John y, lo peor de todo, tendría que pensar en ella.

Y tendría que decidir qué hacer. Vivía diciéndose que sólo se casaría con él si se quedaba embarazada, pero una y otra vez volvía a la habitación de él y se dejaba seducir cada vez.

Aunque en realidad eso último ya no era cierto. Se engañaba si creía que necesitaba que él la sedujera para hacerle espacio en su cama. Ella se había convertido en la mala, por mucho que intentara ocultarse de esa realidad diciéndose que salía a vagar por la noche en camisón y bata porque estaba desasosegada, no porque fuera a buscar la compañía de él.

Pero siempre lo encontraba. Y si no lo encontraba, se colocaba en un lugar donde él la encontrara.

Y jamás decía no.

Michael se estaba impacientando. Lo disimulaba, pero ella lo conocía bien. Lo conocía mejor de lo que conocía a ninguna otra persona del planeta, y aunque él insistía en que la estaba cortejando, galanteándola con frases y gestos románticos, ella veía las sutiles arruguitas de impaciencia alrededor de su boca. Cuando él comenzaba una conversación que ella sabía que llevaba al tema del matrimonio, siempre cambiaba de tema antes que él llegara a decir la palabra.

Él la dejaba salirse con la suya, pero le cambiaba la expresión de los ojos, se le ponía rígida la mandíbula y después, cuando le hacía el amor, lo que siempre hacía después de momentos como esos, lo hacía con renovada urgencia e incluso con un asomo de rabia.

De todos modos, eso no bastaba para incitarla a actuar.

No podía decirle sí. No sabía por qué; simplemente no podía.

Pero tampoco podía decirle no. Tal vez era mala, y tal vez era una lujuriosa, pero no deseaba que eso acabara. No quería que acabara la pasión y tampoco quería, se veía obligada a reconocer, quedarse sin su compañía.

Y no era sólo la relación sexual, eran los momentos posteriores, cuando yacía acurrucada en sus brazos y él le acariciaba suavemente el pelo. A veces estaban callados, pero a veces hablaban, de cualquier cosa y de todo. Él le explicaba cosas de India y ella le hablaba de su infancia. Ella le daba opiniones sobre los asuntos políticos y él la escuchaba. Y le contaba chistes que los hombres no deben contarle a las mujeres y de los que las mujeres no deben reírse.

Y entonces, cuando la cama dejaba de estremecerse por sus risas, él le buscaba la boca, sonriendo. «Me encanta tu risa», le decía y acariciándola la atraía más hacia él. Ella suspiraba, todavía riendo, y se reanudaba la pasión.

Y ella, nuevamente, era capaz de mantener a raya el resto del mundo.

Y entonces, le vino la regla.

Comenzó como siempre, unas pocas gotas en su camisola de algodón. No debería haberla sorprendido; aun cuando sus ciclos no eran regulares, siempre le venía la regla finalmente, y ya sabía que el suyo no era un vientre muy fértil.

De todos modos, no la había estado esperando. No todavía, en todo caso.

Y eso la hizo llorar.

No fue nada dramático, no fue un llanto que le estremeciera el cuerpo ni le consumiera el alma, pero cuando vio las gotas de sangre retuvo el aliento y antes de darse cuenta de lo que hacía, le bajaron dos lágrimas por las mejillas.

Y ni siquiera sabía por qué.

¿Era porque no habría bebé? ¿O era, Dios la amparara, porque no habría matrimonio?

Michael fue a su habitación esa noche, pero ella no lo aceptó, explicándole que no era un momento oportuno. Él le buscó la oreja con los labios y le susurró todas las cosas inicuas que podían hacer de todos modos, aunque estuviera con la regla, pero ella se negó y le pidió que se marchara.

Él pareció decepcionado, pero también pareció comprender. Las mujeres tendían a ser delicadas en esas cosas.

Pero cuando despertó por la noche, deseó que él la tuviera abrazada.

La regla no le duró mucho; nunca le duraba mucho. Y cuando él le preguntó discretamente si el periodo había terminado, ella no le mintió. Él se habría dado cuenta si le hubiera mentido; siempre lo sabía.

—Estupendo —dijo él, con esa sonrisa secreta sólo para ella—. Te he echado de menos.

Ella abrió la boca para decirle que también lo había echado de menos, pero volvió a cerrarla porque le dio miedo decirlo.

Él la empujó suavemente hacia la cama y cayeron juntos encima, en un enredo de brazos y piernas.

—He soñado contigo —musitó él con la voz ronca, levantándole la falda hasta la cintura—. Cada noche venías a mí en mis sueños. —Con un dedo le buscó el centro femenino y se lo introdujo—.

Eran unos sueños fabulosos, muy buenos —concluyó, en tono ardiente e impregnado de picardía.

Ella se cogió el labio entre los dientes y se le agitó la respiración cuando él retiró el dedo y le acarició el lugar que sabía que la haría derretirse.

—En mis sueños —continuó él, con sus labios ardientes en el oído—, hacías cosas indecibles.

La sensación la hizo gemir. Él sabía encenderle el cuerpo con un solo contacto, pero ardía en llamas cuando le hablaba así.

—Cosas distintas —musitó él, separándole más las piernas—. Cosas que te voy a enseñar... esta noche, creo.

—Ohhh —resolló ella.

Él le estaba deslizando los labios por el muslo, y sabía lo que vendría.

—Primero un poco de lo probado y seguro —continuó él, deslizando poco a poco los labios hacia su destino—. Tenemos toda la noche para explorar.

Entonces la besó ahí, tal como sabía que le gustaba a ella, manteniéndola inmóvil con sus potentes manos, llevándola con los labios más y más cerca de la cima de la pasión.

Pero antes que ella llegara a la cima, él se apartó y empezó a desabotonarse la bragueta. Soltó una maldición porque se le quedó atascado un botón por el temblor de los dedos.

Y eso le dio a Francesca el tiempo justo para pararse a pensar.

Que era lo único que no deseaba hacer.

Pero su mente fue implacable y cruel, y antes de darse cuenta de lo que iba a hacer, ya se había bajado de la cama.

—¡Espera! —exclamó. La palabra le salió sola, al echar a correr alejándose.

—¿Qué?

—No puedo hacerlo.

—¿No puedes... —él tuvo que interrumpirse para respirar, si no no hubiera podido terminar la frase— ... qué?

Acababa de terminar de desabotonarse los pantalones, que cayeron al suelo, dejando a la vista su pasmosa erección.

Ella desvió la mirada. No debía mirarlo. No debía mirarle la cara, no debía mirarle su...

—No puedo —dijo, con la voz trémula—. No debo. No lo sé.

—Yo sí lo sé —bramó él, acercándosele.

—¡No! —exclamó ella, corriendo hacia la puerta.

Llevaba semanas jugando con fuego, tentando al destino, y se había ganado su suerte. Si había un momento para escapar, era ese. Y por difícil que le resultara marcharse, debía hacerlo. No era ese tipo de mujer. No podía serlo.

—No puedo continuar con esto —dijo, con la espalda apoyada en la dura madera de la puerta—. No puedo. Yo... esto...

Lo deseo, pensó. Aun sabiendo que no debía, no se le escapaba el hecho de que lo deseaba de todos modos. Pero si le decía eso, ¿la haría él cambiar de decisión? Él era capaz; sabía que él podría. Un beso, una caricia, y perdería toda su resolución.

Él se limitó a subirse los pantalones, mascullando una maldición.

—Ya no sé quién soy —dijo ella—. No soy este tipo de mujer.

—¿Qué tipo de mujer? —ladró él.

—Una lujuriosa. Una mujer caída.

—Entonces cásate conmigo —replicó él—. Desde el principio te he ofrecido hacerte respetable, pero tú te has negado.

Ahí sí que la tenía cogida, y lo sabía. Pero al parecer la lógica no tenía ningún lugar en su corazón últimamente, y lo único que lograba pensar era ¿cómo podría casarse con él? ¿Cómo podría casarse con «Michael»?

—No debería sentir esto por ningún otro hombre —dijo, sin poder creer que hubiera dicho esas palabras en voz alta.

—¿Sentir qué?

Ella tragó saliva, obligándose a mirarlo a la cara.

—La pasión.

Por la cara de él pasó una expresión extraña, casi de repugnancia.

—Ah, claro —dijo arrastrando la voz—. Claro. Es condenadamente conveniente que me tengas aquí para servirte.

—¡No! —exclamó ella, horrorizada por el desprecio que detectó en su voz—. No es eso.

—¿No?

—No —contestó, pero no sabía qué era.

Él hizo una respiración rasposa y le dio la espalda, con el cuerpo rígido de tensión. Ella le miró la espalda con una terrible fascinación, sin poder desviar los ojos. Tenía suelta la camisa, y aunque no le veía la cara, conocía su cuerpo, hasta su última curva. Se veía desolado, endurecido.

Agotado.

—¿Por qué te quedas? —le preguntó él en voz baja, apoyando las dos palmas en el borde de la cama.

—¿Qué?

—¿Por qué te quedas? —repitió él, elevando el volumen de la voz pero sin descontrolarse—. Si tanto me odias, ¿por qué te quedas?

—No te odio. Sabes que...

—No sé nada, Francesca, ni una maldita cosa. Ni siquiera a ti te conozco ya.

Se le tensaron los hombros al enterrar los dedos en el colchón. Ella alcanzaba a verle una mano; tenía los nudillos blancos.

—No te odio —repitió, como si diciendo dos veces las palabras las transformara en algo sólido, palpable y real, como para obligarlo a agarrarse a ellas—. No. No te odio.

Él guardó silencio.

—No es por ti, es por mí —dijo, suplicante.

Aunque suplicándole qué, no lo sabía. Tal vez que no la odiara. Eso era lo único que no se creía capaz de soportar.

Pero él simplemente se echó a reír. Una risa horrible, amarga, ronca.

—Ay, Francesca —dijo, y el matiz desdeñoso pareció hacer frágiles las palabras—, si yo tuviera una libra por cada vez que he dicho «eso»...

Ella apretó los labios. No le gustaba que le recordara a todas las mujeres que habían pasado por su vida antes que ella. No quería saber nada de ellas, no deseaba ni recordar su existencia.

—¿Por qué te quedas? —preguntó él otra vez, girándose a mirarla.

Ella casi se tambaleó al ver el brillo de sus ojos, como fuego.

—Michael, yo...

—¿Por qué? —repitió él, su voz casi un rugido, por la furia.

Tenía la cara endurecida por surcos de furia y ella, por instinto, alargó la mano hacia el pomo de la puerta.

—¿Por qué te quedas, Francesca? —insistió él, avanzando hacia ella con la gracia felina de un tigre—. No hay nada para ti aquí en Kilmartin, aparte de «esto».

Ella ahogó una exclamación cuando él le puso las manos en los hombros, y se le escapó un gritito de sorpresa cuando posó los labios en los suyos. Fue un beso violento, inspirado por la rabia y la desesperación, pero de todos modos su traicionero cuerpo no deseó otra cosa que fundirse con él, dejarlo hacer lo que deseara y concentrara en ella todas sus seductoras atenciones.

Lo deseaba, Dios santo, incluso así, lo deseaba.

Y temía que jamás aprendería a decir no.

Pero él se apartó. Él, no ella.

—¿Es eso lo que deseas? —le preguntó, con la voz ronca, áspera—. ¿Sólo eso?

Ella no contestó, ni siquiera se movió, simplemente lo siguió mirando, con los ojos agrandados.

—¿Por qué te quedas? —preguntó nuevamente, y ella comprendió que lo preguntaba por última vez.

No supo qué contestar.

Él le dio unos cuantos segundos. Esperó que ella dijera algo, hasta que el silencio pareció elevarse entre ellos como un monstruo, pero cada vez que ella abría la boca no le salía ningún sonido, y lo único que podía hacer era mirale la cara, temblando.

Él masculló una maldición y le dio la espalda.

—Vete. Ahora mismo. Te quiero fuera de la casa.

Ella no lo pudo creer; no podía creer que él la estuviera echando.

—¿Qué?

—Si no puedes estar conmigo —dijo él, sin volverse a mirarla—, si no puedes entregarte a mí toda entera, prefiero que te marches.

—¿Michael? —musitó ella, con la voz apenas en un susurro.

—No soporto esta existencia a medias —continuó él, en voz tan baja que ella no supo si lo había oído bien.

—¿Por qué? —logró decir; fue lo único que se le ocurrió.

Creyó que él no le iba a contestar. Notó que el cuerpo se le ponía terriblemente tenso, y luego le comenzó a temblar.

Sin querer se cubrió la boca. ¿Es que él estaba llorando? ¿Podía ser que...?

¿Se estuviera riendo?

—Ay, Dios, Francesca —dijo él, con la voz interrumpida por una risa burlona—. Vamos, esa sí es una buena pregunta. ¿Por qué? ¿Por qué? ¿Por qué? —repitió, cambiando el tono cada vez, como si quisiera probarla, como si se la dedicara a diferentes personas—. ¿Por qué? —repitió otra vez, girándose a mirarla—. Porque te quiero, maldita sea. Porque siempre te he amado. Porque te amaba cuando estabas con John, te amaba cuando yo estaba en India, y aunque Dios sabe que no te merezco, te amo de todos modos.

Francesca apoyó la espalda en la puerta, casi desplomada.

—¿Cómo encuentras esa bromita? —se mofó—. Te quiero. Te amo, esposa de mi primo. Te amo a ti, la única mujer a la que no puedo tener jamás. Te quiero, Francesca Bridgerton Stirling, que...

—Para —interrumpió ella con la voz ahogada.

—¿Ahora? ¿Ahora que por fin he comenzado? Ah, no —exclamó en tono grandilocuente, agitando un brazo como un actor—. ¿Ya estás asustada? —preguntó, con una sonrisa aterradora.

—Michael...

—Porque aún no he comenzado —interrumpió él—. ¿Quieres saber lo que pensaba cuando estabas casada con John?

—No —contestó ella, desesperada, negando con la cabeza.

Él abrió la boca para continuar, con los ojos todavía relampagueando desdén, pero de pronto le ocurrió algo. Le cambió la expresión. Ella lo notó en sus ojos. Ese fuego, esa furia, esa intensidad, de pronto simplemente...

Se apagó.

Su expresión se tornó fría. Cansada.

Entonces cerró los ojos. Parecía agotado.

—Vete —dijo—. Ahora mismo.

—Michael —susurró ella.

—Vete —repitió él, como si no hubiera oído su súplica—. Si no eres mía, ya no te necesito.

—Pero yo...

Él fue hasta la ventana y apoyó los brazos en el alféizar.

—Si esto ha de terminar, tendrás que ponerle fin tú. Tienes que marcharte, Francesca. Porque ahora... después de todo lo que ha pasado, no tengo la fuerza para decirte adiós.

Ella se quedó inmóvil un momento, y cuando pensó que la tensión entre ellos era tan enorme que de pronto la partiría en dos, encontró la energía para mover los pies y salió corriendo de la habitación.

Corrió.

Corrió y corrió.

Corrió sin ver, sin pensar.

Salió corriendo de la casa y se internó en la oscuridad, bajo la lluvia.

Corrió hasta que las piernas parecieron arderle. Corrió hasta que perdió el equilibrio y comenzó a tropezar y deslizarse por el barro.

Corrió hasta que ya no pudo más, y entonces buscó refugio en el mirador y se sentó. Ese mirador lo había hecho construir John para ella, después de abrir los brazos impotente y declarar que renunciaba a disuadirla de hacer esas largas caminatas, para que al menos así ella tuviera un lugar fuera de casa al que pudiera llamar suyo.

Y allí estuvo sentada horas, tiritando por el frío, pero sin sentir nada. Y lo único que podía pensar era:

¿De qué huía?


Michael no tenía ningún recuerdo de los momentos que siguieron a la salida de ella de su habitación. Lo único que sabía era que pareció despertar al sentir el impacto cuando casi atravesó la pared con el puño.

Y sin embargo apenas notó el dolor.

—¿Milord? —preguntó Reivers, asomando la cabeza, para preguntar qué había sido ese ruido.

—Vete —gruñó Michael. No quería ver a nadie, no quería oír ni siquiera respirar a alguien.

—Pero tal vez un poco de hielo para...

—¡Fuera! —rugió él, girándose lentamente.

Se sentía como si el cuerpo se le estuviera agrandando, como si se estuviera convirtiendo en un monstruo. Deseaba golpear a alguien; deseaba desgarrar el aire.

Reivers desapareció.

Michael se enterró las uñas en las palmas hasta que vio que el puño derecho comenzaba a hinchársele. Ese movimiento le parecía la única manera de mantener a raya al demonio interior, de impedirse echar abajo la habitación con sus manos.

Seis años.

Ese era el único pensamiento que tenía en la cabeza al estar ahí, absolutamente inmóvil.

Seis malditos años.

Llevaba seis años conteniendo eso dentro de él, evitando escrupulosamente revelar sus sentimientos en su cara cuando la miraba, sin decírselo jamás ni a una sola alma.

Seis años la había amado, y sólo para «eso».

Había puesto su corazón sobre la mesa. Prácticamente le había pasado un cuchillo y pedido que se lo abriera.

«Ah, no, Francesca, sabes hacerlo mucho mejor. Mantente ahí firme, no te costará nada hacerme unas cuantas heridas más. Y mientras me las haces, ¿por qué no coges estos trocitos y los haces picadillo?»

Quien fuera el que dijo que es bueno decir la verdad era un burro. Él daría cualquier cosa, incluso sus malditos pies, por hacerlo desaparecer todo.

Pero ese es el problema con las palabras, pensó, riendo tristemente.

No se pueden retirar.

«Ahora espárcelo por el suelo. Venga, pisotéalo. No, más fuerte. Más fuerte, Francesca. Sabes hacerlo.»

Seis años.

Seis malditos años, y todo perdido en un solo momento. Y todo porque él pensó que realmente podría tener derecho a sentirse feliz.

Debería haber sabido que no.

«Y para el grandioso final, préndele fuego, maldita sea. Bravo, Francesca».

Ahí iba su corazón.

Se miró las manos. Se había dejado las marcas de las uñas en las palmas. Una se le enterró y le rompió la piel.

¿Qué podía hacer? ¿Qué demonios podía hacer ahora?

No sabría vivir su vida sin que ella supiera la verdad. Durante seis años, todos sus pensamientos y actos habían girado en torno a procurar que ella no lo supiera. Todos los hombres tienen un principio orientador en su vida, y ese había sido el suyo.

Asegurar que ella nunca lo descubriera.

Se dejó caer en su sillón, sin poder contener su risa de loco maniático.

«Venga, Michael», pensó, haciendo temblar el asiento con los estremecimientos de la risa, y bajando la cabeza hasta apoyar la cara en las manos, «bienvenido al resto de tu vida».


Resultó que su segundo acto comenzó antes de lo que esperaba, con un suave golpe en la puerta, tres horas después.

Él seguía sentado en el sillón, y la única concesión que había hecho al paso del tiempo fue dejar de apoyar la cara en las manos, enderezarse y apoyar la cabeza en el respaldo. Ya llevaba un buen rato así, con el cuello inmóvil, e incómodo, mirando sin ver un punto elegido al azar de la seda color crema que tapizaba la pared.

Se sentía ido, lejos, y cuando oyó el golpe ni siquiera supo que era el sonido de un golpe en la puerta.

Pero el golpe volvió a sonar, igual de tímido que el primero, pero insistente.

El que fuera que estaba ahí, no se marcharía.

—¡Adelante! —rugió.

El él era una ella.

Francesca.

Debería haberse levantado. Y deseó levantarse; a pesar de todo, no la odiaba, no deseaba faltarle al respeto. Pero ella le había arrancado todo, hasta el último vestigio de fuerza y finalidad, y lo único que logró hacer fue alzar levemente las cejas.

—¿Qué? —preguntó, cansado.

Ella abrió la boca pero no dijo nada. Estaba mojada, observó él, casi perezosamente. Debía de haber salido de la casa. Vaya tonta, con el frío que hacía fuera.

—¿Qué pasa, Francesca?

—Me casaré contigo si todavía quieres —dijo ella, en voz tan baja que más que oírla le entendió el movimiento de los labios.

Cualquiera habría pensado que se levantaría de un salto, o por lo menos se levantaría, sin poder contener la dicha que le iba recorriendo el cuerpo. Cualquiera habría pensado que atravesaría a largos pasos la habitación, todo un hombre resuelto y decidido, la cogería en sus brazos, le bañaría de besos la cara y la tumbaría en la cama, donde podría sellar el trato de la manera más primitiva posible.

Pero continuó ahí sentado, con el corazón tan agotado que lo único que pudo hacer fue preguntar:

—¿Por qué?

Ella se encogió al detectar desconfianza en su voz, pero en ese momento no se sentía particularmente caritativo. Que sufriera un poco de incomodidad, después de lo que le había hecho.

—No lo sé —dijo ella.

Estaba muy quieta, con los brazos rectos a los costados. No estaba rígida, pero se notaba que le costaba un esfuerzo no moverse.

Y si se movía, sospechó él, sería para salir corriendo de la habitación.

—Tendrás que hacerlo mejor —dijo.

Ella se cogió el labio inferior entre los dientes.

—No lo sé —musitó—. No me obligues a inventar una explicación.

Él arqueó una ceja, sardónico.

—No todavía, al menos —añadió ella.

Palabras, pensó él, casi objetivamente. Él había dicho sus palabras, y esas eran las de ella.

—Puedes retractarte —dijo, con voz grave.

Ella negó con la cabeza.

Entonces él se levantó, lentamente.

—No habrá marcha atrás. Nada de dudas. Nada de cambiar de decisión.

—No. Lo prometo.

Y eso fue lo que por fin le permitió creerle. Francesca no hacía promesas a la ligera. Y jamás faltaba a sus promesas.

En un instante estuvo al otro lado de la habitación, con las manos en su espalda, rodeándola con los brazos, bañándole la cara de besos, como un desesperado.

—Serás mía. ¿Lo entiendes?

Ella asintió, y arqueó el cuello cuando él le deslizó los labios por esa larga columna hasta su hombro.

—Si quiero atarte a la cama y retenerte aquí hasta que te quedes embarazada, lo harás.

—Sí.

—Y no te quejarás.

Ella negó con la cabeza.

Él le tironeó el vestido, y este cayó al suelo con pasmosa rapidez.

—Y te gustará —gruñó.

—Sí. Ah, sí.

La llevó a la cama. La tumbó sin ninguna suavidad, pero al parecer ella no deseaba suavidad, y se le echó encima como un hombre hambriento.

—Serás mía —repitió, cogiéndole las nalgas y apretándola a él—. Mía.

Y ella lo fue. Por esa noche, al menos, fue suya.

# Capítulo 22

*... No me cabe duda de que lo tienes todo bien organizado. Como siempre.*

*De la carta de la vizcondesa Bridgerton viuda a su hija, la condesa de Kilmartin, inmediatamente después de recibir su carta.*

*L*a parte más difícil de organizar una boda con Michael, no tardó en comprender Francesca, era encontrar la manera de comunicarlo a la gente.

Con lo difícil que le había resultado aceptar la idea, no lograba imaginarse cómo se lo tomarían los demás. Buen Dios, ¿qué diría Janet? Había apoyado extraordinariamente su decisión de volverse a casar, pero seguro que no habría considerado candidato a Michael.

De todos modos, cuando estuvo sentada ante su escritorio, con la pluma suspendida horas y horas sobre el papel, tratando de encontrar las palabras adecuadas, en su interior sabía que iba a hacer lo correcto.

Todavía no sabía bien por qué decidió casarse con él. Y tampoco sabía cómo debería sentirse por su pasmosa declaración de amor, pero sí sabía que deseaba ser su esposa.

Pero eso no le hacía más fácil encontrar las palabras para comunicárselo a todos los demás.

Estaba sentada en su despacho, escribiendo cartas a sus familiares, o, mejor dicho, arrugando el papel de su último intento fallido y arrojándolo al suelo, cuando entró Michael con la correspondencia.

—Llegó esto de tu madre —dijo, pasándole un sobre color crema escrito con letra muy elegante.

Francesca lo abrió con el abrecartas, sacó la carta y observó, sorprendida, que constaba de cuatro páginas escritas de arriba abajo. Normalmente su madre se las arreglaba para decir todo lo que tenía que decir en una hoja, o como mucho, dos.

—Buen Dios —exclamó.

—¿Pasa algo? —preguntó Michael, sentándose en el borde del escritorio.

—No, no —contestó ella, distraída—. Sólo que... ¡Santo cielo!

Él se inclinó y estiró un poco el cuerpo, intentando leer.

—¿Qué pasa?

Francesca se limitó a mover la mano indicándole que se callara.

—¿Frannie?

Ella pasó a la página siguiente.

—¡Santo cielo!

—Dame eso —dijo él, alargando la mano para coger el papel.

Ella se apresuró a girarse hacia un lado, sin soltar el papel.

—Ah, caramba —exclamó.

—Francesca Stirling, si no me...

—Colin y Penelope se han casado.

Michael puso los ojos en blanco.

—Ya sabíamos...

—No, quiero decir que adelantaron la boda en, bueno, caramba, tiene que haber sido en más de un mes, diría yo.

—Bien por ellos —dijo él, encogiéndose de hombros.

Francesca lo miró fastidiada.

—Alguien debería habérmelo dicho.

—Me imagino que no hubo tiempo.

—Pero eso no es lo peor —continuó ella, muy irritada.

—No logro imaginar...

—Eloise también se va a casar.

—¿Eloise? —repitió Michael, sorprendido—. ¿La ha cortejado alguien alguna vez?

—No —repuso Francesca pasando rápidamente a la tercera página—. Es un hombre al que no ha visto nunca.

—Bueno, supongo que ya lo habrá visto —dijo él, en tono guasón.

—No puedo creer que nadie me lo haya dicho.

—Has estado en Escocia.

—De todos modos —insistió ella, malhumorada.

Michael se limitó a reírse de su fastidio, el maldito.

—Es como si yo no existiera —continuó, tan irritada que lo miró feroz a él.

—Vamos, yo no diría...

—Ah, sí —dijo ella, con mucha energía—. Francesca.

—Frannie —musitó él, y su voz denotaba que se sentía bastante divertido.

—¿Alguien se lo ha dicho a Francesca? —dijo ella, haciendo como si estuvieran hablando sus familiares—. ¿La recordáis? ¿La sexta de ocho? ¿La de los ojos azules?

—Frannie, no seas tonta.

—No soy tonta, sólo que me siento ignorada.

—Yo creía que te gustaba estar algo separada de tu familia.

—Bueno, sí —gruñó ella—, pero eso no viene al caso.

—Ah, no, claro —musitó él.

Ella lo miró indignada por el sarcasmo.

—¿Nos preparamos para ir a la boda? —le preguntó él, entonces.

—Como si pudiera —bufó ella—. Es dentro de tres días.

—Mis felicitaciones —dijo él, admirado.

Ella entrecerró los ojos, desconfiada.

—Y ¿qué quieres decir con eso?

—No se puede dejar de sentir un inmenso respeto por cualquier hombre que consigue esa hazaña con tanta rapidez —dijo él, encogiéndose de hombros.

—¡Michael!

—Yo lo hice —añadió él, mirándola con una sonrisa decididamente maliciosa.

—Aún no me he casado contigo.

—La hazaña a la que me refería no es el matrimonio —repuso él, sonriendo.

Ella sintió subir un intenso rubor a la cara.

—Basta —masculló.

—Ah, pues no —dijo él, deslizándole las yemas de los dedos por el dorso de la mano.

—Michael, este no es el momento —dijo ella, retirando la mano.

—Ya comienza —suspiró él.

—¿Qué significa eso?

—Ah, nada —contestó él, yendo a sentarse en una silla cercana—. Simplemente que aún no estamos casados y ya parece que llevamos juntos muchos años.

Ella lo miró burlona y volvió la atención a la carta de su madre. Sí que hablaban como una pareja casada hace mucho tiempo, pero no le daría la satisfacción de mostrarse de acuerdo. Eso se debía tal vez a que, a diferencia de los novios recién comprometidos, se conocían desde hacía años. A pesar de los pasmosos cambios de las últimas semanas, él era su mejor amigo.

Se quedó inmóvil al pensar eso.

—¿Pasa algo? —le preguntó Michael.

—No —contestó ella, negando levemente con la cabeza.

En algún momento, en medio de toda su confusión, había perdido de vista eso. Michael era tal vez la última persona con la que hubiera pensado que se casaría, pero eso era por un buen motivo, ¿verdad?

¿Quién habría pensado que ella se casaría con su mejor amigo? Eso tenía que ser un buen presagio para la unión.

—Casémonos —dijo él, de pronto.

Ella lo miró interrogante.

—¿No estaba decidido ya?

—No —dijo él, cogiéndole la mano—. Quiero decir, casémonos hoy.

—¿Hoy? ¿Estás loco?

—No, en absoluto. Estamos en Escocia. No necesitamos proclamas.

—Bueno, no, pero...

Él hincó una rodilla ante ella, con los ojos brillantes.

—Hagámoslo, Francesca. Seamos locos, malos y precipitados.

—Nadie se lo creerá —dijo ella al fin.

—Nadie se lo va a creer de todos modos.

Él tenía su punto de razón en eso.

—Pero mi familia...

—Acabas de decir que te dejaron fuera de las celebraciones.

—¡Sí, pero no lo hicieron adrede!

Él se encogió de hombros.

—¿Importa eso?

—Bueno, sí, si lo pensamos...

Él se incorporó y de un tirón la puso de pie.

—Vamos.

—Michael...

Y la verdad era que no sabía por qué arrastraba los pies, aunque tal vez sólo era porque creía que debía. Al fin y al cabo era una boda, y una precipitación así sería un poco indecorosa.

Él arqueó una ceja.

—¿De veras deseas una boda celebrada ante una gran concurrencia, con fiesta y mucho lujo?

—No —respondió ella, sinceramente. Ya la había tenido una vez; no sería apropiado en la segunda.

Él se le acercó y le rozó la oreja con los labios.

—¿Estás dispuesta a correr el riesgo de tener un bebé ochomesino?

—Es evidente que lo estaba —repuso ella, muy fresca.

—Venga, démosle a nuestro bebé los respetables nueve meses de gestación —dijo él, en tono airoso.

Ella tragó saliva, incómoda.

—Michael, tienes que saber que es posible que no conciba. Con John me llevó...

—No me importa —interrumpió él.

—Yo creo que te importa —dijo ella dulcemente, preocupada por su respuesta, pero resuelta a entrar en el matrimonio con la conciencia tranquila—. Lo has dicho varias veces y...

—Para lograr que te casaras conmigo —interrumpió él y, acto seguido, con pasmosa rapidez, la apoyó de espaldas en la pared y se apretó a ella, aplastándole el cuerpo a todo lo largo con el suyo—. No me importa si eres estéril —le dijo al oído con voz ardiente—. No me importa si das a luz una camada de cachorros. —Le levantó el vestido y le subió la mano por el muslo—. Lo único que me importa —añadió con la voz espesa, moviendo un dedo y acariciándola de modo muy seductor—, es que seas mía.

—¡Ooh! —exclamó ella, sintiendo flaquear las piernas—. Ah, sí.

—¿Sí a esto? —preguntó él, con su sonrisa diabólica, moviendo el dedo justo para volverla loca—. ¿O sí a casarnos hoy?

—A esto. No pares.

—Y ¿la boda?

Francesca tuvo que cogerse de sus hombros para no desplomarse.

—Y ¿la boda? —repitió él, retirando el dedo.

—¡Michael! —gimió ella.

Él estiró los labios en una sonrisa feroz.

—Y ¿la boda?

—Sí —gimió ella, suplicante—. Sí a lo que quieras.

—¿Cualquier cosa?

—Cualquier cosa —suspiró ella.

—Estupendo —dijo él y se apartó bruscamente, dejándola boquiabierta y bastante chafada y desarreglada.

—¿Voy a buscarte la chaqueta? —se ofreció entonces, arreglándose los puños de la camisa.

Era el cuadro perfecto de la virilidad elegante, sin un pelo fuera de lugar, absolutamente tranquilo y sereno.

Ella en cambio, estaba segura, parecía una bruja agorera.

—¿Michael...? —logró decir, tratando de desentenderse de la muy desagradable sensación que le había dejado en las partes bajas.

—Si quieres continuar esto —dijo él, más o menos en el tono que habría empleado para hablar de la caza de perdices—, tendrás que hacerlo como condesa de Kilmartin.

—Soy la condesa de Kilmartin —gruñó ella.

Él asintió.

—Tendrás que hacerlo como «mi» condesa de Kilmartin —enmendó—. Le dio un momento para contestar y al no hacerlo ella, volvió a preguntarle—. ¿Voy a buscar tu chaqueta?

Ella asintió.

—Excelente decisión. ¿Esperas aquí o me acompañas al vestíbulo?

Ella tuvo que separar los dientes para decir.

—Te acompañaré al vestíbulo.

Él le cogió el brazo y mientras la llevaba a la puerta se inclinó a susurrarle al oído:

—Estamos impacientes, ¿eh?

—Vamos a buscar mi chaqueta —gruñó ella.

Él se echó a reír, pero con una risa cálida, sonora, y ella notó que empezaba a desvanecerse su irritación. Él era un pícaro sinvergüenza y tal vez otras cien cosas más, pero era su pícaro sinvergüenza, y sabía que tenía un corazón tan bueno y leal como ningún hombre al que hubiera esperado conocer. Salvo...

Se detuvo en seco y le enterró un dedo en el pecho.

—No habrá otras mujeres —dijo con firmeza.

Él la miró con una ceja arqueada.

—Lo digo en serio. Nada de amantes, nada de coqueteos, nada de ...

—Pero, buen Dios, Francesca —interrumpió él—. ¿De verdad crees que podría? No, borra eso. ¿Crees que querría?

Ella había estado tan inmersa en dejar claras sus intenciones que no le había mirado la cara, y la sorprendió la expresión que vio en ella. Estaba enfadado, comprendió, fastidiado por lo que le había dicho. Pero no podía descartar así como así diez años de mala conducta, y encontraba que él no tenía derecho a esperar eso de ella, así que dijo en voz un poco más baja:

—No tienes la mejor de las reputaciones.

—Por el amor de Dios —gruñó él, haciéndola salir al vestíbulo—. Todo eso era simplemente para sacarte a ti de mi cabeza.

Francesca se quedó tan pasmada que guardó silencio y lo siguió casi a trompicones hacia la puerta principal.

—¿Alguna otra cosa? —preguntó él, volviéndose a mirarla con tanta arrogancia que cualquiera habría pensado que nació heredero del condado y no que el título recayó en él por casualidad.

—Nada —graznó.

—Estupendo. Ahora, vámonos. Tenemos que asistir a una boda.


Por la noche de ese mismo día, Michael no podía por menos que sentirse muy complacido por el giro de los acontecimientos.

—Gracias, Colin —dijo jovialmente, hablando consigo mismo, mientras se desvestía para acostarse—, y gracias a ti también, quienquiera que seas, por no alargar la espera para tu matrimonio con Eloise.

Dudaba bastante que Francesca hubiera aceptado precipitar la boda si su hermano y hermana no se hubieran casado sin la presencia de ella.

Y ahora era su esposa.

Su mujer.

Le resultaba casi imposible creérselo.

Ese había sido su objetivo desde hacía semanas, y por fin la noche anterior ella había aceptado, pero sólo lo consideró realidad cuando le puso el antiguo anillo de oro en el dedo.

Ella era suya.

Hasta que la muerte los separara.

—Gracias, John —añadió, desaparecida toda la frivolidad de su voz.

No le daba las gracias por morirse, eso jamás, sino por liberarlo del sentimiento de culpa. No sabía bien cómo ocurrió todo, pero desde esa fatídica noche después que hicieran el amor en la casa del jardinero, sabía, en su corazón, que John lo habría aprobado.

Le habría dado su bendición, y en sus momentos más fantasiosos, le gustaba pensar que si John hubiera podido elegirle un segundo marido a Francesca, lo habría elegido a él.

Poniéndose una bata color borgoña, se dirigió a la puerta que comunicaba su dormitorio con el de Francesca. Aun cuando habían tenido relaciones íntimas desde el día de su llegada a Kilmartin, sólo ese día se había trasladado a la habitación del conde. Era extraño; en Londres no lo habían preocupado tanto las apariencias; cada uno ocupaba las habitaciones oficiales del conde y la condesa y simplemente procuraban que todo el personal estuviera bien enterado de que la puerta que las comunicaba estaba cerrada firmemente con llave por ambos lados.

Pero en Escocia, donde se comportaban de una manera que sí se merecía habladurías, él había tenido buen cuidado de deshacer su equipaje y alojarse en una habitación lo más alejada de la de Francesca, en el mismo corredor. Y aunque o tanto él como ella iban y venían de una a otra habitación sigilosamente, todo el tiempo, por lo menos mantenían la apariencia de respetabilidad.

Los criados no eran estúpidos; él estaba muy seguro de que todos sabían lo que ocurría, pero todos adoraban a Francesca, deseaban que fuera feliz, y jamás dirían ni una sola palabra contra ella a nadie.

De todos modos, era agradable dejar atrás toda esa tontería.

Cuando llegó a la puerta, no cogió el pomo inmediatamente; se detuvo y trató de escuchar los sonidos de la otra habitación. No se oía mucho. No sabía por qué pensó que podría oír algo. La puerta era maciza y antigua, no dada a revelar secretos. De todos modos, encontraba algo en ese momento que le pedía que lo saboreara.

Iba a entrar en el dormitorio de Francesca.

Y tenía todo el derecho de hacerlo.

Lo único que podría haber mejorado ese momento sería que ella le hubiera dicho que lo amaba.

Esa omisión le producía una persistente inquietud en un pequeño rincón del corazón, que quedaba más que eclipsada por su recién encontrada dicha. No deseaba que ella dijera palabras que no sentía, y aun en el caso de que nunca lo amara como debe amar una mujer a su marido, sabía que sus sentimientos eran más fuertes y nobles que los que albergaban la mayoría de las mujeres por sus maridos.

Sabía que él le importaba, que ella le tenía un profundo cariño como amigo. Y que si le ocurriera algo, ella lo lloraría con todo su corazón.

En realidad, no podía pedir más.

Deseaba más, pero ya tenía muchísimo más de lo que podría haber esperado jamás. No debía ser codicioso. No debía, cuando, por encima de todo, tenía la pasión.

Y había pasión.

Era casi divertido lo mucho que eso la había sorprendido, lo mucho que seguía sorprendiéndola, todos y cada uno de los días. Y él se aprovechaba de eso; eso lo sabía y no lo avergonzaba. Esa misma tarde había aprovechado esa pasión para convencerla de casarse con él inmediatamente.

Y le dio resultado.

Gracias a Dios, le resultó.

Se sentía atolondrado, como un muchacho sin experiencia. Cuando le vino la idea, la de casarse ese día, la sintió como un golpe de electricidad que pasaba por sus venas, y no fue capaz de contenerse. Fue uno de esos momentos en que sabía que tenía que triunfar, hacer cualquier cosa para convencerla.

Y en ese momento, detenido en el umbral de su matrimonio, no pudo dejar de pensar si ahora sería diferente. ¿Sería distinto tenerla en sus brazos como esposa a cómo era tenerla como amante? Cuando le mirara la cara por la mañana, ¿sentiría distinto el aire? Cuando la viera al otro lado de un salón lleno de gente...

Agitó ligeramente la cabeza. Se estaba volviendo un tonto sentimental. Su corazón siempre se había saltado un latido cuando la veía en una sala llena de gente. Más de eso; seguro que ese órgano no soportaría el esfuerzo.

Abrió la puerta.

—¿Francesca? —la llamó, y notó que su voz sonaba suave y ronca en el aire nocturno.

Ella estaba junto a la ventana, ataviada con un camisón de vivo color azul. El corte era recatado, pero la tela se le ceñía al cuerpo y por un momento él no pudo respirar.

Y entonces comprendió, no supo cómo, pero lo comprendió, que siempre sería así.

—¿Frannie? —musitó, avanzando lentamente hacia ella.

Ella se volvió y él vio vacilación en su cara. No nerviosismo, exactamente, sino más bien una encantadora expresión de aprensión, como si ella también comprendiera que ahora todo era diferente.

—Lo hemos hecho —dijo él, sin poder dejar de esbozar una sonrisa de idiota.

—Todavía me cuesta creerlo —dijo ella.

—A mí también —reconoció él, acariciándole una mejilla—, pero es cierto.

—Mmm... esto... —comenzó ella y luego negó con la cabeza—. No tiene importancia.

—¿Qué ibas a decir?

—Nada.

Él le cogió las manos y se las acercó.

—No era nada. Nunca es nada, tratándose de ti o tratándose de mí.

Ella tragó saliva y las sombras se movieron por el delicado contorno de su garganta.

—Sólo quería decir... —dijo al fin—, decir...

Él le apretó las manos, como para transmitirle valor. Deseaba que lo dijera. Había creído que no necesitaba oír las palabras, al menos no todavía, pero, Dios santo, cuánto deseaba oírlas.

—Me alegra mucho haberme casado contigo —terminó ella, su voz tan tímida como la nada típica expresión tímida de su cara—. Ha sido lo correcto.

Él notó que se le encogían ligeramente los dedos de los pies, atrapando la alfombra, mientras se tragaba la decepción. Eso era más de lo que habría esperado oírle decir, pero mucho menos de lo había deseado.

Y sin embargo, aún así, ella seguía en sus brazos, era su esposa, y eso, se prometió enérgicamente, tenía que contar para algo.

—A mí también me alegra —dijo dulcemente, estrechándola más.

Acercó los labios a los suyos y sí que fue diferente cuando la besó. Percibía una nueva sensación de pertenencia, y la falta de furtividad y desesperación.

La besó larga, largamente, y suave, tomándose el tiempo para explorarla, para disfrutar de cada instante. Deslizó las manos por la seda del camisón, y ella gimió por la sensación de la tela apretujada por sus manos.

—Te amo —musitó—. Te quiero.

Ya no tenía ningún sentido guardarse para él esas palabras, aun cuando ella no sintiera la inclinación a decírselas a él. Deslizó los labios por su mejilla hasta la oreja, le mordisqueó suavemente el lóbulo y continuó hacia abajo por el cuello hasta el delicioso hueco en la base de la garganta.

—Michael —suspiró ella, apretándose a él—. Oh, Michael.

Él ahuecó las manos en sus nalgas y la apretó hacia él, y se le escapó un gemido de placer al sentirla tensa y cálida contra su erección.

Había creído que la deseaba antes, pero eso... eso era diferente.

—Te necesito —dijo con la voz ronca, arrodillándose y deslizando los labios por su vientre hasta el centro de ella, por encima de la seda—. No sabes cuánto te necesito.

Ella musitó su nombre, y pareció confundida al mirarlo hacia abajo, en esa posición de súplica.

—Francesca —dijo, sin saber por qué lo decía, tal vez simplemente porque su nombre era lo más importante del mundo en ese momento: su nombre, su cuerpo y la belleza de su alma—. Francesca —repitió, hundiendo la cara en su vientre.

Ella le puso las manos en la cabeza y enredó los dedos en su pelo. Él podría haber continuado así horas y horas, de rodillas ante ella, pero entonces ella se arrodilló también y arqueó el cuello cuando él la besó.

—Te deseo —dijo—. Por favor.

Michael gimió, la estrechó en sus brazos y luego se incorporó, la levantó y la tironeó hacia la cama. En un instante ya estaban en ella, y el mullido colchón pareció abrazarlos mientras ellos se abrazaban.

—Frannie —musitó él, mientras con los dedos temblorosos le subía el camisón hasta más arriba de la cintura.

Ella le puso una mano en la nuca y lo atrajo para otro beso, este ardiente y profundo.

—Te necesito —dijo entonces, casi gimiendo de deseo—. No sabes cuánto te necesito.

—Deseo verte entera —dijo él, prácticamente arrancándole el camisón—. Necesito sentirte, acariciarte toda entera.

Francesca estaba tan impaciente como él; le cogió el cinturón de la bata, le soltó rápidamente el lazo y se la abrió, dejando a la vista la ancha extensión de su pecho. Le acarició el suave vello, casi maravillándose al deslizar la mano por su piel.

Jamás se había imaginado en esa situación, en ese momento. Esa no era la primera vez que lo veía de esa manera, que lo acariciaba así, pero en cierto modo era diferente en ese momento.

Él era su marido.

Era difícil creerlo y sin embargo lo sentía absolutamente perfecto, correcto.

—Michael —musitó, pasándole la bata por encima de los hombros.

—¿Mmmm? —musitó él, ocupado haciéndole algo delicioso en la corva de la rodilla.

Ella dejó caer la cabeza en la almohada, totalmente olvidada de lo que iba a decir, si es que iba a decir algo.

Él curvó la mano sobre su muslo y la fue deslizando hacia arriba, por la cadera, por la cintura y finalmente la detuvo en el costado del pecho. Francesca deseaba participar, ser osada, y acariciarlo mientras él la acariciaba, pero sus caricias la volvían lánguida y perezosa, y lo único que podía hacer era estar tendida ahí disfrutando de sus atenciones, alargando la mano de tanto en tanto para acariciarle la parte de piel a la que le llegara la mano.

Se sentía mimada.

Se sentía adorada.

Amada.

Se sentía humilde.

Eso era exquisito.

Era sagrado y seductor, y la dejaba sin aliento.

Él siguió con los labios la huella que iban dejando sus manos, produciéndole hormigueos de deseo al subir por su vientre hasta posarse en la hendedura entre sus pechos.

—Francesca —musitó, besándole el pecho y avanzando con los labios hasta llegar al pezón.

Primero la atormentó ahí con la lengua y luego lo cogió en la boca, mordisqueándoselo suavemente.

La sensación fue intensa e inmediata. Se le estremeció y descontroló el cuerpo, y tuvo que cogerse de las sábanas para afirmarse pues de repente su mundo se había ladeado, desviándose de su eje.

—Michael —resolló, arqueándose.

Él ya le había introducido las manos en la entrepierna, aunque ella no necesitaba más preparación para su penetración. Deseaba eso, lo deseaba a él, y deseaba que durara eternamente.

—Qué exquisita eres —dijo él, con la voz ronca de deseo, con su aliento caliente sobre su piel.

Entonces cambió de posición, montando encima de ella y posicionando el miembro en su entrada. Su cara estaba sobre la suya, tocándole la nariz con su nariz, y sus ojos brillaban, ardientes e intensos.

Ella se movió debajo de él, arqueando las caderas para recibirlo hasta el fondo.

—Ahora —dijo, en una mezcla de orden y súplica.

Él la penetró poco a poco, con seductora lentitud. Ella notó cómo se iba abriendo, ensanchándose para recibirlo hasta que sus cuerpos quedaron tocándose y supo que él la había penetrado hasta el fondo.

—Aahh —gimió él, con la cara tensa de pasión—. No puedo... tengo que...

Ella contestó arqueando las caderas, apretándose a él con más firmeza.

Entonces él comenzó a moverse, produciéndole una nueva oleada de sensaciones con cada embate, que se iban propagando y ardiendo por todo su cuerpo. Musitó su nombre y luego ya fue incapaz de hablar, aparte de resollar tratando de hacer entrar aire a sus

pulmones, pues sus movimientos se volvieron frenéticos y deses-
perados.

Y entonces le vino el orgasmo como un rayo, en una oleada de
placer. Le explotó el cuerpo y gritó, sin poder contener la intensidad
de la experiencia. Michael embistió más fuerte, una y otra y otra vez.
Gritó su nombre al eyacular, como si fuera una oración y una bendición, y después de las últimas y frenéticas embestidas, se desplomó encima de ella.

—Peso mucho —dijo, haciendo un desganado esfuerzo por ro-
dar hacia un lado.

—No —dijo ella, impidiéndoselo con una mano.

No deseaba que se moviera. Pronto le resultaría difícil respirar
y él tendría que apartarse, pero por el momento sentía algo fundamental en esa posición entre ellos, algo que no deseaba que acabara.

—No —dijo él, y ella detectó una sonrisa en su voz—. Te estoy
aplastando.

Rodó hacia un lado pero sin dejar de abrazarla, y ella se encontró acurrucada junto a él como una cucharilla, con la espalda calen-
tada por su piel y su cuerpo sujeto por su brazo bajo sus pechos.

Él musitó algo con la boca apoyada en su nuca, y ella no entendió sus palabras pero no hacía falta; sabía lo que decía.

Poco después él se durmió y su respiración fue como una can-
ción de cuna lenta y pareja junto a su oído.

Pero ella no se durmió. Estaba cansada, tenía sueño, se sentía sa-
ciada, pero no se durmió.

Esa había sido una noche diferente.

Y se quedó reflexionando por qué.

# Capítulo 23

*... Seguro que Michael te escribirá también, pero como te considero una muy queridísima amiga, quise escribirte yo para informarte que nos hemos casado. ¿Te sorprende? Debo confesar que a mí sí me sorprendió.*

*De la carta de la condesa de Kilmartin a Helen Stirling, tres días después de su boda con el conde de Kilmartin.*

—*T*ienes un aspecto terrible.

Michael se giró a mirarla con una expresión bastante hosca.

—Y que tengas un buen día también —dijo, y volvió su atención a sus huevos y tostada.

Francesca se sentó a la mesa del desayuno frente a él. Llevaban dos semanas casados; esa mañana Michael se había levantado temprano y cuando ella despertó, el lado de él en la cama estaba frío.

—No es broma —dijo, frunciendo el ceño, preocupada—. Estás muy pálido y ni siquiera estás sentado derecho. Deberías volver a la cama a descansar un poco.

Él tosió, volvió a toser y el acceso de tos le estremeció el cuerpo.

—Estoy muy bien —dijo, aunque las palabras le salieron casi en un resuello.

—No estás bien.

Él puso los ojos en blanco.

—Dos semanas casados y ya...

—Si no querías una mujer regañona no deberías haberte casado conmigo —replicó ella, calculando la distancia y comprobando que no le llegaría la mano para tocarle la frente para ver si tenía fiebre.

—Estoy bien —repitió él.

Diciendo eso cogió su ejemplar de *The London Times*, de varios días atrás pero lo más actual que se podía esperar en esos condados de la orilla de Escocia, y procedió a desentenderse de ella.

Dos podían jugar a ese juego, pensó ella, y volvió toda su atención a la siempre interesante tarea de extender mermelada en su bollo.

Pero él volvió a toser.

Ella se movió en el asiento, tratando de no decir nada.

Él volvió a toser y esta vez tuvo que volverse hacia un lado para poder inclinarse un poco.

—Mic...

Él la miró con tal ferocidad que ella cerró la boca. Lo miró con los ojos entrecerrados.

Él inclinó la cabeza en un gesto fastidiosamente condescendiente, pero el efecto se estropeó cuando el cuerpo se le estremeció por otro acceso de tos.

—Ya está —declaró ella, levantándose—. Vas a volver a la cama. Ahora mismo.

—Estoy bien —gruñó él.

—No estás bien.

—Estoy...

—Enfermo —interrumpió ella—. Estás enfermo, Michael. Enfermo, mal, apestado. Estás enfermo. Como un perro. No sé de qué otra manera decirlo más claro.

—No tengo la peste —masculló él.

—No —dijo ella, rodeando la mesa y cogiéndole el brazo—, pero tienes malaria y...

—Esto no es malaria —protestó él, y volvió a toser, como si se le estuviera desgarrando el pecho.

Ella lo levantó de un tirón, cosa que no podría haber hecho sin un poco de colaboración por parte de él.

—¿Cómo lo sabes?

—Pues, lo sé.

Ella frunció los labios.

—Y hablas con el conocimiento médico que viene de...

—Haber tenido la enfermedad la mayor parte de un año —terminó él—. No es malaria.

Ella le dio un codazo empujándolo hacia la puerta.

—Además —continuó él—. Es demasiado pronto.

—¿Demasiado pronto para qué?

—Para otro ataque —explicó él, cansinamente—. Tuve uno en Londres hace... ¿cuánto, dos meses? Es demasiado pronto.

—¿Por qué es demasiado pronto? —preguntó ella, en un tono curiosamente tranquilo.

—Simplemente lo es —masculló él, pero en su interior sabía que no era así.

No era demasiado pronto; había conocido a un montón de personas que tenían ataques de malaria a los dos meses.

Todos estaban muy enfermos; realmente enfermos.

Bastantes de ellos habían muerto.

Si los ataques le venían muy juntos, ¿significaba eso que la enfermedad estaba ganando?

Bueno, eso sí que era una ironía. Por fin se había casado con Francesca y ahora igual se iba a morir.

—No es malaria —repitió, y con tanta energía que ella dejó de caminar para mirarlo—. No lo es.

Ella se limitó a asentir.

—Probablemente es un catarro —añadió.

Ella volvió a asentir, pero él tuvo la clara impresión de que sólo quería apaciguarlo.

—Te llevaré a la cama —dijo dulcemente.

Y él se dejó llevar.


Diez horas después, Francesca estaba aterrada. A Michael le iba subiendo la fiebre y aunque no deliraba ni balbuceaba cosas incoherentes, era evidente que estaba muy, muy enfermo. Repetía una y otra vez que no era malaria, que no lo sentía como malaria, pero cada vez que ella le pedía detalles, él no sabía explicar por qué, al menos no hasta dejarla satisfecha.

Ella no sabía mucho acerca de la enfermedad; las librerías para damas elegantes de Londres declinaban la posibilidad de ofrecer textos médicos. Ella deseaba preguntarle a su médico, o incluso buscar un experto en el Colegio Real de Médicos, pero le había prometido a Michael mantener en secreto su enfermedad; si iba por la ciudad haciendo preguntas sobre la malaria, finalmente alguien querría saber por qué. Por lo tanto, lo único que sabía era lo que le había explicado él desde que había vuelto definitivamente de India.

Pero no le parecía correcto que los ataques vinieran tan juntos, aun cuando tenía que reconocer que no poseía ningún conocimiento médico que sirviera de base a esa suposición. Cuando él cayó enfermo en Londres, dijo que hacía seis meses desde el último ataque de fiebres, y antes de eso había tenido dos.

¿Por qué la enfermedad iba a cambiar repentinamente su curso y volver a atacar tan pronto? Eso no tenía ningún sentido. No lo tenía, si él estaba mejorando.

Y tenía que estar mejorando. Tenía que estar mejorando.

Suspirando le tocó la frente. Él se había quedado dormido, y estaba roncando suavemente, como tendía a hacer cuando tenía el pecho congestionado. O al menos eso le dijo él. No llevaban tanto tiempo casados para que ella lo supiera por experiencia.

Tenía la piel caliente, pero no ardiendo. Sus labios se veían muy resecos, por lo que le puso una cucharadita de té tibio, levantándole el mentón para que pudiera tragarlo dormido.

Pero él se atragantó y se despertó, arrojando el té sobre la cama.

—Perdona —dijo ella, contemplando el estropicio. Menos mal que sólo le había dado una cucharadita.

—¿Qué diablos quieres hacerme? —preguntó él.

—No lo sé. No tengo mucha experiencia en cuidar enfermos. Me pareció que tenías sed.

—Cuando tenga sed te lo diré —gruñó él.

Ella asintió y lo observó mientras él trataba de volver a ponerse cómodo.

—¿No tienes sed ahora, por una casualidad? —le preguntó mansamente.

—Un poco —dijo él, pronunciando abruptamente las sílabas.

Sin decir palabra, ella le acercó la taza a los labios. Él la bebió entera en unos pocos y largos tragos.

—¿Te apetece otra taza?

Él negó con la cabeza.

—Si bebo un poco más tendré que ori... —se interrumpió y carraspeó—. Perdona.

—Tengo cuatro hermanos. No te preocupes. ¿Quieres que te traiga el orinal?

—Eso lo puedo hacer yo solo.

Él no estaba bien como para atravesar solo la habitación, pero ella comprendió que no debía discutir con un hombre en ese estado de irritación. Ya entraría en razón cuando intentara levantarse y se cayera redondo en la cama. Ningún argumento ni razón por parte de ella lograría convencerlo.

—Tienes mucha fiebre —dijo dulcemente.

—No es malaria.

—No he dicho...

—Lo estabas pensando.

—Y ¿qué ocurriría si fuera malaria?

—No es...

—Pero ¿y si lo fuera? —interrumpió ella.

Horrorizada notó que la voz le salía muy aguda y ese sonido de terror la hizo atragantarse.

Michael la miró un momento, con los ojos tristes. Finalmente se dio la vuelta en la cama y dijo:

—No lo es.

Francesca tragó saliva. Ya tenía la respuesta.

—¿Te importa si te dejo solo? —preguntó, levantándose tan rápido que sintió bajar toda la sangre de la cabeza.

Él no dijo nada pero ella vio que se encogía de hombros bajo las mantas.

—Sólo iré a caminar un poco —explicó, con la voz entrecortada, dirigiéndose a la puerta—, antes que se ponga el sol.

—Estaré muy bien —gruñó él.

Ella asintió, aunque él no la estaba mirando.

—Volveré pronto —dijo.

Pero él ya se había vuelto a dormir.


El aire estaba neblinoso y daba la impresión de que volvería a llover, por lo que Francesca cogió un paraguas y salió en dirección al mirador. Era abierto por los lados pero tenía techo, de modo que si se descargaba el aguacero no se mojaría.

Pero con cada paso que daba sentía más dificultosa la respiración y cuando llegó al mirador ya iba jadeando por el esfuerzo, no el de caminar sino el de contener las lágrimas.

En el instante en que se sentó, dejó de esforzarse en contenerlas.

Le salían sollozos desgarradores, muy impropios de una dama, pero no le importó.

Michael podría estar muriéndose. Por lo poco que ella sabía de la enfermedad, parecía que se iba a morir, y quedaría viuda por segunda vez.

Y la primera vez casi la mató.

Simplemente no sabía si tendría la fuerza para pasar por todo eso otra vez. Y no sabía si deseaba tener esa fuerza.

No estaba bien, no era justo, maldita sea, que tuviera que perder a dos maridos cuando tantas mujeres tenían uno durante toda su vida. Y la mayoría de esas mujeres ni siquiera querían a sus maridos, mientras que ella los amaba a los dos.

Se le quedó atrapado el aire en la garganta.

¿Amaba a Michael? ¿Le amaba?

No, no, se dijo, no lo amaba. No lo amaba así. Cuando lo pensó, cuando pasó la palabra por su cabeza, estaba pensando en amistad. Claro que quería a Michael de esa manera. Siempre lo había amado así, ¿no? Él era su mejor amigo, y lo era ya cuando John estaba vivo.

Cerró los ojos, recordó sus besos y la sensación perfecta que le producía su mano en la espalda, a la altura de la cintura, cuando caminaban por la casa.

Y entonces, por fin, descubrió por qué todo le parecía diferente entre ellos últimamente. No era, como había supuesto al principio, sólo porque se habían casado; no era porque él era su marido, porque llevaba su anillo en el dedo.

Era porque lo amaba.

Eso que había entre ellos, ese vínculo, esa unión, no era solamente pasión ni era malo.

Era amor, y era divino.

Y no podría haberse sentido más sorprendida si John se hubiera materializado ante ella y comenzado a bailar un *reel* irlandés.

Michael.

Amaba a Michael.

No sólo como amigo, sino como marido y amante. Lo amaba con la misma intensidad y profundidad con que había amado a John; era diferente porque ellos eran hombres distintos y ella había cambiado, pero también era igual. Era el amor de una mujer por un hombre, y le llenaba todos los recovecos del corazón.

Y por Dios que no deseaba que se muriera.

—No puedes hacerme esto —exclamó casi a gritos, inclinada sobre un lado del banco del mirador y mirando el cielo.

Una gruesa gota de lluvia le cayó en la nariz y le salpicó hasta el ojo.

—Ah, no —gruñó, secándose el ojo y la nariz—. No te creas que puedes...

Le cayeron otras tres gotas, en rápida sucesión.

—Maldición —masculló, y se apresuró a añadir un «lo siento», dirigido a las nubes.

Se enderezó y echó atrás la cabeza, para que la protegiera el techo del mirador, ya que la lluvia iba aumentando en volumen.

¿Qué debía hacer? ¿Lanzarse adelante con toda la resolución de un ángel vengador, o entregarse a un buen llanto y sentir lástima de sí misma?

¿O tal vez un poco de ambas cosas?

Contempló la lluvia un momento, que ahora ya era un aguacero que caía con tanta fuerza como para meter miedo en el corazón del más resuelto de los ángeles vengadores.

Decididamente, un poco de ambas cosas.


Michael abrió los ojos y se sorprendió al ver que ya era de día. Pestañeó unas cuantas veces, sólo para ratificarlo. Las cortinas estaban cerradas, pero no totalmente, de modo que por una rendija entraba un rayo de luz que formaba una franja en la alfombra.

La mañana. Bueno. Tal vez había estado muy cansado. Lo último que recordaba era a Francesca saliendo de la habitación con la intención de salir a caminar, aun cuando cualquier tonta se habría dado cuenta de que estaba a punto de llover.

Tonta.

Intentó sentarse pero al instante se dejó caer entre las mantas. Maldición, se sentía como si se fuera a morir. No era esa la mejor metáfora en esas circunstancias, tuvo que reconocer, pero no se le ocurría otra manera de definir el malestar que se había apoderado de todo su cuerpo. Se sentía agotado, casi pegado a las sábanas. La sola idea de sentarse lo hacía gemir.

Maldición, se sentía fatal.

Se tocó la frente, para comprobar si tenía fiebre, pero si la frente estaba caliente, también lo estaba su mano, por lo que no logró enterarse de nada, aparte de que estaba tremendamente sudado y necesitaba un buen baño.

Inspiró aire con el fin de olerse, pero tenía la nariz tan cogestionada que le vino un acceso de tos.

Exhaló un suspiro. Bueno, si apestaba, por lo menos no tendría que olerse.

Miró hacia la puerta al oír un suave sonido y vio a Francesca, que venía entrando sigilosamente, descalza, sólo con las medias, para no despertarlo. Pero mientras se iba acercando a la cama, lo miró y ahogó una exclamación de sorpresa.

—Ah, estás despierto.

Él asintió.

—¿Qué hora es?

—Las ocho y media. No es muy tarde, lo que pasa es que anoche te quedaste dormido antes de cenar.

Él volvió a asentir puesto que no tenía nada importante que añadir a la conversación. Además, se sentía tan cansado que no deseaba hablar.

—¿Cómo te sientes? —preguntó entonces ella, sentándose en la cama a su lado—. ¿Te apetecería comer algo?

—Fatal, y no, gracias.

Ella esbozó una leve sonrisa.

—Y ¿beber algo?

Él asintió.

Ella fue a coger un pequeño tazón de una mesa cercana, que estaba tapado con un platillo, probablemente para mantener caliente el contenido.

—Es de anoche —dijo, en tono de disculpa—, pero lo hice cubrir para que no supiera muy horroroso.

—¿Caldo?

Ella asintió y le acercó el tazón a los labios.

—¿Está demasiado frío?

Él probó un poco y negó con la cabeza. Estaba apenas tibio, pero no se veía capaz de tomar algo más caliente.

Ella le sostuvo el tazón en silencio durante un minuto más o menos, y cuando él dijo basta, fue a dejarlo en la mesa y lo tapó con el platillo, aunque él se imaginó que ordenaría que le trajeran otro tazón para la próxima comida.

—¿Tienes fiebre? —le preguntó entonces, en voz baja.

Él intentó esbozar su famosa sonrisa «al diablo le importa».

—No tengo ni idea.

Ella le tocó la frente.

—No he podido bañarme —masculló él, disculpándose por la frente pegagosa sin decir la palabra «sudor» en su presencia.

Sin dar señales de haber oído su pretendida broma, ella frunció el ceño y le colocó toda la mano en la frente. Entonces, sorprendiéndolo por su rapidez, se levantó y se inclinó a darle un suave beso en la frente.

—¿Frannie?

—Tienes la frente caliente —dijo ella, apenas en un susurro—. ¡La tienes ardiendo!

Él se limitó a pestañear.

—Todavía tienes fiebre —continuó ella, emocionada—. ¿No te das cuenta? Si todavía tienes fiebre, ¡no puede ser malaria!

Por un instante, él no pudo respirar. Ella tenía razón. Le costaba creer que no se le hubiera ocurrido a él, pero ella tenía razón. La fiebre de la malaria siempre remitía por la mañana del día siguiente. Volvía al otro día, claro, muchas veces con una fuerza horrorosa, pero siempre remitía, dándole un día de respiro, para luego hacerlo caer otra vez.

—No es malaria —repitió ella, con los ojos sospechosamente brillantes, y se sentó en la silla que había junto a la cama.

—Te dije que no lo era —dijo él, pero en su interior sabía la verdad: que no estaba tan seguro.

—No te vas a morir —musitó ella, cogiéndose el labio inferior entre los dientes.

Él la miró a los ojos.

—¿Temías que me muriera? —preguntó en voz baja.

—Por supuesto —contestó ella, con la voz ahogada, ya sin tratar de disimular—. Dios mío, Michael, no puedo creérmelo. ¿Tienes una idea de lo...? Vamos, por el amor de Dios.

Él no entendió lo que quería decir, pero tuvo la impresión de que era algo bueno.

Ella se levantó y el respaldo de la silla se golpeó en la pared. Cogió la servilleta que estaba junto al tazón de caldo y se la pasó por los ojos.

—¿Frannie? —musitó él.

—Qué hombre más... —dijo ella, enfurruñada.

Ante eso él sólo pudo arquear las cejas.

—Deberías saber que yo...

Pero se interrumpió sin terminar la frase.

—¿Qué pasa, Frannie?

Ella negó con la cabeza.

—Todavía no —dijo, y él tuvo la impresión de que hablaba consigo misma, no con él—. Pronto, pero todavía no.

Él pestañeó.

—Perdón, ¿qué has dicho?

—Tengo que salir —dijo ella, en tono curiosamente abrupto—. Necesito hacer una cosa.

—¿A las ocho y media de la mañana?

—Volveré pronto —dijo ella, dirigiéndose a toda prisa a la puerta—. No vayas a ninguna parte.

—Bueno, maldita sea —dijo él, tratando de bromear—, ahí quedan mis planes de ir a hacerle una visita al rey.

Pero ella estaba tan distraída que no se molestó en replicar algo ingenioso a su patético intento de hacer una broma.

—Pronto —dijo, como si le hiciera una promesa—. Volveré pronto.

Él sólo pudo encogerse de hombros y quedarse mirando la puerta cuando ella la cerró al salir.

# Capítulo 24

*... No sé cómo decirte esto y tampoco sé cómo vas a recibir la noticia, pero Michael y yo nos casamos hace tres días. No sabría explicar los acontecimientos que nos llevaron al matrimonio, aparte de decir simplemente que me pareció que era hacer lo correcto. Sabe, por favor, que esto no disminuye en nada el amor que sentía por John. Él siempre tendrá un lugar especial y querido en mi corazón, como tú...*

*De la carta de la condesa de Kilmartin a Janet,*
*la condesa de Kilmartin viuda, tres días después*
*de su boda con el conde de Kilmartin.*

*P*asado un cuarto de hora, Michael se sentía extraordinariamente mejor; no bien del todo, claro; ni estirando mucho la imaginación podría convencerse de que era el hombre sanote y enérgico de siempre. Pero seguro que el caldo le hizo bien, como también la conversación, y cuando se levantó para usar el orinal descubrió que las piernas lo sostenían con más firmeza de lo que habría creído. Terminada esa tarea procedió a hacerse un improvisado lavado, quitándose la mayor parte del sudor con un paño mojado. Cuando se hubo puesto una camiseta limpia, volvió a sentirse casi humano.

Caminó hasta la cama, pero no logró decidirse a meter su cuerpo entre esas sábanas mojadas de sudor, de modo que tiró del cordón para llamar a un criado y fue a sentarse en su sillón de orejas de piel, girándolo un poco para poder mirar por la ventana.

El día estaba soleado; ese era un cambio agradable. El tiempo había estado revuelto esas dos semanas que llevaban casados. No le había importado particularmente; a un hombre que se pasa gran parte de su tiempo haciéndole el amor a su mujer, como había hecho él, no le importa mucho si está brillando el sol.

Pero en ese momento, fuera de su lecho de enfermo, descubrió que se le elevaba el ánimo al ver el brillo de la luz del sol en la hierba cubierta de rocío.

Notó un movimiento abajo que le llamó la atención, y vio que era Francesca, que iba caminando a toda prisa por el jardín de césped. Estaba lejos, por lo que no la veía con claridad, pero iba ataviada con un abrigo muy práctico y llevaba algo en la mano.

Se inclinó, acercando más la cara a la ventana para verla mejor, pero justo en ese momento ella desapareció detrás de un seto y la perdió de vista.

En ese momento entró Reivers.

—¿Ha llamado, milord?

Michael se giró a mirarlo.

—Sí. ¿Podrías encargarte de que suba alguien a cambiar las sábanas?

—Por supuesto, milord.

—Y... —continuó él, con la intención de decirle que le hiciera subir la bañera con agua caliente también, pero, sin pensarlo, se le escaparon las palabras—: ¿Sabes adónde va lady Kilmartin? La vi atravesando el césped.

—No, milord —contestó Reivers, negando con la cabeza—. No tuvo a bien comunicármelo, aunque Davies me dijo que ella le pidió que le dijera al jardinero que le cortara unas pocas flores.

Michael asintió, siguiendo mentalmente la cadena de personas; en realidad debería respetar más esa afición a los cotilleos de los criados.

—Flores, dices —musitó, pensativo.

Eso era lo que llevaba en la mano cuando la vio hacía unos minutos.

—Peonías —confirmó Reivers.

—Peonías —repitió Michael, inclinándose con interés.

Esas eran las flores predilectas de John, y fueron las principales en el ramillete de boda de Francesca. Casi lo consternaba recordar un detalle así, pero aunque tan pronto como John y Francesca se marcharon de la fiesta él se emborrachó como una cuba; recordaba la ceremonia hasta en los más mínimos detalles.

El vestido era azul, azul hielo. Y las flores eran peonías. Tuvieron que conseguirlas en un invernadero, pero Francesca había insistido en eso.

Y repentinamente supo exactamente adónde iba ella, bien abrigada para protegerse del ligero frío del aire.

Iba a la tumba de John.

Él había estado allí una vez después de su llegada. Fue solo, unos días después de aquel extraordinario momento en su dormitorio cuando de pronto comprendió que John habría aprobado que se casara con Francesca. Más aún, casi creyó que John estaba ahí, riéndose divertido de todo el asunto.

Y entonces no pudo dejar de preguntarse: ¿Comprenderá eso Francesca? ¿Comprendía que John lo habría deseado? ¿Para los dos?

¿O seguiría atormentada por la culpa?

Sin pensarlo se levantó del sillón. Él conocía el sentimiento de culpa, sabía como roe el corazón, cómo desgarra el alma. Conocía ese sufrimiento, y sabía que se siente como ácido en las entrañas.

Y no le deseaba eso a Francesca. Nunca.

Ella podría no amarlo. Podría no amarlo nunca. Pero era más feliz de lo que había sido antes que se casaran; de eso estaba seguro. Y lo mataría saber que ella se sentía culpable por esa felicidad.

John habría deseado que ella fuera feliz. Habría deseado que ella amara y fuera amada. Y si Francesca, por lo que fuera, no comprendía eso...

Comenzó a vestirse. Seguía débil, sí, todavía tenía fiebre, sí, pero por Dios que sería capaz de ir al camposanto de la capilla. Medio lo mataría pero no permitiría que ella cayera en el mismo tipo de desesperación culpable que él había sufrido tanto tiempo.

Ella no tenía por qué amarlo. No tenía por qué. Se había repetido eso tantas veces durante el poco tiempo que llevaban casados que casi se lo creía.

No tenía por qué amarlo. Pero sí debía sentirse libre; libre para ser feliz.

Porque si no era feliz...

Bueno, eso sí lo mataría. Podía vivir sin su amor, pero no sin su felicidad.


Francesca sabía que el suelo estaría mojado, por lo tanto llevaba una pequeña manta, la manta de tartán verde y oro de los Stirling. Sonrió tristemente al extenderla sobre la hierba.

—Hola, John —dijo, arrodillándose a arreglar las peonías al pie de la lápida.

Su tumba era sencilla, mucho menos ostentosa que los monumentos que solían erigir muchos nobles para honrar a sus muertos.

Pero era lo que John habría querido. Ella lo conocía muy bien, y la mitad de las veces era capaz de predecir lo que diría.

Él habría deseado algo sencillo, y lo habría deseado ahí, en el rincón más alejado del camposanto, la parte más cercana a los ondulantes campos de Kilmartin, su lugar preferido en el mundo.

Y eso fue lo que ella le dio.

—Hace un día precioso —dijo, sentándose sobre la manta.

Se levantó las faldas para poder sentarse al estilo indio y luego se las arregló bien sobre las piernas. Esa era una postura que no adoptaría jamás en compañía de otros, pero ahí era distinto.

John habría querido que ella estuviera cómoda.

—Ha llovido semanas y semanas —continuó—. Algunos días han sido peores que otros, por supuesto, pero no ha habido ningún día sin por lo menos unos minutos de lluvia. A ti no te habría importado, pero yo, lo confieso, estaba deseando que brillara el sol.

Vio que el tallo de una de las flores no estaba tal como lo deseaba y se inclinó a arreglarlo.

—Claro que eso no me ha impedido salir a caminar —dijo, y se le escapó una risita nerviosa—. La lluvia me ha sorprendido fuera bastantes veces últimamente. La verdad es que no sé bien qué me pasa... antes prestaba más atención al tiempo. —Exhaló un suspiro—. No, sí sé qué me pasa. Simplemente me da miedo decírtelo. Tonta que soy, lo sé, pero...

Volvió a reírse, con esa risa tensa que sonaba tan mal en sus labios. Eso era algo que nunca había sentido con John: nerviosismo. Desde el instante en que se conocieron se había sentido cómoda en su presencia, absolutamente cómoda, a gusto, tanto con él como consigo misma.

Pero en esos momentos...

Bueno, tenía motivos para estar nerviosa.

—Ha ocurrido algo, John —continuó, tironeándose la tela del abrigo—. Esto... comencé a sentir algo por alguien, algo que quizá no debería haber sentido.

Miró alrededor, medio esperando que apareciera alguna especie de señal del cielo. Pero no vio nada, sólo sintió el suave murmullo de las hojas de los árboles agitadas por la brisa.

Tragó saliva y volvió a centrar la atención en la lápida de John. Era tonto que un trozo de piedra llegara a simbolizar a un hombre, pero no sabía qué otra cosa mirar cuando le hablaba a su recuerdo.

—Tal vez no debería haberlo sentido, o tal vez debía y simplemente creía que no debía. No lo sé, lo único que sé es que ocurrió. Yo no lo esperaba, pero entonces, ahí estaba el sentimiento y... por...

Se interrumpió, y los labios se le curvaron en una sonrisa que era casi pesarosa.

—Bueno, supongo que sabes por quién es. ¿Te lo imaginas?

Y entonces ocurrió algo extraordinario. Después, pensándolo en retrospectiva, tuvo la sensación de que debió moverse la tierra o que del cielo bajó un rayo de luz que iluminó la tumba. Pero no hubo nada de eso; nada palpable, nada audible ni visible, sino simplemente una extraña sensación de que algo se movía dentro de ella, casi como si algo se hubiera abierto paso para, por fin, ocupar su lugar.

Y entonces supo, de verdad, lo comprendió totalmente, que John podría habérselo imaginado. Y más que eso, que lo habría deseado.

Él habría deseado que se casara con Michael. Habría deseado que se casara con cualquier hombre del que se hubiera enamorado, pero tenía la impresión de que le habría gustado más, que casi lo habría alegrado, que eso le hubiera ocurrido con Michael.

Ellos eran las dos personas que más quería y le habría gustado saber que estaban juntos.

—Lo amo —dijo, cayendo en la cuenta de que esa era la primera vez que lo decía en voz alta—. Amo a Michael. Lo quiero, y..., John —pasó un dedo por su nombre grabado en la lápida—, creo que lo aprobarías. A veces casi creo que tú lo dispusiste todo. Es muy extraño —continuó, con los ojos llenos de lágrimas—. Me pasé mucho tiempo pensando para mis adentros que nunca volvería a enamorarme. ¿Cómo iba a poder? Y cuando alguien me preguntaba qué habrías deseado tú para mí, yo contestaba, lógicamente, que desearías que encontrara a otro. Pero por dentro... —Sonrió tristemente—. En mi interior sabía que eso no ocurriría. Que no me enamoraría. Lo sabía. Lo sabía absolutamente. O sea, que en realidad no importaba lo que tú desearas para mí, ¿verdad? Pero ocurrió. Ocurrió, y yo no me lo esperaba. Ocurrió, y ocurrió con Michael. Lo quiero, John. Lo quiero mucho, mucho —continuó, con la voz rota por la emoción—. Me repetía una y otra vez que no, pero cuando pensé que se iba a morir, fue demasiado para mí, y comprendí... ay, Dios, lo supe, John. Lo necesito, lo amo, lo quiero. No puedo vivir sin él, y sólo necesitaba decírtelo, saber que tú... que tú...

No pudo continuar. Era demasiado lo que tenía dentro; demasiadas emociones, todas pugnando por salir. Bajó la cabeza y, cubriéndose la cara con las manos, lloró, no de pena, y tampoco de alegría, sino simplemente porque no pudo contenerse.

—John —sollozó—. Lo amo. Y creo que eso es lo que tú habrías deseado. De verdad lo creo, pero...

Entonces oyó un ruido detrás de ella. Una pisada, una respiración. Se giró, pero ya sabía quién era. Lo sentía en el aire.

—Michael —musitó, mirándolo como si fuera un espectro.

Estaba pálido, demacrado, débil, y tuvo que apoyarse en un árbol para sostenerse, pero para ella estaba perfecto.

—Francesca —dijo él, y la palabra pareció salirle con dificultad—. Frannie.

Ella se incorporó, sin dejar de mirarlo a los ojos.

—¿Me has oído? —le preguntó en un susurro.

—Te quiero —dijo él con la voz ronca.

—¿Pero me has oído? —insistió ella.

Tenía que saberlo, porque si no la había oído tenía que decírselo. Él asintió.

—Te quiero —dijo ella. Deseó acercársele, deseó abrazarlo, pero parecía estar clavada en el lugar—. Te quiero —repitió—. Te amo.

—No tienes por qué...

—Sí que tengo. Tengo que decirlo. Tengo que decírtelo. Te amo. Te quiero. Te quiero tanto, tanto...

Y entonces desapareció la distancia entre ellos, y él la rodeó con sus brazos. Ella hundió la cara en su pecho, mojándole la camisa con las lágrimas. No sabía por qué lloraba, pero ya no le importaba. Lo único que deseaba era el calor de su abrazo.

En sus brazos sentía el futuro, y este era maravilloso.

Michael apoyó el mentón en su cabeza.

—No quise decir que no lo dijeras —musitó— sino que no tenías por qué repetirlo.

Ella se echó a reír, aun cuando seguían brotándole lágrimas, y los dos se estremecieron.

—Tienes que decírmelo —dijo él—. Si lo sientes, tienes que decírmelo. Soy un cabrón codicioso y lo quiero todo.

Ella lo miró con los ojos brillantes.

—Te amo.

Él le acarició la mejilla.

—No tengo idea de qué he hecho para merecerte.

—No tenías que hacer nada —musitó ella—, sólo tenías que ser.

—Le acarició la mejilla, su gesto un reflejo del suyo—. Simplemente me llevó un tiempo comprenderlo.

Él giró la cara para que quedara apoyada en la mano de ella y se la cubrió con las dos suyo. Le besó la palma y luego aspiró el aroma de su piel. Había intentado muchísimo convencerse de que no importaba si ella lo amaba o no, que tenerla por mujer le bastaba. Pero en ese momento...

Ahora que ella lo había dicho, ahora que él sabía, ahora que tenía henchido de dicha el corazón, comprendía que sí le importaba.

Eso era el cielo.

Eso era dicha.

Eso era algo que jamás se había atrevido a esperar sentir, algo que jamás había soñado que existía.

Eso era amor.

—Todo el resto de mi vida te amaré —prometió—. El resto de mi vida. Te lo prometo. Daré mi vida por ti. Te honraré, te mimaré. Te...

Se ahogó con las palabras, pero no le importó. Simplemente deseaba decírselo. Deseaba que ella lo supiera.

—Vámonos a casa —dijo ella dulcemente.

Él asintió.

Ella le cogió la mano, instándolo suavemente a alejarse del claro y caminar hacia la zona boscosa que separaba el camposanto de la casa y sus jardines. Michael aceptó apoyarse en su mano, pero antes de echar a andar, se giró hacia la tumba de John y moduló la palabra «Gracias».

Y entonces se dejó llevar a la casa por su mujer.

—Quería decírtelo después —iba diciendo ella. Todavía le temblaba la voz por la emoción, pero ya empezaba a hablar más parecido a como hablaba habitualmente—. Tenía pensado un gesto muy, muy romántico. Algo grandioso. Algo... —Se volvió a mirarlo con una sonrisa pesarosa—. Bueno, no sé qué, pero habría sido grandioso.

Él negó con la cabeza.

—No necesito eso. Lo único que necesito... Sólo necesito...

Y no importó que no supiera cómo terminar la frase, porque de todos modos ella lo sabía.

—Lo sé —musitó ella—. Yo necesito exactamente lo mismo.

# Epílogo

*Mi querido sobrino:*

*Aunque Helen insiste en que a ella no la sorprendió en absoluto el anuncio de tu matrimonio con Francesca, reconozco que yo tengo menos imaginación y soy menos lista, y confieso que para mí fue una total sorpresa.*

*Te ruego, sin embargo, que no confundas sorpresa con no aceptación. No me llevó mucho tiempo ni reflexión comprender que tú y Francesca formáis una pareja ideal. No sé cómo no lo vi antes. No pretendo comprender la metafísica y, la verdad, rara vez tengo paciencia con aquellos que aseguran comprenderla, pero hay un entendimiento entre vosotros dos, un encuentro de mentes y almas que existe en un plano superior. Estáis hechos el uno para el otro, eso está claro.*

*No es fácil para mí escribir estas palabras. John sigue vivo en mi corazón y siento su presencia cada día. Lloro la muerte de mi hijo y siempre la lamentaré. No sé decirte qué consuelo es para mí saber que tú y Francesca sentís lo mismo.*

*Espero que no me consideres engreída por ofreceros mi bendición. Y espero que no me consideres tonta porque también darte las gracias.*

*Gracias, Michael, por permitir que mi hijo la amara primero.*

Carta de Janet Stirling, condesa de Kilmartin viuda,
a Michael Stirling, conde de Kilmartin, junio de 1824.

# Nota de la autora

En *El corazón de una Bridgerton* he sometido a dos personajes a más de la justa cuota de desgracias médicas. Fue complicada la investigación para describir las enfermedades de John y Michael; por un lado tenía que procurar que los síntomas de sus enfermedades concordaran con la realidad de sus respectivos procesos, y, por otro lado, que al mismo tiempo el relato sólo revelara lo que era conocido por la ciencia médica en la Inglaterra de 1824.

John murió a causa de la ruptura de un aneurisma cerebral. Se llama aneurisma a la dilatación de un sector de la pared de un vaso sanguíneo debido a una delgadez anormal de esta parte. El aneurisma cerebral es una debilidad congénita. Puede estar latente muchos años o hincharse rápidamente y romperse, produciendo hemorragia cerebral, a la que sigue pérdida del conocimiento, coma y muerte. El dolor de cabeza producido por la ruptura del aneurisma es repentino y fuerte, pero puede haberlo precedido un dolor persistente durante algún tiempo antes de la ruptura.

No se habría podido hacer nada para salvarlo; incluso hoy en día, aproximadamente la mitad de las rupturas de un aneurisma cerebral llevan a la muerte.

Durante el siglo XIX, la única manera de diagnosticar la ruptura de un aneurisma cerebral era la autopsia. Sin embargo, es muy improbable que a un conde le hubieran practicado una autopsia; por lo tanto, la muerte de John habría continuado siendo un misterio para las personas que lo amaban. Lo único que habría sabido Francesca era que su marido tenía dolor de cabeza, se fue a acostar para descansar un rato y se murió.

El momento decisivo para la diagnosis y el tratamiento de los aneurismas cerebrales llegó con el extendido uso de la angiografía en los años cincuenta del siglo XX. Esta técnica, que consiste en inyectar una substancia radiopaca (opaca a los rayos X) en los vasos sanguíneos que irrigan el cerebro para obtener una radiografía de la anatomía vascular, la ideó Egas Moniz en Portugal en 1927. Una interesante nota histórica: Moniz ganó el Premio Nobel de Medicina en 1949, pero no por su pionero trabajo en el campo de la angiografía, que tantas vidas ha salvado; el honor se debió a su descubrimiento de la lobotomía frontal como tratamiento de enfermedades psiquiátricas.

En cuando a la malaria, es una enfermedad conocida desde muy antiguo. A lo largo de toda la historia escrita, se ha aludido a la observación de que la exposición al aire caliente y húmedo va asociado a fiebres periódicas, debilidad, anemia, insuficiencia renal, coma y muerte. El nombre de la enfermedad viene de la expresión italiana que significa «aire malo», y refleja la creencia de nuestros antepasados de que el culpable era el aire. En la novela, Michael alude al «aire pútrido» como a la causa de la enfermedad.

Actualmente sabemos que la malaria es una enfermedad parasitaria. El clima caluroso y húmedo no es de suyo la causa, pero el aire caliente y húmedo sí sirve de medio de cultivo del mosquito del género *Anopheles*, que es el causante de la infección. El mosquito *Anopheles* hembra, al picar, sin querer inyecta organismos microscópicos en el desafortunado huésped humano. Estos organismos son parásitos monocelulares del género *Plasmodium*. Hay cuatro especies de *Plasmodium* que pueden infectar a personas: *P. falciparum, P. vivax, P. ovale* y *P. malariae*. Una vez que están en el torrente sanguíneo, estos microorganismos llegan al hígado, donde se multiplican a una velocidad pasmosa; antes que transcurra una semana, vuelven al torrente sanguíneo, donde infectan a los glóbulos rojos y se alimentan de la hemoglobina que transporta oxígeno. Cada dos o tres días, mediante un proceso sincronizado que aún no está bien entendido, las crías de estos parásitos salen de los glóbulos rojos y producen fiebres elevadas y violentos tiritones. En el caso de la malaria por *P. falciparum*, los glóbulos infectados se ponen pegajosos y se aglomeran dentro de los vasos sanguíneos de los riñones y del cerebro, produciendo insuficiencia renal y coma, y la muerte si se retrasa el tratamiento.

Michael tuvo suerte. Aunque él no lo sabía, sufría de malaria por *P. vivax*, que puede continuar en el hígado de los pacientes durante decenios pero rara vez mata a sus víctimas. Pero el agotamiento y las fiebres causadas por la malaria por *P. vivax* son fuertes.

Al final de la novela, tanto Michael como Francesca temen que una mayor frecuencia en los ataques podría indicar que él estaba perdiendo la batalla contra la enfermedad. En realidad, al ser malaria por *P. vivax*, la frecuencia no habría importado. Los episodios de fiebres malarias por *P. vivax* vienen más o menos sin ton ni son (a no ser que el/la paciente sufra de inmunosupresión, como en los casos de cáncer, embarazo o sida). En realidad, hay pacientes que en algún momento dejan de sufrir las fiebres del todo y continúan sanos el resto de su vida. Me gusta pensar que Michael tuvo la suerte de ser uno de estos pacientes, pero aún en el caso de que no lo fuera, no hay ningún motivo para pensar que no vivió una vida larga y plena. Además, puesto que la malaria es una enfermedad que está en la sangre, no podía transmitirla a sus familiares.

La causa de la malaria sólo se comprendió pasadas varias décadas del año en que ocurre esta novela, pero los principios fundamentales del tratamiento ya se conocían: se podía lograr la cura consumiendo la corteza (quina) del árbol tropical llamado quino. Normalmente se mezclaba con agua (agua de quinina). La quinina entró en el mercado en Francia en 1920, pero su uso ya estaba bastante extendido antes de ese año.

En el mundo desarrollado prácticamente se ha erradicado la malaria, debido en gran parte al trabajo en controlar los mosquitos. Sin embargo, sigue siendo la causa principal de muerte y discapacidad entre las personas que viven en el tercer mundo. Cada año mueren entre uno y tres millones de personas de malaria por *P. falciparum*;

esto significa un promedio de una muerte cada treinta segundos. La mayoría de los muertos son de África subsahariana, y principalmente niños menores de cinco años.

Una parte de los beneficios de esta novela se donarán para la investigación de remedios para esta enfermedad.

Sinceramente
Julia Quinn

# www.titania.org

Visite nuestro sitio web y descubra cómo ganar
premios leyendo fabulosas historias.

Además, sin salir de su casa, podrá conocer
las últimas novedades de
Susan King, Jo Beverley o Mary Jo Putney,
entre otras excelentes escritoras.

Escoja, sin compromiso y con tranquilidad,
la historia que más le seduzca
leyendo el primer capítulo de cualquier libro
de Titania.

Vote por su libro preferido y envíe su opinión
para informar a otros lectores.

Y mucho más...